摩登印记

老上海

景　灏◎编

泰山出版社·济南·

图书在版编目（CIP）数据

摩登印记：老上海 / 景灏编 . —— 济南：泰山出版
社，2023.1
（老城趣闻系列丛书）
ISBN 978-7-5519-0750-7

Ⅰ.①摩… Ⅱ.①景… Ⅲ.①散文集－中国－当代
Ⅳ.① I267

中国版本图书馆 CIP 数据核字（2022）第 258310 号

MODENG YINJI : LAO SHANGHAI

摩登印记：老上海

编　者	景　灏	
责任编辑	池　骋	
特约编辑	史俊南	
装帧设计	蔡海东	

出版发行　泰山出版社
　　　　　社　　址　济南市泺源大街 2 号　邮编　250014
　　　　　电　话　综 合 部（0531）82023579　82022566
　　　　　　　　　市场营销部（0531）82025510　82020455
　　　　　网　　址　www.tscbs.com
　　　　　电子信箱　tscbs@sohu.com
印　　刷　山东华立印务有限公司
成品尺寸　160 毫米 ×235 毫米　16 开
印　　张　20.25
字　　数　250 千字
版　　次　2023 年 1 月第 1 版
印　　次　2023 年 1 月第 1 次印刷
标准书号　ISBN 978-7-5519-0750-7
定　　价　72.00 元

目　录

上海轶事大观·地理

陈伯熙[*]

上海之沿革

上海居南吴尽境，古为《禹贡》扬州之属，春秋属吴，后属越，名不甚著。后入于楚，战国时相传为楚春申君封邑。秦置疁县，领于会稽郡，汉改娄县，后汉以来属吴郡。梁改为信宜县，继又析置昆山县。唐时隶华亭县，其东北华亭海即今县治也，宋末于其地设市舶提举及榷货场，百货辐辏，称为雄镇。元时渐繁盛，始立县，而上海之名渐见于史册。郏亶水利书谓，松江之南大浦十八，有上海、下海二浦。上海县之名自此始，明迄今未改。

上海之区域

江苏全省田亩凡六千四百七十五万四千七百七十七顷，上海为六十县之一，额田据《赋役全书》所载者，道光时计六千

---

[*] 陈伯熙，名荣广，生卒年及履历不详，仅知其自清末以来长期旅居上海，从事报业，辛亥革命后编过《中华新报》，以专研上海舆地史志知名，撰述颇丰。

八百四十九顷七十二亩，同治时计四千八百五十二顷五十九亩，但光、宣以来芦荡涨滩之升科者为数不鲜，当不止此数也。

上海区域明代广于今兹三倍，自清初一分于青浦，再分于南汇，三分于川沙，所存仅为保十二、图二百十四而已。四境所至，东西广六十六里，南北袤八十四里。分县以后，东至川沙界三十里，西至青浦界三十六里，南至南汇界七十二里，北至宝山界十二里，盖视元代始立县时已不逮三分之一矣。

上海城垣之建筑及拆毁

上海城垣建于明嘉靖三十二年，从邑人顾从礼之请也，时以数蹸于倭寇，乃建此议。自后屡有增葺。清咸丰时因战事轰毁数处，事平邑人郁松年捐资重修，费约二十万缗。清末举办自治，以城垣暌隔，交通不便，商业不振，议决拆城以振市面。现今中华路、民国路之电车绕行者，即昔城墙之旧址也。

拆 城

同治年间上海市面目渐繁盛，已有创议拆城之说者，然团结不坚，能力薄弱，延至光绪三十一年始纠合邑绅三十余人公请拆城，禀于上海道（时称苏松太道，署设上海，故名）。上海道不敢决，奏诸清廷，复谓宜查其有无弊害，重行呈奏。方禀上海道时，反对者亦纷起，其理由有五：（一）可以防御盗贼，不染租界奢靡习惯；（二）城内道路不治，拆之则丑态毕露，不拆犹可藏拙；（三）外人日觊觎吾之土地，不拆城则可以交通不便而止，且拆城后南市诸兴盛马路亦将不保；（四）法、华接壤之处，厘局林立，倘为法并，势将免厘，则大受损失事；（五）拆城后如被法并，则生息于外人卵翼之下，国权益失，民气益衰，实所不愿。除以上不便拆之五条外，另有不必拆城一说，谓宜仿南京办法，将城门放大或添辟数门，并筑马路通城中，而城内则多设警察，清洁街道，市面亦可兴隆，不必拆城也。

反对拆城者持以上理由，于是引起重大之辩论，雷君继兴等所办之地方自治会特开辩论拆城大会，分拆城、不拆城、中立三党，互为辩论。主张拆城者，其最大主旨谓城中一切事业向不讲求，拆城后鉴于外人办理租界之整顿，则必相形见绌，奋起力图，大可为自治激发之助、商业兴盛之机，其利有四：（一）城基改筑马路，则可环转流通，照应使利（如救火等事）；（二）拆城后，城内填浜筑路，易于清理，市面兴盛甚易；（三）填河应用大阴沟，可将城砖代用，有余更可修理沿河破岸；（四）地可增价，则收捐以办善后，事能持久。

辩论拆城问题各不相下，上海道乃立调停之策，添辟城门三，即为拱宸（小北门）、尚文（小西门）、福佑（小东门），然款不易筹，工即不能举。及宣统元年，款妥方开工。二年事竣，又改建小东门、小南门、老北门三门，使可通车马，又辟沿城马路数条，用费凡五六万金。

民国成立，城自治公所改组市政厅，地方上办事大权悉操诸绅士掌握。元年十月，以议事会之议决，拆城为必不可缓之要图，于是无敢反对者，南市如群学会等首先拆造，以为之创。民国二年举工，自北门为始，渐拆至西门、东门、南门。三年冬，路成。四年夏，自小东门至小南门间之电车开驶。昨年则自小南门至老西门之电车亦已驶行。迄今荡荡大道，即昔日之巍巍崇垣也。今自小东门南讫西门名中华路，小东门北讫西门名民国路，蝉联之即中华民国路也。

上海境内之市镇

上海县境所辖市镇，在东部者有塘桥镇、洋泾市、杨师桥市、三林塘镇、李家宅市、新木桥市、张家楼市、杨家弄市、东沟市、陆家行市、高行市、高桥镇、塘口镇、桥头市、陈家行镇（以上均在浦东），在西部者有法华镇、徐家汇市、虹桥市、北新泾市、杠棚桥市、华漕市、诸翟镇，在南部者有龙华镇、漕河泾镇、张家塘市、梅家弄市、朱家行市、江境市、华泾市、曹家行市、塘湾市、颛桥市、北桥镇、马桥镇、闵行镇、吴会镇、荷巷桥市，在北部者有老闸市、新闸市、静安寺市、内外虹口市、虹安镇、引翔巷市、沈家巷市。今北部诸镇、市均划入租界，日见热闹，顿异昔之市镇状况矣。

上海与沪渎之考证

上海之别称有曰沪渎，不知奚由，相传日久，均用其名，亦可异矣。考沪渎与上海绝不相涉，《晋书》永和中吴内史虞潭修沪渎垒，隆安四年袁山松修沪渎城，五年孙恩进陷沪渎，是沪渎在古时别有一城可知。《寰宇记》云："沪渎城在江边，今为陂湖冲刷，半圮江中。"《江南通志》云："沪渎城俗呼芦子城，今无矣。"观此，则沪渎城与芦子渡接壤必在吴淞江上无疑，然欲知城之地点，当求港之所在。《通志》谓城已无，因吴淞江水冲啮，惟载沪渎港甚悉，港以城得名，故港遂亦有沪渎之称。或谓先有港而后城因以名之，则未可知也。宋宝元元年，叶清臣奏请疏凿盘龙汇沪渎港，范文正公上召相公书云："松江一曲号盘龙，出水尤利。"是沪渎又与盘龙相近，为入吴淞江之一支流。《方舆纪要》云沪渎江、青龙江合吴淞江而东达于海，皆曰沪渎。虽混合言之，而其界址则甚广，可了然矣。且既与青龙江各得其名，则沪渎于古称港，或称为江，是别有一水与吴淞相灌注，其地址则在盘龙、青龙间，信而有征。昔王逢之隐居芦子城，自称最闲园丁，又号席帽山人，祖母徐手植双梧于故里之横河，遂名之曰梧溪精舍。其地则近乌泥泾，宋张百五居之。至元间张瑄为千户，督海运粮，由平江刘家港入海，亦尝居此。嗣有田父得古碑名"宾贤里"三字，可知沪渎城在吴淞旁，与盘龙、青龙为交界。吾乡钱竹汀先生谓黄浦为古沪渎，不知何本。梁简文帝集《吴郡石象碑文》云："吴郡娄县界松江之下，号曰沪渎。此处有居人，以渔为业。"陆龟蒙《渔具咏》序云"网罟之流，列竹于海曰沪"，注："吴人今谓之簖。"元郝经《营海轩》诗云："沪渎山横遗战垒，松江水近足羹鱼。"是则沪渎又以簖得名矣，簖多则港亦著。其地在横云山之东，迤逦入于海，其在盘龙、青龙之间则非今之上海县地，已可知矣。

上海之田亩总数

吾邑全境征粮田额共六亿八万五千二百六十亩，内分四等，一曰上乡田，六亿三万五千七百余亩；二曰下乡田，四万七千七百余亩；三曰护塘外田，百五十余亩；四曰荡娄不等田，一千六百余亩。此为全境漕田之数，别有芦洲一万二千九百六十余亩有奇不在漕田数内。荡娄以二亩或三亩或六亩准一亩，故曰不等。又有低薄荡田以一亩五分准一亩，所以漕田实积有六亿九万亩有奇。

黄浦考（一）

黄浦为春申君黄歇所浚，故一名春申江，《明史·河渠志》作大黄浦。考其源之所自，实发于嘉兴塘，经华亭金山县境东流至瓜泾塘，过得胜港始入本邑流域，至邹家寺嘴折而北，合北境吴淞江同流入海，先是，浦与江本不合流，明永乐元年吴淞江淤塞，尚书夏原吉用邑人叶宗行言，浚江通范家浜，导入黄浦以入海，于是始合为一。旧说浦底有六泉，其味甘，已不可考。又谓浦中于元末时涌出一地，初仅寻丈，渐广至数十亩，有某名士觞客于此，鸣雉群集，遂名其地曰文犀洲，后渐与浦浜相接，今亦不可考矣。明正德元年冬，黄浦结冰，累月不解，车骑负担履如平地。崇祯九年九月奇寒，是年十二月又冰。清顺治十一年十二月复冰，厥后康熙三十二年、乾隆二十六年、嘉庆十四年均冻冽至舟不能行，而尤以咸丰十一年十二月凝结最久，至翌年正月十四日始解。今则轮舶连樯，终日鼓动，此后似可永免此虑矣。

黄浦考（二）

前阅赵君《黄浦考》一则，其中尚有未尽处，爰续志之。

　　黄浦系楚相黄歇所凿，故又名歇浦，又名春申浦，《明史·河渠志》亦作大黄浦。其源之所发，受杭州、嘉兴之水，起自秀州塘，经华亭金山境东流至瓜泾塘，迤而东受南北两泾之水，过得胜港入本邑境，至邹家寺嘴则折而北，受东西两泾之水，合北境吴淞江同流入海。夫浦与江本不合流，明永乐元年吴淞江淤塞，尚书夏原吉用邑人叶宗行言，浚江通范家浜，引流直接黄浦以达海，其出海之口虽名吴淞口，实黄浦口也。或云浦底有六泉，其味甚甘，为长江之中冷泉，此相传之辞，确否不得而知也。浦中有文羣洲，现于元末，始则寻丈，后竟广至数十亩，元王逢携里叟、门生共登其上，适鸣雉群集，因名之曰文羣。迄今与浦岸相接，尽为民田，此真所谓沧海变桑田也。夫浦面甚阔，且吞潮汐，应无结冰之日，而岂知自古以来因严寒凛冽，浦水结而成冰已非一次。明正德元年冬，黄浦冰，经月不解，车骑负担者行冰上如平地。有娶妇者迎新妇而还，行至中途，以轰然一声崩数亩，百余人无一获免。崇祯九年九月骤寒，十二月极寒，黄浦冰。清顺治十一年十二月黄浦又冰，康熙三十二年冬黄浦又冰，乾隆二十六年冬浦江冻冽，舟不能行，嘉庆十四年冬黄浦又冰，咸丰十一年十二月黄浦冰，至明年正月十四日始解，此固讶为奇异也。浦中潮来固有一定之时，而亦有不合乎时者。元至正七年八月十二日浦中午潮退，未几复至。清顺治五年七月二十一日黄浦潮一日三至，十八年七月二十六日潮又一日三至，康熙六十一年春二月十二、十三两日并一日三潮，此又讶为奇异者也。又考新泾港北、杨淄溇南地名平家石桥，有小黄浦，浦面甚阔，南通三林塘中心河，其波澜之壮与黄浦同，因并记之，以俟拾遗补阙者之采择也。

　　元张之翰咏诗云："黄浦春风正怒号，扁舟一叶渡惊涛。"明袁凯咏诗云："我有茅堂南浦浔，回冈千尽昼阴阴。"曹泰咏诗云："月照黄龙浦水黄，南飞乌鹊夜茫茫。"陈子龙咏诗云："南浦微风动，肃然沪垒秋。"清朱彝尊咏诗云"极浦连天阙，惊涛壮海门。"此则眺赏风光，即吟咏以消遣闲情，可见沪地虽俗，而文人学士遗迹尚多也。

上海户口增加率

沪上虽濒海之区，而版籍向称殷蕃，明季户口之数已达五十余万，然幅广于今三倍也。自后一分青浦，再分南汇，三分川沙，区域所存计十二保、二百十四图，东西广六十六里，南北袤八十四里，人口骤减至四万八千有奇。迄嘉庆庚午，编查所得已增至五十二万八千名口矣。道、咸以还，虽三经劫火，然华洋错杂，生聚转繁。同治初元尚不越六十万之数，而光绪季叶已增至八十万矣。近则租界日廓，加以辛亥以来政争加厉，内地荆棘，视此间为避秦桃源，而工商之襁被谋食者亦多于过江之鲫，就去冬工部局调查，三租界华人已有一百六十万，华界户口尚不在内，诚我国最繁盛之巨埠矣。昔欧美商学家以世界市集人口均达百万者分十大都会，而上海不与焉，以居民不及此额也。今得斯数，不知当列入何等，然沪人亦足自豪矣。

租界之区别

游沪者多不知公共租界与法租界之区别，实则有一最易辨识之标识。一为门牌，公共租界之门牌为白底黑字，法租界之门牌为蓝底白字；二为电标，公共租界之电杆为灰色之木，其形方，法租界之电杆为白色之泥制，作三角形，此其大较也。

又同一公共租界，而俗乃复别为英租界、美租界、新租界，此等分别绝无关系，可以不述。

上海法租界码头的舢板

上海虹口美租界

租界之由来

清乾隆时英人比谷为东印度公司代理人，尝至上海考察，信为通商善地，归告政府。道光十二年林德赛、葛劳甫二人复至，亦极言在沪通商英国商业当日盛。道光十九年鸦片战争起，迄二十二年白门条约成，开港通商，上海遂为五口之一。二十六年八月，由江苏苏松太道与英领事会议划界，二十八年复推广之。时租界犹小，仅南至洋泾桥、东至黄浦滩、北至北京路而已。继而美、法以中英白门约成，亦遣人赴粤要请，粤督耆英允之，为之奏准，于是法、美派员至沪，遂以洋泾桥南至城河浜为法租界，虹口一带为美租界。洪杨之役，官吏与洋人筹设会防局，城赖以安，华洋人之避居上海者趾相接，市廛日盛，租界亦日广。光绪二十四年六月，各领事推广北线，嗣由外部江督暨上海绅商一再力拒，议始寝。至光绪二十五年，复西辟泥城桥以西至静安寺路、东北辟虹口迤东之地以至引翔港，由各国公使议决，将旧时英、美租界及东西新辟之地统名曰公共租界。至法界西南境，始则推至关帝庙浜，及民国三年七月由中法官吏会同议定，北自长浜路、西自英之徐家汇路、南自斜桥徐家汇路沿河至徐家汇桥、东自麋鹿路肇周路各半起至斜桥止，约为法国租界。故至今日而统计租界，则东自杨树浦迤东之周家嘴，西至叉袋角，北至北四川路，南至小东门外之陆家石桥及西门外之徐家汇路，均为外人警察权之所及矣。其不受管辖、不纳捐税者，惟静安寺路之旧洋务局、北浙江路之会审公堂，以及虹口之三官堂、下海庙、鲁班殿、天后宫、净土庵、红庙而已。余如租界各马路之命名，在公共租界者大率以中国行省及内地著名城市命名，法租界则以其国著名人物命名。

英法租界先后考

本埠法租界在未推放之前仅以八仙桥为限，至土地权则彼已自认为法国之市乡，几与英之视香港等。而英、美合并之公共租界尚承认为租借，特异于民法上之租借耳。若英、法两国辟界之孰先孰后，论者每以法近城厢，指为先至之证，即鄙人初亦疑为近是。迨阅裘氏《通商史》，始知大谬不然。盖中英白门条约订于道光壬寅八月，上海为五口通商之一，故英人即于次年癸卯来沪，至中法黄埔条约、中美望厦条约均于甲辰年始援案踵订。不但此也，在乾隆时有东印度公司英人比谷已来沪察看形势，及道光壬辰复有林德赛、葛劳甫二人自粤至申，极称通商善地。越四年，又有洋舶名夏荷米者潜泊吴淞口三日，带粤人为通译，声言来此通商，嗣经宝山县外示礼貌，隐截交通，始失望而去。审是，则英人垂涎已久，既发其端，安有后于法人之理？是社会传说之不足凭也，录此以资传信。

租界之解释与范围之广袤

考各国租借土地皆无先例，有之自吾国之五口通商实肇其端。证之西史，唯瑞西曾借某地于普鲁士修车场，然此为民法上之赁借，与吾国租界之性质绝然大异。以法律言之，各国皆取属地主义，舍二三等国外，不闻有取属人主义者。国际法，外国人民之在本国者有居留地，所有民事、刑事均受本国法律之支配，上海独否。是租借云者，即占领之代名词，实与割让无殊。今犹群称之曰租界，真所谓强颜耳。兹就租界之广袤推之，四围有五千六百十八爱克，合英方里八里七分五厘，合华方里七十二里，合华地三万三千五百零三亩，每一爱克统扯八十二人所居，西人住宅有二千二百九十二所，华人住宅有四万四千六百四十六所，西人一万一千四百九十七口，华人四十五万八千九百六十八口（此据工部局卫生清册所载）。

法工部局

法大马路（即公馆马路）俗呼为大自鸣钟巡捕房，实工部局也。基地宽阔，围以铁栏，树木森茂中有时钟巍然悬于壁间，时钟之前有铜像一，乃法水师提督巴劳德也。巴君于同治元年与长发军战于苏州之南桥阵亡，故法人铸是像以为纪念。东偏为法救火局，各式救火利器列焉。局中设总董、副董、总办、副办、总巡、捕头等名目，每年开会由法商公举，其办法与英界工部局略同，兹不赘。

是处于光绪十五年前，法公廨会审员多在该巡捕房发落案件，现已迁至薛华立路总巡捕房办理矣。

北河南路之所有权

美租界北河南路本为中国国家所有，嗣因无正当管理机关，荒芜不治，遂由工部局充作公路，纳入租界版图矣。至该路左右均属租界，而此独翘然特异者，实有一段历史。据父老相传，先是光绪初年有某西人于是处敷设铁路，直达吴淞，其规模虽较小于今制，然当时风气未开，沪人诧为奇观，有乘车专游凇口炮台者，视为行乐之一途，以故收入甚丰。时江督为沈文肃公秉成，闻之力持不可，乃派沪道往返交涉，其结果由中国国家备价购回，计机头列车、铁轨及基地共耗帑百余万，事后将轨道拆除，连同机件运贮台湾某署，坐令锈蚀，视为废料。甲午之役，该地割界日本，此物尚在，后遂不可复问矣。文肃尝语人云："铁路一事，虽为时势所必趋，然断不使后之人谓中国之有此乃由江督沈某而起。"盖此举尚在塘沽筑路之前也。当时大员之见解大率类此，且不惜巨帑以扑灭之，毋怪后此李文忠之创设电报、招商等局责难丛集矣。老子不欲居天下先，文肃殆师其意欤？

跑马厅之所有权

泥城外之跑马厅为公共租界中唯一之广场，每届春秋举赛，华人不能与于其列，与白大桥之公家花园同一待遇，喧宾夺主，真觉言之可丑，闻近自江湾赛马场成立以来，不分畛域，中外同轨，益足昭我国海纳百川之量。故沪上旧场已稍乱其例矣，惟西人之为此纯系公司性质。闻当时发起之初，圈购地亩仅以公用昭示于众，牒请道县核给官价，朕以苞苴，意主速办。沪道某固贪吏也，悦其金，遽札县照准，无奈地不一主，人不一心，且所占尤多古墓。时地主中以李梅伯之产占大多数，李即吾园主人筠嘉京卿之后人，闻言大不怿，坚执不售，坐是迁延久不决。西人无如何，乃别生圆融之法，除自愿领价者外，凡意有未惬者准其保留先茔，春秋祭扫，复按户给予找价单一纸作为凭证，单上详注亩分面积、业主姓名、官册号码，庶日后遇迁让之必要时可以持证按照市值找算，以期公允而示两全。至今五十余年，找价者绝无其人，故凡携有此单之孝子贤孙，以时享祀仍得通行无阻云。

法租界土地权之异点

上海一埠英、美、法三租界画疆而居，一切发政施令、治理管辖之权完全操诸外人，两厢华员备位充承审而已。考西文土地权之性质，在英、美方面者均附有"汤"，译音之名称，即含有租借之意义，惟法租界判若鸿沟，除新拓之马路尚称租借外，其自吕班路及八仙桥以东者西文竟称"法兰西康赛兴"，译为法国占领地之意。其原因盖以洪杨之役法人助防、助剿颇著劳绩，索此片土通商，隐示为报酬之代价。当道漫不省察，贸然默认，可叹也！

法捕房之地形

法租界大自鸣钟捕房系关帝庙改建，原址本不甚广，厥后以次展拓，始成今日之壮观。然后面以限于洋泾浜之河身为界，故地形弯曲特甚，屋式亦就形布置，作禽鸟展翅状。据堪舆家言，谓按法当断为凤凰地，有三元不败之气象。最奇者，该处地居闹市，而终年鸦雀成群，飞鸣喙食，见人绝不畏避，大有猿鸟忘机之态。好事者遂益附会，谓百鸟朝皇云。按形学之说，中土流传已久，士大夫醉心于此者，为祸福所中，恒未能免俗。尝记宋祖有言，东家之西即西家之东，有何宜忌？近世科学家尤斥为诞妄，然则法人当营造捕房时，未必请地师为之擘画，毋亦江湖术士故神其说以惑众欤，抑打样者相地定制，与《青囊》遗法不谋而合欤。

上海地名之误解

上海二字，系包括全邑而言，凡在邑境范围之内者均应称为上海，无待言也。乃流俗所指之上海，仅南至洋泾浜、北至苏州河、东起黄浦滩、西迄泥城桥，专属英租界之一隅，名为上海。故在虹口或南市之人赴英租界者，每曰"到上海去"。此区区一段地竟代表全邑之名，相沿既久，习不为怪。此种名词以中下社会为尤甚，实不知始于何时。又有称为上洋者，与前说同属不经，然积非成是，虽通人亦所不免。一经道破，未有不哑然失笑者也。

地名之困人

各马路之起讫处其墙壁皆有名号，马路之长者中间亦多署名号，一览便知，本无困难。惟其名号有为常人所不知者，则颇有行路难之苦。如南京路俗名大马路，询以南京路不知也。九江路俗名二马路，汉口路俗名三马路，福州路俗名四马路，广东路俗名五马路，北海路俗名六马路，福建路俗名石路，浙江路俗名大兴街，而五马路中又名为正丰街、宝善街，河南路又名为棋盘街，若询以所标之名则多不知也。其尤困人者，莫如长浜路，由今大世界西行至北之马霍路、南之贝勒路，再行数十武仍为爱多亚路之一段，而俗乃名为长浜路，其实长浜路仍须西行半里许，至南成都路再西向乃真名为长浜路口若爱多亚路距长浜路之中间一段乃名孟纳拉路，然孟纳拉路系译外音，常人尤不记忆，必曰马立师，而俗名马立师之范围又甚广，必曰马立师之重庆路或南成都路口或陆家观音堂后背，否则不知也。至于法租界之马路多系译音，佶屈聱牙，已难认识，而其字复甚多，有长至五六字者。如白来尼蒙马浪路、麦赛而蒂萝路等，则缙绅之士已难言之矣，欲雇人力车至某处，车夫瞠目相向，勉强拉至亦必争值不已。区区一地名，而初游沪者常如张骞使西域，莫得要领，惟有凿空而返，其不便孰甚也。

渔阳里之妄分南北

法租界霞飞路有两渔阳里，其间只隔一垣，论其方向应名曰东渔阳里、西渔阳里，乃该处则名东方者曰南渔阳里、西方者曰北渔阳里，斯真解人难索矣。

半号门牌

沪上居户门牌常有半号者，如六十二号半、三十号半之类，见者多莫知其故。曾阅《上海闲话》一书，作者亦置诸阙疑之列。后询诸所谓老上海者，始悉此项号数乃因改造住房之所致。如最初之房为十幢，已依次编为十号，后以改造化为十一幢，若即加以十一号则必邻近与编定之号数相混，盖近邻亦有十一号，与十号原相衔接也，故只能权以十号半名之。此半号门牌之所由来也。

半号门牌续考

半号门牌之为改造房屋而行，前已详言之矣。然有全弄之门牌皆半号者，如马霍路之德辅里是；又有全弄半为全号，半为半号者，如麦根路之南洲里、爱多亚路之修德里等是。向问诸老上海皆不得其故，兹经详为推考，半号门牌之偶见者，乃因编号时无此房屋，及后来编号乃编为半号以附于既编号者。例如旧马立师路之左端最后之门牌为一千号，新马立师路之右端最前之门牌为千零一号，二者之间后来忽建一房屋，工部局自不能将千余号之门牌悉数改订，乃将新造之房屋编为一千零半号，使与一千号及一千零一号相衔接，此即前言之理由也。全弄皆为半号者，因于隙地建造房屋，而此隙地前后左右之门牌均已订定，乃以新屋之门牌悉编为半号，以属于前所已编之号数。例如马霍路修德里未建筑时，其左右号数均已编定，而修德里之房屋一旦落成，势亦不能一律改编，乃将修德里之房屋一一编为半号，以为其左右之附属（例如其左前有一百号、一百零一号等，新编之门牌则为百半号、百零一号半等，多以此类推）。此外尚有一门而门牌有两号，如虹口东有恒路之德裕里及环龙路沿马路等，其原因亦由于翻造房屋减少幢数。又有两家或三家共一门牌号数，而以英文字母分别之，如环龙路花园里对过即其例也，其原因与一家而有二门牌者同。

同名之街道二十则

沪上街道之同名者甚多，非惟初至上海者每多错误，即久居上海者亦多误行之处。爰录同各者二十则，余俟查出再行续录。

太平弄二，一在城外万生桥南，一在美界百老汇路北。

祥吉弄二，一在城外里马路西，一在闸北宝山路北。

舟山路二，一在美界华德路北，一在法界黄浦滩东。

孙家弄二，一在城内东街东，一在法界带钩桥街东。

刘家弄二，一在城内三牌楼街西，一在城内东街东。

引线弄二，一在城内火神庙南，一在城内旧校场东。

毛家弄二，一在城内三牌楼西，一在城外里马路东。

太原坊二，一在城外竹行弄南，一在美界海宁路南。

典当弄二，一在城外妙莲桥南，一在城外万生桥南。

花园弄二，一在城内俞家弄南，一在城外外咸瓜街西。

顾家弄二，一在城内乔家浜南，一在英界宁波路北。

张家弄二，一在城外南仓街东，一在城外广东街北。

猛将弄二，一在城内小东门大街北，一在美界吴淞路西。

硝皮弄二，一在城内老天主堂街北，一在城外小南门大街南。

会馆弄二，一在法界黄浦滩西，一在城外咸瓜街东。

宋家弄二，一在英界北京路北，一在法界紫来街东。

竹行弄二，一在城外万生桥北，一在城外里马路西。

吴家弄二，一在城内侯家浜西，一在城外油车街北口

王家弄二，一在城内四牌楼东，一在城内丹凤楼街东。

日新弄二，一在城内金家桥北，一在美界元芳路西。

同名之地

　　昨载阿禄君同名街道二十则，予今亦查得十处，以便旅沪者出行访友，或函札往来不致有误，爰录于下。

　　梅家弄有三，一在城内竹素堂西、东乔家浜北，一在城外董家渡大街南、芦席街北天主堂街西，一在英界浙江路东、宁波路北。

　　坟山路有三，一在美界，东自柏记路、西至北山西路；一在法界，北自恺自迩路、南自维尔蒙路；一在新界，东自东泥城桥、西至大沽路。

　　盛家弄有二，一在城内道辕北街东，一在城内三牌楼街东、昼锦牌楼南。

　　宁波路有二，一在英界，东自四川路、西至劳合路；一在法界，东自西城河浜、西至周泾浜；一东城内半径围北。

　　漕仓街有二，一在城外，东自三牌楼、西至芦席街；一在城外里马路西、南会馆街东。

　　福建路有二，一在英界，北自老闸桥、南至郑家木桥；一在法界，东自黄浦滩、西至城河浜。

　　唐家弄有三，一在美界，七浦路南、北福建路西；一在城内，东自大夫坊、西至虹桥南街；一在美界北福建路。

　　财神弄有四，一在城内，南至穿心街、西至老北门街；一在城外，里马路西南、会馆街东、薛家浜北；一在英界，浙江路东、北京路南；一在法界，黄浦滩西、京州路东。

　　泰安坊有三，一在英界，四川路东、宁波路南；一在法界西城，河浜路北、典当弄西；一在城外西门外徐家汇路万生桥南。

里巷同名录

上海为我国第一通商大埠，迄以侨居者日多，道路与屋宇亦因之而增，路名、里名大半由改建时更换新名，而新名辄取吉利字，以致不约而同者甚多口兹调查其同名最多之处，若余庆里、永安里、寿康里等，列之于下。

余庆里（凡十二），一在城内北张家弄西、昼锦牌楼南，一在城内西姚家弄南、东街西，一在城外方斜路东、斜桥南，一在闸北冰厂桥路北、宝山路西，一在英界南京路南、九江路北、河南路东，一在美界东西华德路北、新记浜路东，一在美界克能海路西、海宁路南，一在美界阿拉伯司脱路南、北浙江路西，一在新界成都路东、白克路北，一在新界牯岭路南、派克路东，一在法界公馆马路北、宁兴街南、八仙桥街东、自来火行西街西，一在法界皮少耐路即徐家汇路北段。

永安里（凡十五），一在城内老学前街北、东街西，一在城外新码头北、花衣街西，一在城外永安街东、董家渡大街北，一在城外里马路西、会馆弄北，一在英界宁波路南、天津路北、河南路西，一在城内西王家弄南、南门大街西，一在直隶路与福建路间之横路北、天津路南，一在美界开封路北、甘肃路西，一在美界新记浜北、元芳路西，一在美界北河南路东、海宁路北，一在美界狄思威路东、鸭绿路北，一在法界永安街南、黄浦滩西，一在虹口肇勤路，一在英界北、海路格致书院西，一在法界嵩山路东即宝昌路。

寿康里（凡九），一在城内老学前街南、西姚家弄北、东街西，一在英界南京路北、广西路西，一在新界重庆路之马安里内，一在美界文监师路南、北浙江路东，一在法界徐家汇路西、华成路北，一在法界北新街西、火轮磨坊街东、宁兴街北，一在法界敏体尼荫路东、公馆马路南，一在新界新闸路，一在英界浙江路广东路南、湖北路西。

道路之变更

沪上自开商埠后，道路日渐更改，凡曾作沪游者，苟经年再至，即有沧桑之感。兹为略述如下。

城垣，拆成中华路，环城有电车。

洋泾浜，填没后名爱多亚路（俗仍沿用旧名），为沪上马路中之最阔者。

朱家浜，旧自洋泾浜通吴淞江，现为西藏路。

方浜，旧在小东门大街后，今填平筑马路（即小东门大街）。

肇家浜，旧在大东门南，今亦填平，改筑坦道，自大东门直达西门（现尚未竣工）。

乔家浜，旧在小南门，北通黄浦江，近填平改名乔家浜路。

侯家浜，在老旧北门内，通方浜，今填造侯家浜路。

新开河在小东门北，今亦填平。

按，余如草长浜（俗呼草鞋浜）、陶林浦、银河等，并皆无存。

街巷今昔之异名

沪地街巷多有今昔殊名，推原其故，盖街巷之命名不外

因人、因物、因事，及人非、物换、事迁，则地名亦随之而更
易。兹姑举其所知，列叙如次，此外尚有遗漏，他日有闻即当
续录。表如下。

昔　名	今　名
新衙巷	县东西大街
梅家巷	梅家弄
宋家湾	曲尺湾
康衢巷	县南大街
新路巷	虹桥大街
薛　巷	薛　弄
马园弄	马姚弄
赵家巷	赵家嘴角
豸史弄	大生弄

以厅为名之地名

上海地名之异者数见不鲜，如以厅称者，如跑马厅、如议
事厅，此均在租界者。如城内梅家弄附近则有鸳鸯厅，小南门
外大街则有马家厅，彩衣街则有西书厅，邑庙则有白粮厅、董
事厅、桂花厅。以上数处有名存而厅无，仅相呼沿旧耳。

南京路命名之意

本埠租界各路之路名，恒袭取我国都会城镇之地名以名
之，拘文牵义之士，每谓外人有利我土地之先机。此语最足启
猜嫌而挑恶感，实则西人随意命题，不求甚解，第取便于记忆
而已。观于轮船名称，除怡和公司各船含有文学意味外，其他

太古等完全为地名，是其例也。间尝思之，北京为我国首都，而英租界最称完美之大马路乃名之为南京路，转以北京路殿其后，意者在方向南北之区别乎，抑以江宁为本省都会尊之为巨擘乎？近晤某机关之熟于路务者，始知命名之意，具有至理。盖中英通商根据于道光壬寅五口之约，世所称"南京条约"是也，筑埠之始，实以此路为起点，故以南京命名，盖纪实也。由是而推九江路、汉口路均掇拾杂凑，固无所用意于其间。录之以解从前之惑。

南京路附近的外滩

正丰街名称之由来

英界五马路即广东路，一名正丰街。考其名称之由来，因当时有酱园名正丰者开设于五马路之中段，历年既久，遂沿称之，犹之大马路浙江路之呼为五云日升楼也。

新北门辟门之由来

本邑城门凡六，曰大小东门、大小南门、西门、北门是已。咸丰十年，太平军悉锐来攻，清当道鉴于癸丑刘丽川之变，虑客军不足恃，乃借西兵入城防守，驻于邑庙花园内。时租界新辟，法将弁以北门出入距所居良纡，渐于振武台右别辟一门，以通声气，沪道吴晓帆许之。同治丙寅，应敏斋摄道篆，添筑月城、敌楼，请命名于李合肥，李书"障川"二字与之，遂勒石其上，盖取昌黎"挽狂澜，障百川"之义也。当门初辟时，沪人士以此举倡自外人，竞诋之为狗洞，婚嫁仪从之属相戒不由斯途，城隍出巡更以此门为忌，恐蹈亵神之咎也。今则陵谷变迁，雉堞夷为坦道，当无此无意识之恶俗矣。

徐家汇命名之由来

徐家汇在邑之西乡，明相国徐光启文定公之墓在焉，徐家汇公学即文定公之故宅也，其裔聚居于此，因而得名。其地有天主教大教堂、天文台，土山湾之工艺院，妇女修道院，聚居其地者以天主教徒为多。镇之附近著名之学校，如交通部工业专门学校、震旦学院、复旦公学，名迹如李鸿章祠，铜像在焉。镇前河道通松江枫泾，船只往来颇形热闹，亦沪上之大镇也。

石路得名之由来

公共租界之福建路俗名石路，考其得名之由，知者恐甚鲜也。清道光时，城内县署东首李姓，巨富也，与闸北瞿氏结朱陈之好，李氏盛备奁具嫔于瞿氏。然当时商埠犹未开，郭门以外田亩纵横，道途崎岖，殊难涉足。李氏备大石数千，自河滨（即洋泾桥）起直达吴淞江，相距咫尺，即置一石以利行走，事后因之，行人称便，故名石路。李氏现已式微，其裔孙为余言其梗概如此。

福开森路名称之由来

该路系美国福开森先生所建筑。先生于西历一八九七年游历中国，道经沪上，为南洋公学督办盛杏荪聘为该校监院。先生以南洋公学附近交通不便，乃独捐银筑马路一条，自姚主教路起至善钟路相近为止。造成后，初无确实名称，后经该处居民即以先生之名为路名，谓之曰福开森路，至今未之改云。

乔家浜之命名

乔家浜，纪念先烈乔公者也。先烈少贫困，然知孝养，诚笃好善。后业商，寻于冬夜响愁苦家，投以钱，不令知之。及为官勤廉自矢，教民垦荒艺桑，设仓兴学，位至巡抚，清廉自如。暇辄著述，有《最乐堂文集》行世。居处临浜，后人遂名乔家浜。今浜已填平矣。

白渡桥之命名

苏州河昔通称为吴淞江，通商而后江北为美租界、江南为英租界，而南北往来必假渡船。有英人某君者出私款建桥于江上，长四十余丈，桥下有人守之，过者必纳税钱二文，日得钱数十千，十余年来获利无算，行人虽苦之而无可如何也。后其桥竟成一种产业，辗转相售，最后至同治某年为工部局所买，乃罢税，人皆称便，以不费资而渡，因名之曰白渡桥。后工部局复建三桥，即今之内白渡桥等是也。

外白渡桥

东西唐家弄命名之由来

明代唐瑜字廷美，景泰二年成进士，为官正直，没后民之闻丧奔哭者累月不绝。瑜弟唐珣字廷贵，天顺元年进士，为官亦著能声。当时弟兄济美，丕振门庭。唐瑜、唐珣宅，一在县西、一在县东，今其后裔凋零，宅第均为他姓所得，邑人探本溯源，遂呼其地为东、西唐家弄云。

打狗桥之别解

洋泾浜之打狗桥，以其名不雅驯，有易以带钩桥者，然终不解其命名之由。或谓同治间有某西人被犬所伤捕狺狺者数百头于此聚而歼旃。在当时偶有斯事或未可知，而桥之因此得名窃未敢信。据老于沪事者言，出北门半里许丛苇萧疏，本极寥落，有地名荡沟，旧有一桥曰荡沟桥。自西人来沪，构造日兴，就原址改建洋式，以通车马，土人循其原名而呼之打狗云者，盖荡沟转音之讹耳。姑贡一说，供好古家之考证焉。

带钩桥即打狗桥之易音

带钩桥即打狗桥之转音，当清同治十年秋间，有西商爱德生被疯狗咬伤致毙，经工部局议决下捕狗令，未逾旬日，捕狗三百余头，捕房无地可容，乃议有主者出金往赎，不赎者击毙之。时租界尚未兴盛，带钩桥一带为荒僻之区，爰于此间辟地一方为击狗之地，此打狗桥之名所由来也。后因租界居民日众，工部局另在戈登路建狗牢一所容纳捕狗，而击狗之举遂废。后人因其名之不雅驯，易音为带钩桥，而于原始命名之意知之者遂日鲜矣。

泥城桥与摆渡桥

距今六十年前，沪城以北均荒凉异常，孤坟垒垒，树林森森，五云日升楼等处，每至日落崦嵫，屡有抢劫等事，行者苦之。自海禁开后，辟为马路，且为海上最热闹之区域，回首当年，令人有沧海桑田之感。

新世界泥城桥畔向有泥土堆成之泥城一垛，名曰泥城，高约寻丈，俨然一小城市也。自通商后，外人因筑跑马厅，至将泥城拆毁，泥城旁之城浜未几亦遭垫塞，至今仅存"泥城桥"三字，浜与城均已改造房屋及建筑马路矣。

昔日老江（即今苏州河）颇为辽阔，约有今日歇浦江狭处，故来往杨树浦上海之行人均须出钱五文，用船摆渡，行者每叹艰困。自通商后，在光绪初叶时，外人出资建桥，名曰摆渡桥，即今之外自大桥是（按：摆渡与白大谐音）。初建时，

苏州河

凡行人来往须纳钱三文，并饬人专司其事，约数年后，始弃而不收。桥颇坚固，以纯铁制成，亦为海上建筑物中大工程之一也。

陆家石桥

小东门外华法交界处之陆家石桥，相传桥址为某女郎之墓。女郎生有秽行，事败为家族活瘗于此，复建桥以表示忏悔。此说本属不经，而俗又以凡男子渡桥最忌倾跌，跌则即为墓中人求凤之征，必致不利。此桥高耸，为南北交通孔道，复为菜市丛集之所，终日喧扰，不雨亦润，故履其地者恒有戒心。桥堍某酱坊惑于是说，每逢天雨泥泞时即撒布砻糠、草屑之属于桥之石级，以利行人。数年前工巡局徇华商电车公司之请，填浜筑路，议将此桥拆除。众方惴惴以为必有异征也，乃邪许并作，了无他异，拆卸到底，仅获铁质空盒一只，意必前人建桥时镇煞之用，方知前说之尽属无稽也。

按：所称某女郎者，或有指为城内竹素堂之同族，以事既荒诞，不敢附和，惟社会流传确如上述，故具说如上。

虬江考

虬江本吴淞江旧迹，故名旧江。任仁发《水利集》：宋时旧江由江桥迤逦东北，从江湾入海，今大场浦有石闸，本旧江故道。宋嘉定时以吴淞故道淤塞，知丞沈某开浚新江，取直道以入沪渎。元大德八年，水监任仁发上书，称松江故道湮塞，水面多占民田，再浚新江五十余里。则旧江即为宋、元之淞江有征矣。吾邑前明侯峒曾先生《舟行虬江》诗云："村墟摇落后，诘曲一溪中。竹树余衰绿，烟云看晚红。鸦栖浑似叶，芦静不交风。早稻新收得，江干说岁丰。"又侯岐曾《虬江晚眺》云："落日风寒潮正还，维舟野岸意萧然。何年古木留归鸟，几处春灯动远田。云薄不迷沙草路，月微初挂澹烟天。秋江艇子堪歌啸，把酒频呼宋玉篇。"均指此焉。

陈箍桶桥考

本邑大南门内有陈箍桶桥者（今已拆除），命名之义其说有二。一曰陈为南宋时人，操箍桶业，冬夏一衲，不垢不敝，童颜鹤发，双瞳作深碧色，望之凛然有道气，于是人竞呼之为仙。迨明弘治间扬州牡丹盛开，四方观者云集，陈亦在焉。时有浙人王允敬者，戏以火铳击其背，而陈若不关痛痒然，人益奇之。后游行至沪，会居民构是桥，屡成屡圮，得陈指授方略，顷刻蒇事，乃以其名名之。是说也，余颇疑之。盖南宋迄明，中隔胡元一代，亘八十余年之久，况弘治距明初又将百年，是时中原屡遭鼎沸，孑遗仅存，彼绿杨城畔之遇之者与建桥之躬受方略者，必生于明祖定鼎以后。然则陈之是否为赵宋遗民，除自道外，固莫由证实也。或曰陈箍桶者，系陈顾同之讹，盖桥为陈、顾二姓同建者也，理或然欤。

陈箍桶桥续考

邑有陈箍桶桥，或疑为陈顾同桥之讹，前曾两说并存，兹有客述陈箍桶佚事者，谓确有其人，桥亦为其遗迹。陈宋末隐士，不详其名，居浦滨，以箍桶为业，跣足蓬头，衣一衲，寒暑不更，两鬓斑白，双瞳湛如碧水，能道徽、钦时事，行踪飘忽靡定。性懒而嗜酒，善卧，一日醉横浦滩，巨潮猝至，竟顺流五六里齁齁如不觉，人目为仙。时元伯颜率大兵渡江东下，江以南盗贼蜂起，伏尸遍野，累月无人烟，陈独颓然卧街头，面无槁容。有旧邻某氏母女同被贼迫，陈挟与俱行，追者相去咫尺，终不及，卒免于辱。洎元贞元初，华亭陆正夫犹遇陈于金陵，后遂不知所终。奇迹颇多，桥其一端也。

奚行镇考

今浦东高行之东有地名蔡家宅者，旧为奚行镇，奚氏聚族而居，称素封焉。明正德间土豪奚三锡威福自恣，武断一乡，人多侧目。尝与曹姓争畔涉讼，奚暮夜入署，以苞苴进，遂反曲为直。逮曹转急，曹惧而遁，瓜蔓及于戚党，一村哗噪，纵火毁奚居。事闻于上，率兵按问，复鸣鼓聚众以抗，误伤一弁，抚军不敢隐，具状入告，论死者至百人，而镇遂废。今询之该处居民，亦鲜知其来历矣。

三茅阁桥考

今洋泾浜河南路口有地名三茅阁桥，相传桥之南畔原有三茅阁，建于明之永乐，清乾、嘉间屡加修葺。中祀三茅真君，其旁且有春申君庙，即邑志所称“延真观”者是也，向为羽流所居，地方官春秋致祭如仪焉。咸丰癸丑刘丽川据城为乱，庙、阁并毁于兵，夷为平壤，遂由西人承购，邑人移建春申庙于城内，三茅之祀竟废，此桥之命名所由来也。

晏公庙异同考

本邑西门外苏属谊园之东旧有晏公庙，附设殡舍。光绪乙酉间不戒于火，尸枢百余具尽付一炬，僧惧罪遁去，庙遂封闭。考晏公不知何神，偶阅《檐曝杂记》，载晏公为江中棕缆，许旌阳以法印击，遂成正神。又引《国宪家猷》云，洪武间有渔夫于江心遇猪婆龙，叩以姓曰晏，有司具以奏闻，明太祖曰："昔救我于覆舟山者即此神也。"遂勒封为神霄玉府晏公都督大元帅，命有司祀之云云。而管秋初所著《上海杂记》则引《路史》所载，谓公讳戌仔，元时为文锦堂局长，登舟尸解。洪武初以其荫翊海运，封平浪侯。《沪城备考》载平浪侯晏公数显灵于江湖间，吴赤乌中庙建于周泾。嘉靖间岛夷犯上海时，董邦政署县篆，计无所出，夜半忽闻西隅鼓炮震天，淘汹有喊杀声，已而海潮汛溢，堤溃，毙夷无算，馀遂遁去，邑赖以安，吏民德之。诸说不一，姑并志之以待考证。

矮子坟正误

浦之左昔有矮子坟，年远代湮，姓氏、里籍已不可考。人以倭盗尝寇沪，疑即为彼族之藁葬地，遂呼之为倭子坟，而不知非也。某笔记载，明嘉靖时有马胜者，操舵浦江，善泅术而好行其德。每遇风后肆虐，白浪滔天之际，常孤身棹桨，巡视洪涛中，援人之溺而不索酬，人咸德之。以其身类焦侥，群呼为"马矮子"。既殁，里人就其结庐处瘗之，因是而名矮子坟。辗转沿误，遂以矮为倭云。

偷鸡桥正误

洋泾浜打狗桥之为带钩桥，前既辞而辟之矣，查浙江路尚有地名偷鸡桥者，若拘于字义，必有攘窃家禽之辈踞斯土为巢穴。设使朝歌、胜母，名实相称，卜居者将避之若浼矣。虽然，岂有是哉！闻诸谙于旧事者谓，西人未来之前，此处系极小村落，炊烟几缕，流水一湾，居人支略杓以渡耕樍，具桥之形而无定名可指。迨土木大兴，需砖孔亟，遂假河滨为抟造土基之场。土基者，即未经煅炼之砖料，下级房舍用以筑墙，取其廉而易集。工作既久，桥遂因此而名显。迄于今七十余载，辗转假借，讹土基为偷鸡，盖亦伍髭须、杜十姨之类也。或谓昔时有斗鸡者卜彩于此，故有斗鸡之名。二说姑并存之，以待续考。

满庭坊考

近人某君著《上海闲话》，载及英租界满庭坊一带之食品小摊不受界章取缔，谓系白相洋人之产，为普通洋人所见惮，故听其自由云云。审是，则工部局有因人而施之嫌矣，岂有是哉！按该段凡靖远街、上林里、月桂里、满庭坊一带，最初均为陈裕昌所有。陈南浔人，号竹宾，裕昌者其营业之牌号也。以丝茧起家，与郁屏翰、庞莱臣、黄佐卿同受业于丝商黄某，黄授弟子凡四，均成大器，略无差等，亦一奇也。时租界地亩甚贱，陈以所蓄相机圈购，筑屋招赁以逐利，积久致富，取得大地主之资格，性好慈善，不吝施与。先是，福州路捕房设备草率，凡拘留仅一二夕者不给卧具，任令曲肱席地，祁寒时恒因而致疾。陈侦知之，购毛毯若干送捕房充公用，又虑因粮不丰，预贯制钱五十文一串，日赴捕房按名亲自分给，积久不倦，以是有善士之目，工部局遂敬畏之，为别设公座以待。当满庭坊兴建之初，纵横街弄，既为陈之私产，不入公路范围，于是声明有自由兴废权，以上述历史关系，捕房遂不得不姑允所请，别创一格矣。向者该路北端设大栅，以表示公私路界权之别（近已撤废），栅内清道、平治等夫役均陈氏自雇，无与工部局事，所设摊肆当然不受卫生西人约束矣。陈之为此，实含有社会主义，初非牟利作用。屋租每间只取二三元，赁户多为中流以下人物，恒有积欠至一二载者，陈亦宽容之，绝无厉色迫索之事。故摊租一项，更不成问题矣。其好义诚有足多者。陈住宅在山东路、汉口路之交，殁后有子六，不克绍先业，地产泰半易主，今满庭坊已为长利洋行、新沙逊两家所有，但陈摊之权利仍继其遗制云。

紫金坊

五马路石路之紫金坊，即以前之公顺昌弄堂也。公顺昌为从前之有名土行，暨挑冷膏售灯吃者，名播遐迩。该处本名新锦里，人之过者辄语曰此公顺昌弄堂也，于是并新锦之名而湮没。稽之故老闲谭，新锦里本为下等妓女所居之所，沪谚所谓

"老虫窠"焉。光绪癸巳、甲午之交，有甬人某甲，设新锦园盆汤于内，时尚洁庐、沧浪亭、洗清池等皆未开张，与新锦园竞争者仅天发、双凤两园。彼时社会人士之生活程度犹未有近今之高，故浴身者成趋浴堂而不就盆汤，盖嫌其价昂也，以故新锦园开张以后生涯并不见佳。殆翌年合肥李鸿章赴粤勾当某项交涉，在新锦园洗澡一次，于是庸愚者金谓是贵人福星降临之地，趋之必吉，遂如蝇附撞，于是新锦园生涯大盛，而社会之生活程度亦逐渐增高，盆汤乃续开不已，推源究底，未始非李一濯之功也。新锦园直至上年火废闭歇，生涯仍不少衰，主顾以伶界居多。是处房屋系公平洋行产业，殆火废之后，有某甲利其生意，特以重价挖开紫金池盆汤。殊不知新锦园之盛系赖李之虚名，继托公顺昌土行之力，牌号一换，从此已矣，而其地点又非佳美之所，况附近有尚洁庐、双凤亭、浴春池之倾轧，致生涯之清淡实为仅见口越宿晚间余。一人往浴，自九时至十一时，舍余一主顾外无第二人。因思及新锦园之盛并公顺昌弄堂之略历，连类及之，是亦地理上及盆汤业之一小沧桑也。

杨家坟山

北山西路有坟茔一，俗称其地为杨家山，盖邑人杨某（轶其名）之佳城也。昔杨为邑中巨室，阡陌连横。海通以来，沪北辟为租界，建筑马路，坟墓之迁让者不可胜计，而杨之后人举墓外之隙地悉赠诸工部局为筑路之需，工部局念其热心公益，特为其墓之四周筑以围墙，妥为保护，以酬其功云。

福州路之交通

福州路（即四马路）当十年前，因车马辐辏，道路逼窄，故定于下午二时至十二时止，自福建路（即石路）以东、山东路（即望平街）以西，一应车辆只许往西不许往东，福州路及汉口路（即三马路）中之山西路（即昼锦里）一段，迨三时后，捕房即派捕阻止车辆不得出福州路。近年来南京路（即大马路）日益改良，市面渐趋西北，福州路不若从前拥挤，捕房遂取消此禁，至今已数年矣。

宝善街之市屋

广东路即五马街，中段又名宝善街，商肆繁盛，道途逼窄。工部局定章，遇翻造房屋例须让地若干尺，藉以扩充马路，而宝善街之市屋无论何时重建，概不稍让，缘此路本为私人所辟，与近日接通山东路与河南路之交通路同一性质，故无让地之事也。

霞飞路之特异

霞飞路旧名宝昌路，长廿余里，乃电车通徐家汇路道，洋房居多数，街衢颇宽，其直如矢，无参差不齐之弊。两旁密植树木（他路无此繁滋），夏日绿荫如幕，散步其间，疑是园林。试站于善钟路口（与霞飞路相接，犬牙交错，致成曲线），无论向东、向西，凝神望远，毫无障碍，路上枝叶扶疏，人兽行走、车马往来尽纳寸眸，宛然一幅活动影戏也（按：火车站路亦无曲线，长不及此）。尚有多处方屋（距离数百步），屋上如四扶梯相合，矗立空际，助电机房也。全路不见自来水龙头，系埋沟中。道旁铁柱中段以铁丝系小方牌，垩以粉，上绘一箭，问诸识者，谓为指示水管龙头之标识，箭弯曲则在柱下，箭平直尖弯则在柱之对面，俾救火人一望而知。空气亦甚清净，伟人、殷富乐卜居焉。

三角地之巧对

新北门外法租界自来水塔之处，地名新开河，本有直通浦滩之小浜一条。该处地形成三角式，故复有呼为"三角地"者。时南京路中段有茶肆，其牌号为"一洞天"，当时有人以此茶肆之牌号对此三角地之地名，可称无缝天衣，巧不可阶。今该茶肆已于数年前闭业，而新开河早于二十年前，因建造水塔填为平路，同为过去之历史矣。

九亩地兴废谈

今九亩地有露香园路，相传系露香园故址。园为明尚宝司丞顾应夫所筑，顾氏世居西城，精于刺绣，得内府劈丝点染法，故有"顾绣"之号。应夫解组归，辟所居旷地为园，凿池获一石，有"露香"字样，为赵文敏手笔，因以名园。广数十亩，中有碧漪堂、阜春馆、积翠冈、露香阁、独笑轩、分鸥亭诸胜。露香池大可十亩，满栽红莲，开时如赤城霞起，擅一邑名胜之冠。旁有大士庵、青莲座，斜樐曲构，飞阁流丹，今附城基之大境即露香阁遗址也。九亩地向为营兵校演之场，道光时邑宰黄冕曾建积谷仓暨秋水亭、万竹山房诸胜，聊事点缀。壬寅药库轰炸，复成焦土，自振市公司就其地倡建市场，今则康衢四达，商肆如林，昔日之云烟溪壑，当不胜过墟之感矣。

西炮台

南市制造局中之西炮台，白杨萧疏，碧血常新，盖为杀人之场，党人、侠士饮恨于此处者，岁以百计。法兰西大恐怖时代之断头台，恐亦不是过也。西炮台究属为如何之建筑物，自为国人之所急欲闻者。按列国各炮兵工厂例设试枪炮之所，制造局之试枪所即附设枪厂内，试炮则自不能于炮厂内举行，于是于局南半里之遥筑一土山，高约二十丈外，分上下两层，面积极宽，居然乔木郁苍，雅有画意。台沿浦江之滨而筑，登台南望，龙华古塔隐约白云间，汽舟连络不绝，水鸟扑扑而飞；东望则军舰三五，鱼贯而阵，国旗扬扬，令人神往；西北一带则制造局之全景、龙华道之一斑，历历在目。自台脚北达局门约有里许，沿江筑路，植柳万枝，大有西子湖中苏堤之意，暮春三月鸟语花明，听涛攀柳，缓步其间，此乐陶陶与天无极，回想前程，不异隔世。沪音读试如西，此极无关系之试炮台遂误以西炮台传，今且与羊城东门外之黄花冈同为民国最可纪念之物。呜呼！西风萧瑟，壮士不归；南国春深，故人已往。吾人述西炮台之历史，不知涕之何从也。

闸北之繁盛

闸北一隅，毗连租界，昔年市廛寥落，荒芜殊甚，令人见之有满目苍凉之慨。比年以来，市房渐见兴筑，道路亦较前平坦。宝山路一带商店林立，人烟稠密，为闸北最繁盛之点。虬江路亦设有广东梨园、上海大戏园等，市面益见兴旺。此外更有救火会，对于消防事宜多所尽力，警察四布，尤为缜密。较之租界虽不能望其项背，然亦蒸蒸日上矣。

南市之第一码头

十六铺以南市肆林立，商业繁盛，最初所设之码头即今大码头，然当时只以"李家码头"名。其变名之由，则因城中吾园主人李苟香本浦东张江栅人，虽迁居城内，而以浦东族人犹多，因在该地自建一码头以便渡浦。迨后商业渐盛，乃公诸社会，又加扩充，故有"大码头"之称焉。

南市西区调查录

南市西区所辖之地可四方里，户口及万，据十年调查所得，只三千户有奇。户口中客居多于土著，居户多于店铺，店铺以茶馆为最多，习惯然也。建筑房屋每月平均可得百幢，加以新辟中华路，环城电车交通便利，居户更多。回思十年前蔓草荒烟，景象寥落，不可同日语矣。

居西区者多为江北船户（俗称"舼艒船"，以船为家，生产甚繁），临陆家浜一带触目皆是。余若水木染坊、作场等之司匠亦多，此辈缺乏教育，最易生事，每月到警署诉讼之事平均约有四五百件之多，语言细故动辄相争，故西区警务最为繁杂。将来上流人物日渐增多，当不至如今日之程度幼稚也。

租界中中国官厅辖治之地

租界内之裁判地租、界捐、卫生等项，我国固无权置议，然亦有为外人不能干涉者。如英租界内之保安堂、美租界内之天后宫、公共租界内之栖流公所和安学校、法租界内之同仁辅元分堂，上列诸处皆为我国官厅权力所及之地，不容外人支配者也。

上海的鸟瞰

梁得所*

如此上海

申江的潮流，四时不停地滔荡于黄浦滩边。大小轮船像马路上行人一般来往不绝。汽笛的声音，也就一高一低，忽远忽近地相呼应，加上江海关布告时刻的钟鸣，一切复杂的声浪，把空气撼动了。

靠岸停泊的船只

---

* 梁得所（1905—1938），近代作家、美术出版家、翻译家。多才多艺，长于报刊编辑出版业务，兼长美术和音乐。

　　我们对于上海的感触，印象最深的应是黄浦滩。因为我们旅客无论来自太平洋、大西洋、长江、珠江或渤海，大多数由黄浦滩的码头，踏上上海的土地。尤其不能忘记的，将到而未到时，渐近渐清楚地望见江滨的大建筑，相连峙立，仿佛并肩比高。这些洋房的面前，蜿蜒着一条宽敞的堤岸。车马驰逐其间——一瞥之下，我们就确信上海是东方第一大的都会，而且在世界重要商埠当中，不出六名外。

　　都会，是现代人力创造的一种成绩品。在东方精神主义者心目中，对于物质文明，也许表示不满，这未尝没有理由。就举上海的黄浦滩来讲，堤岸虽也有几丛树木，可是舟车喧闹，把鸟儿吓得不敢栖止。天然的土地，被人工修改，完全失了本来面目。只见货物上落，人事匆匆……人是有感情的动物，在这个物质的环境中，感情仿佛有隐灭之忧。

　　其实不然。黄浦滩是一个很有诗意的地方。"车到黄浦滩的时候，东方的天上，已渐渐起了金黄色的曙光。无情的太阳不顾离人的眼泪，又要登上她的征程了。"

　　上面一段，就是郭沫若在《歧路》文中，写他送妻子回日本去的光景。别离，别离！黄浦滩是多少离人临别依依的地方。无数离人的眼泪，滴落江中往海流。多少年老的慈母，送儿子到外洋去，今生不知有无再见期。多少青春情侣，此番断肠之后，不知千里之外，伊人是否情随境迁。多少朋友，握手告别，虽不至于呜咽，总觉一阵怅惘，涌上心头，不由得轻叹聚散如浮萍。

　　同时，黄浦滩又是一个欢遇的地方。登岸的旅客和江干相接迎的人，虽在烈日之下，或在阴雨中，他们都一辈子的欢容满面。

　　黄浦滩的景象，足以代表上海，使我们知道她是一个现代化物质文明的都会，同时是情调深长的地方。

世界知名的路

上海重要马路的定名，有一个通例，但凡南北横线取省名，东西纵线取城名。由黄浦滩朝西直上，最大的一条路，就根据现在的首都而名为南京路。

上海之有南京路，好比中国之有上海一样明显。这条路名处处有人知道。一则"南京"两字很易记（日本土话竟称中国人做"南京样"）；二则自从五卅惨案之后，南京路在历史地图上画上一条红线；三则——根本上说，南京路是商业繁华的中心点，正如苏梅女士作的《南京路进行曲》当中几句说：

"飞楼百丈凌霄汉，车水马如龙。南京路繁盛谁同，天街十丈平如砥，岂有软红飞。美人如花不可数，衣香鬓影春风微。"

这条路的商店，店面装饰很讲究。宽大的玻璃橱窗中，五光十色，什么都有。读者诸君，也许有的是暂留上海的旅客，不妨在灯火灿耀的夜间，浏览两旁橱窗，足以增加美术兴味和货物见识，获益一定不浅。即如前几个月我到日本东京，一连儿晚散步于银座大街，仔细玩味一般商店的陈设，所得的意趣和益处，比较参观任何工厂或学校，丰富得多了。

中外通商事业，使上海成为世界有数的都市。无论哪一国，与异邦最多接触的地方，必最发达。所可惜者，中国商埠之开辟，由不平等条约产生。尤其可惜的，我们经济落后，对外营业的权力，进出比对起来，总是吃亏的。通商愈发达，我们经济上损失愈大，与欧美日本成反比例。长此以往，倘若工业不极力发展，整个的国家，就一天比一天贫穷，一年比一年困乏，这就是民生前途的隐忧。

汽车和家庭区域

南京路之西南，由英租界的静安寺路、通善钟路而入法租界。这一带，是大部分外侨和华人富户的居留地。马路因行人稀少，愈觉宽敞，空气也就清爽得多。尤其是深秋的黄昏，落叶逐西风，着地有声。斜阳微弱的余晖，把路旁两列树木的影子投在地面。此处离南京路不远，而景象竟然两样。

这一带行人虽少，可是每日上工和放工的几个时刻，千百汽车连串往来。因为西南一区，既多商家住宅，来回了家庭和办事处之间。汽车之多，是必然的事。

胡适博士说过，看汽车的多少，可知文明程度之高下。这话很有道理。虽然在只有大贫小贫的中国，汽车似属贵族奢侈品，可是根本说，坐人力车比坐汽车奢侈得多。因为世上最宝贵的是人的精力和时间。那么，坐人力车既费时间，又耗人力。而汽车只需拨动机器，烧多少油，事半功倍，岂不是经济得多吗？

记得从前编北伐画史，收到一幅国民军在郑州欢迎冯玉祥的照片。摄影记者来信述说，当时冯玉祥不肯上汽车，终于由张发奎等把他抬上去。后来冯氏到了南京，据说，他见中央政府有十四辆公用汽车，便对谭主席表示觉得太奢侈。谭主席不忍驳他一片俭朴心，只劝他到上海逛逛。意思是他若见过上海的情形（尤其是在下午一两点钟到静安寺路看看），就不会觉得中央政府汽车太多吧。冯玉祥之不肯坐汽车，与士卒平等的精神，是我们所钦佩。至于说到中央政府十四辆汽车也太多，那堂堂中国未免太可怜了。照这样推论，现在与俄罗斯打仗，也不要用机关枪吧。因为机关枪每杆千多元，很奢侈。要说俭朴，何不购用从前每杆十元的老式火药铳。工欲善其事，必先利其器。据现在的统计，美国机器发达，一个人的生产能力抵我国三百人。我们人口，虽比他们多三四倍，而生产力只等于他们几百分之一。因此我们天天落后，西北人民要吃树皮草根。就算中国人所有汽车都卖了，拿那笔钱去赈济西北饥民，可是那笔款转眼消尽，结果仍要吃树皮草根。平等的目标应该把低者提高，使人人都得享受。我们对于有汽车的人，不希望他卖车济贫，只希望他们特别努力谋生产，渐渐影响所及，使将来汽车变成鞋袜椅子一般平常。人人有饭吃，更不在话下了。

旅行杂志辑者叫我讲上海地方。上面一段不觉撑横了，实因不能已于言。离题之处，请阅者见谅。

且说上海西南一带是住宅区，与商业区分离。原有一种好处，那便是家庭生活和职业生活划分清楚。旧式中国的衙门和商店，往往与住宅合在一起。弄到办公的时候，可以听闻妻妾儿女的喧声。放工的时候，自然不乐于等在家里。结果家庭快乐和办事效率两相牵累，实在是最不上算的事情。关于这一点，希望组织新家庭的特别注意。虽则静安寺路和法租界华丽的洋房，不是人人所能拥有，但大小不拘，总要造成一个有家庭意味的家庭。那么白天尽管疲劳，一回到家里就身心安适。正如一首流行曲My Blue Heaven的几句。所谓：

> You'll see a smiling face,
> A fireplace,
> A cozy room;
> A little nest that's nestled
> Where the roses bloom.

室内团炉谈笑，

屋虽小，

十分舒畅。

好比花园不在大，

有花自然香。

乌龟池畔

法租界之东南，是上海城的故址。这个区域，大概以城隍庙为中心。在五国势力共管的上海中，南市是纯粹中国所有地。市政警政都由上海特别市政府办理。而且居民习尚，颇能保存本色古风。所以外国游客到上海必到那里观光，尤其必到城隍庙，看许多善男信女烧香问卜，或上庙旁的茶馆参加啜茗——余生也晚。反正以前还是四五岁的小孩，对于前清的景象不大了了，可是看城隍庙现在情形，使我幻想。此间三二十年来，无大变迁，除了男子头上没有辫之外，其他景象，也许依然如故。

城隍庙里有一度九曲桥。桥下一个泥池，里面养着千百乌龟。据说它们居留的年代，和池畔许多家庭居留年代一般，非常长远。这话说来不大好听，似乎有点侮辱嫌疑。可是不客气地说一句，看城隍庙左近没有新气象，就知道大部分居民守旧。但凡守旧而进步迟慢的人，就像乌龟。虽然住在那里的不是人人如此，并且据我所知其中还有几个很有新思想的学者。但鸟瞰而看，这一区的状态，比上海其他区域，至少落后二十年；南京路许多店面燃着新发明的Neon Light。城隍庙仍旧挂起红灯笼；新书新报在中区北区畅售，而城隍庙左近一列书摊，都是卖旧书——卖那只可当作古宝珍藏而与切实人生无大关系的旧书。

再放宽点眼光，所谓中国古风，和世界趋势比起来，有如龟兔竞走（非古典的）。我们蠕行，别人飞跃。飞跃者愈跑愈快，蠕行者反有睡意。别处飞机也嫌慢，九曲桥上的老先生，却还拱手弯肩而闲步。当国际科学大会演讲讨论，劳动政治会议场中正在雄辩的时候，城隍庙旁茶馆上的大国民，泡了一壶菊花龙井，嗑着瓜子，一唱三叹地说道，"浮生若梦，世事如烟，吾辈游戏人间耳。"

"生之欣悦"之街

苏州河之北，以邮政总局为起点，直通到虹口公园。这条大路名为北四川路，也就是我现在所称为"生之欣悦"之街。

公园和虹口

　　若问上海哪条路最繁盛，当然首推南京路。然而北四川路仿佛"楼不在高，有人则灵"。单以都市生活为观点，北四川路在上海应该首屈一指。这条路一带，影戏院不下十间，跳舞场十余所，食物馆——尤其是广东食物馆——大小不计其数。

　　这条路丰富而不单调，不但什么商店都有，就是礼拜堂也有五六处，数目为其他各路之冠。还有一个特点，几间有名的中小学校开在此地。每天许多男女学生往来，把这条路点缀得分外生色，足以消除市井气。

　　这条路是开心的。试举小例，即如有一间卖凉茶的店子，出一张布告说：

　　　　百物腾贵，犹火之向上也。
　　　　铜元跌落，如水之就下矣。
　　　　凉茶加价，乃水长而船高焉。
　　　　诸君赐顾，岂因此而怪意哉。

　　又如一个下午，偶然看见石像店前一堆人围拢。原来那摆满裸体石像的玻璃窗贴了一张咸诗布告：

　　　　矾石制成死美人，过路诸君莫当真。
　　　　若将裸体思淫欲，贻害终身千万人。
　　　　有心人谨白

　　诸如此类。总之这条路不是板着面孔的。

　　入夜后，经过跳舞场外，也许能够听闻里面的乐声，奏着最近流行的"Broadway Melody"：

　　Don't bring a frown to old Broadway,

You're got to clown on Broadway,

Your troubles there are out of style,

For Broadway always wears a smile.

A million lights they flicker there,

A million hearts beat quicker there.

大路行人勿皱眉头，来到此地莫忧愁。

长叹短叹太不时髦，这条路一向笑容好。

百万盏灯火闪闪照，百万颗心儿勃勃跳。

　　上海的夜生活，北四川路占重要位置。本来醇酒妇人、狂歌达旦的生活，是个人主义的享乐，未免过于自私，但总好过到四马路青莲阁等处去泄欲。并不是道德高下问题，实因狂歌醉舞的人有"生命力"，一旦施于正当用途，就大有作为的。

　　我在上海居留，不觉三年了，办事和寄寓的地方都在北四川路。对于都市生活，自然有相当了解。然而邦国多难之秋，生平恩仇未报，狂醉尚非其时。孤灯之下，草完此文，想起此刻北四川路的夜生活中，许多青年正在表现他们无从发泄的生命力。我相信，本着生之欣悦的精神，我们都可以做时代的前进者。

一九二九，寒冬之一夜

　　原载民国十九年（1930）《旅行杂志》第4卷第1号，有改动

上海风景线

笛　人[*]

　　上海没有山，也并无如一般老上海人所说，"画船水榭之胜"，但便是如此，上海也缺少不了风景。第一，一条广阔曲流的黄浦江就够你半日的消磨。你可以"扁舟一叶"，看那"月照黄龙浦水黄"的月夜景色；你还可以趁"潮雄"的时候，"船从波阔浦中经"，去试试浦江的浪头。"黄浦秋涛"本是沪上有名的八景之一。今年，你总看过江上的划龙船的，其实那种"群龙戏凤"的竞渡，只是应景的点缀而已。数十年前，打从咸丰三年起，沪上一般西商，假日余闲，就曾"联合商船水手，在黄浦江中，举行赛船之戏"，你可知道这回事？虽然现在是看不到了。

　　夏天，乘凉夜渡，滋味又将何如？便是白天，你可到高桥海滨，一看海天相接的美景。可惜那里的海滨浴场战后倾圮，否则你大可以洗一个舒服的海水澡回来。

　　"龙华浦面阔无涯"，我知道你轻易不会上那儿去，但吴淞海滩你大概一定高兴去一游。在那绵长的滩上打滚跌坐，看烟云飞鸟，船只出没，保你非常愉快，不啻海鸥。你再看，滚滚的浪涛卷来了，却绝不会就推涌到你的脚跟前的。

---

[*]　笛人，疑为笔名，民国时期人物，姓名、生卒年具不详。

自然，苏州河现在是污浊了，里面塞满船只，一无风味可言，可也不能就这么说。它有过它美好的往昔的："天空日落晴霞起，疏柳望隈暮烟紫，风动牙樯纵所如，一桡划破吴淞水。"

上海第一个公共游憩的公园是黄浦公园，以前称外滩公园，建于同治七年。

这公园的最大特色，是靠着白渡桥南的浦边。每天江水汹涌，溅泼有声，波面风来，衣飘袂举，坐在铁链以内的长椅上，是夏夜最佳的纳凉地，也是看江浦潮汐、船桅烟影的一个好所在。你只看见江流浩荡，向两头环转了过去。

那音乐台的地方，据说从前有只小船沉没于此，后来才聚沙成滩，作了音乐台的台基。夜里，有过多少年，悠扬的乐声，从这台上飘扬起来，飘到游客的耳朵里，飘向黄浊的江上去，但现在这只台只剩下了台基，乐声是哑了。

右角那个小池，里面养着几条鲤鱼，好看的是那当中的喷水伞，成天地淋洒着。伞下两个铁小孩，滴得没法躲避，只好儇倚相抱。走过去，土堆旁边还有一个池，当洋荷花盛开时，朵朵白莲下面亲着绿叶，娇白清艳，煞是可爱。

园里梧桐蔽天，墙边栽着红花藤，并有石柳树一枝。土山一亭，俯瞰全园，园虽狭长，倒仍辟有儿童球戏的草场一所。

如果你嫌黄浦公园太显露，那么你可以到复兴中路口的复兴公园去。该园落成于宣统元年，原名顾家宅公园。园如小家碧玉，楚楚风姿，以幽丽胜。有三个出入的门，南面斜对重庆南路；西通香山路；北口出雁荡路。前后两门间，靠东有一条白的阔带似的林荫道（近北门可以横入另一林荫道，通到一丛大树底下），边有石凳，可以憩坐。左面本有动物园，现已门扃长废，不再听见老虎的叫声了。旁边花园，多月季、美人蕉，间以梅林。

园多草地，靠北门边有喷水莲，四面广栽花草。全园最高处在摄影室西，一丘隆起，上植高木，凉风习习下，是读书处，亦为情侣谈心处。丘尽处堆石特高，可环观全园，半腰奠以石基，水流由此泻下，若天然奔泉，流入丘前小池，池水渟泓，水中常可见倒映的俪影。

最值得提起的，是园西北隅的长方竹顶亭子，内设清晨学园，横额乃吴市长所题。学园成于卅五年双十节，冬季晨读，时间七至八点；夏季提早半小时，现尚有夜课（八点半至九点半）。园多石榴树（在靠西儿童乐园一带），也有凤仙。至于秋季的菊花大会，紫嫣黄娇，装点秋容，那是更不必说了。

"复兴"以幽丽胜，则梵皇渡路边的中山公园（旧名兆丰公园，民国三年落成开放）却以阔大深宏见长，占地三百亩，为沪上最大的公园，它的样子仿佛一管横摆的手枪，园门东南开。

你跑进去，满目青葱翠绿，犹如到了洞天福地。横里直里，你单见草坪连草坪，树木间树木，不过一进门你就向东靠篱边一转的话，那你就可瞧到深红浅白各种颜色的熟耆花，在此孟夏之时，开得繁艳。离篱向北不远，有土阜，有条荷花溪，曲折回旋，圆叶田田，一直通到茶室的所在。你如果再要看花，只须更缘右北进就与：那里篱边，有牵牛、樱花、银杏等花族。篱尽一亭，篱外茅舍，过亭西行，前有旷地，旁设云石音乐台。台长方形，后墙间立二女像，姿态生动。邻近有一大钟，就是有名的救火钟，上刻一八六五年字样。过此小径纵横，花堆累累，中间石径直通动物园。

中央有池，作不规则的元宝形，更有一堆椭圆形冬青，内藏长形茅舍，幽凉非复人间，粗粗看去，你决不会想到里面有此幽雅胜地。此外，还有洋松林，到处树荫重重，实是消闲谈心的好所在。倘如环转而行，那么渡桥不久，便跨上一

"岭"。"岭"下用泥草谱成"中山公园"四个大字，前横狭长一条小溪。这岭上两边，草叶蒙茸间，颇有幽深之地。"岭"下一道花墙，墙内有仿佛字形的紫藤架，三面石水柜间立着一双石马，入口处一对翁仲，神情清闲。过此又一土阜，拾级而上，可以望见梵王渡路的形形式式。

到植物园与动物园去的那条路，在一座桥下设着工务局第四苗圃，圃尽处即为公园东入口。沿径两旁，石座排列，金雀成堆，老藤偎抱。是处四周多植异木，即植物园所在，种着泡花树、七叶树、蚊子树等等。再向前深进，就到了动物园。园成于民国十一年，内富有鸳鸯孔雀、鹅狐鹰雉，以及兔熊獾獐。笼屋陈鳄，铁槛内的猿猴飞禽，一见有人便飞舞攀爬。那一带，花木深密，枝叶浓郁，怪石交叠，曲径通幽，一绕错，往往不晓得怎样才能够走将出来。

这园里多的是绿草青树，多的是厕所，多的是各式的茅亭，还多的是樱花。只有玉兰花和夹竹桃在东西两边繁富而又寂寞地开着。

上海四大公园的最后一个是中正公园。原名虹口公园，辟于光绪三十一年。这园太空旷了，与其说是一个公园，毋宁说是一个运动场。进大门约二丈，有小河一，左右有绿式栏杆的木桥横架。循石桥走去，一池荷花可以鉴赏，假山堆叠，不妨小憩。隔河为第六苗圃，遥望一片青绿。园左侧，有着秋千架，中间径约三百尺腰圆形草地，其中辟有跑道，更划草地为二，球赛田赛径赛均可于此举行。

园中最好的地方是在沿江湾路长约十丈的一段，里面种着槐树、夹竹桃、合欢花以及其他各种花草。

你可到过卅四年双十节开幕的林森公园？那就是以前霞飞路的杜美花园（现在淳化路转角）。园大卅三亩五分七厘。

园门亦向西南，右行小径，一排冬青，间有紫荆，兜头逢到一个不知来历的节孝坊。园东北隅有一纪念蓝维耐男爵的纪念碑。离碑不远，设有民乐茶室，前有小池，喷水五支，水花散处，游鱼隐见。池旁两石龟，背负长石条可供坐憩。池周环以圆棚，上有花藤，下为茶座。园中一古亭，翠色琉璃，柱六无栏，亭前一长花圃。园左树木纷披，旁为各式花圃，虽小，却也雅有深致，而且购了门票，须自己投入匦内。

血花公园位于龙华寺左，民国十七年开。入门一对石狮，门墙两旁分镌"碧血""丹心"四字，并塑立二像，气象庄严。沿径北行，近处有八角亭，内树民国十七年八月所立的国民革命军第卅二军阵亡军官姓氏碑。东行五十步又有一亭，为同年所立国民革命三十二军阵亡士兵姓名碑，战时炸毁，胜利后重建。经树丛南行，复有一亭，木顶，四砌水门汀，是即国民革命军第卅二军阵亡官兵纪念碑文亭。碑文亭前不远，有望青台。碑文亭西北，又有一纪念碑，系张杰所题国民革命军卅二军阵亡官兵纪念碑，形似四方石柱，四周本有铜刻碑文，战时被毁，今已无存。在向南园墙间，还有一四柱牌楼，上镌"血华"二字，现已圮毁。节孝坊一，斑斑无可考。园独多桃花。

关于上海私人园林，除黄家花园和曹园外，今存在者已不多。说得远些，在十七世纪有下沙的瞿氏园、浦东的复乐园、龙华里的黄石园；在十八世纪，有城内的豫园和露香园、乌泥泾的最闲园、城南的日涉园，都是"水石之胜"，甲于全邑，其余如城西南的半泾园，城南的五亩园、思敬园，法华的丛桂园、纵溪园以及凤园、宜园，或以花木驰名，或以山水著称；在十九世纪，有以荷花得名的也是园，有豫园改建的西园（包括东园）、有味莼园（张园）、徐园、愚园、申园、高昌庙路的半淞园、新闸路的辛家花园。前者四园，昔均公开览票，任人游览。其余如南园、戾虹园、惠家园、九果园、春园、雨园等，亦早已或荒或废，以小巧精致见称的江湾叶家花园，虽现在仍旧有着，不过也已改为澄衷肺病疗养院了。

外侨在沪构筑的园林，先后有四处。四处中最宏丽瑰伟者当推俗称哈同花园的爱俪园（占地广约二百亩）。当年园中景致佳而且巨者，曰海棠艇、曰接叶亭、曰观鱼亭、曰诗飘、曰蝶隐廊、曰拨云、曰九恩顾、曰引泉桥、曰戬寿堂、曰幔舸、曰铃语阁、曰梅壑、曰山外山、曰阿池、曰渡月桥、曰千花结顶、曰天演界、曰黄海涛声、曰待雨楼、曰万牲园、曰逃秦处、曰飞流界、曰平波廊、曰九曲桥、曰饮蕙崖，共有三堂，亭十八，桥六架，你看有多少胜境？而今只有后门虚开着，园中是日就荒废衰败了。其他三所，为新康花园、凡尔登花园和六三花园，"花落烟销"，全属过去陈迹，附举于此，不过表示过去上海有这么一番"园林之胜"而已。

春天上龙华，是沪人一桩快意的事。

上龙华第一是去看桃花，因为上海的春光只怕就藏在那红红艳艳的一片桃花丛里。

第二是去看龙华寺。这座千年古刹就到现在，虽屡毁屡修，依旧五殿。你可以在第一殿的弥勒佛前，大雄宝殿的释迦牟尼佛前，找那两颗色赤中显绿叶的竹叶玛瑙石；或者取大雄宝殿前庭中，那只生铁铸造成，高可七尺，中空焚香，下面狮首形三足的宝鼎。但倘如你要寻那龙眼——两口龙井（一清一浊，大旱不涸），那就非闯到人家屋子里去不可了。不过"龙华晚钟"是有名的，你听一听再走更好。本来绕龙华寺还有架玉带河，现在可早就填没了。

第三是去看龙华塔，不，是去爬那座螺旋形构的七层古塔。登到上面，你可以"远瞩田野，五色靡满，佘山黄浦，历历在目"。自然，你不必信那"宝塔时时放光"的传说，上面曾有鲤鱼镇压这种神话，可是你也不妨信有其事，反正能增加你爬塔的兴致。以前，每年废历三月初一到十五，沪上有"龙华观塔"的风气，可见不必爬，就是看看塔影飞堕也是一种幽赏。

再看什么？除了血花公园（见上）该是去一探卧龙寺畔的百步桥了。桥在龙华寺东，跨口步塘上。原系木桥，明万历，里人张所望改为石建，其后几圮几修，极费工程；"如龙如虹"，它的姿态确是雄健。明代，"邑人祖钱多于此"，风景也实不坏！"旁带龙江，俯临鸾刹，睇帆樯于烟树，聆梵音于晨昏。"

龙华花园，最多时有十二三所之多，不过"天香深处"早只剩遗址，瓜豆园的主人也过世多年了，存者固依旧栽种不息，花事总不免稍稍有些零落。

当然，还得去参观一下上海最大的民用飞机场——龙华机场。

龙华有香汛，静安寺则有庙会，那么我们回向北来，看一看静安寺浴佛节盛况吧。这每年废历四月初八日的"俗佛火会"，真也是上海一景。寺内香烟缭绕，人气氤氲，寺外几条路上人头挤挤，到处摆满了摊子，尤以日用品为多，仿佛是一个大市集。在昔就"倾城士女，趾错于途"，今年的情况也够挤挤。

据一本《旧上海》的书上说，以前"寺旁多隙地，西人赁以杂莳花木。大雄宝殿金碧辉煌，过其门者，瞻宝像之庄严，仰琳宫之璀烂，无不欢喜赞叹，随意布施。入夏游人尤众……团扇轻衫，结队而至；绣帱雕轮，络绎道路，甚至参横斗转，露冷深宵，而松声竹韵之中，犹有遗叙堕珥……"可见往时情形的热闹，现在当然没有这种景象了，但你参拜了寺中莲座，再到马路当中去张一张涌泉井，该也是件很有意思的幽情事吧。

上海马路，纵横交错，密如蛛网，内中有几条也应该列在风景线里的，譬如那条静安寺路，现称南京西路，气象多么华贵。路阔而平，两旁全是惹人心目的店铺，尤以国际饭店拔地而起，声临全市。它比南京路少繁杂，来得雍容闲雅，虽然南京路号称上海第一条街，有名的四大公司，全集中在那里，但总欠整齐高洁。

上海国际饭店

又如那条霞飞路——现称林森路，打嵩山路起到常熟路为止的一段，真是既有城市的风光，复含有乡村的那份悠闲，行人总不会挤到像日升楼口的那样推不开，也不会少到如香山路的冷寂无人。倘如你打大世界来，走到那条路，保你会透过一口气，感觉一种轻松与舒服。

但上海最好的时光还在夜里，所谓都市之夜。不信，你在黄昏时际，在跑马场那一带，小立片时，便会知道。眼前，四周，远处，紫、红、蓝、绿的各式霓虹灯光照得天上的星月无辉。这景致真是好看得极，不仅是光华璀璨，绚丽夺目，而且有种温柔、刺激的情调，使你略微陷于沉醉的境地，更何况车影衣香只是在你面前转晃、飘落，穿织在灯光里，散落在灯光中。

上海的夜是有些神秘的。是灯光把它渲染上神秘的色彩，再加以高高矮矮的建筑物造成这神秘的背景，于是你的印象感觉以至一颗全心都神秘起来了。

到那时候，最好到咖啡店里去坐上片刻。咖啡店将以香以色以味格外加深你对上海风景线的印象。

原载民国三十七年（1948）《旅行杂志》第22卷第7号，有改动

上海名迹志略

徐蘧轩[*]

　　每一个地方，都有些古迹，足供凭吊。上海虽原属滨海之区，亦不例外；黄浦江相传为战国时楚相春申君黄歇所凿，故名，便是最古的名迹。兹将上海市著名古迹尚可探寻的分条叙述于下：

黄浦江

* 　徐蘧轩（1892—1961），名兆麟，笔名老癯，江苏盛泽人，曾创办《新盛泽》报，后历任上海《民国日报》、《大晚报》、上海通志馆编辑。新中国成立后，先后在上海市人民政府秘书处、上海市文献委员会及历史博物馆任职。

〔黄浦〕俗称申江，承受三泖诸水，东流会吴淞江入海，或云浦底有六泉，味甘洌，如长江之中冷泉。浦水自詹家汇东流入县境，过关行镇，至邹家寺，折而北，俗呼长十八里。又北至龙华港，迤东北绕上海市心脏区，会吴淞江。又转而东，至西沟，又折而北，至界浜。西北至老鹳嘴，又东北，入于海。

〔沪渎〕在本市北，就是现在吴淞江的下流。《吴郡志》说："松江东泻海，曰沪海，亦曰沪渎。"《舆地志》说："插竹列海中，以绳编之，向岸张两翼，潮上而没，潮落即出，鱼随潮碍竹不得去，名之曰扈。"陆龟蒙渔具咏序说："列竹于海澨曰扈，吴之沪渎是也。"上海可简称为沪，就是因"扈"字而来。

〔老宝山〕在高桥公路北首，海滨浴场相近处。明洪武时，先筑所城资守备，到永乐时于所城相距十里许，更筑土山，以为航行标识。后来所城被海潮冲没，土山也沦入海中，但是现在还有遗迹可寻。就是明永乐御制宝山碑记，现在还屹立在公园内。

〔龙华塔〕在龙华寺前。赤乌中西竺康僧会精修，祈请得五色舍利，吴主孙权命建塔表之。曾毁于黄巢之乱，宋代重建，其后代有修葺，迄今屹然犹存。

〔龙井〕现在龙华镇路（老街）龙华寺山门两旁民屋内，东西各有一井，井水并未干涸。据云间志略说："山门外有二井，曰龙井，一清一浊，大旱不涸。"

〔百步桥〕在龙华寺东北，跨龙华港上，桥长约百步，因此得名。此桥是纯粹中国式建筑的石桥，惟桥栏用铁，志书上称为"海邑诸桥之冠"。在桥上，东望龙华港与黄浦江会流处，可知此港在历史上所占形势的重要，志上说清初曾建炮台于此。桥建于何时，已不可考，但尚有一块清代嘉庆九年重建百步桥碑记，为钱塘何琪撰并书，在桥北卧龙庵内，一块光绪十四年重建百步桥碑记，嵌在龙华寺内壁间。

〔涌泉〕在静安寺前，俗称沸井，亦称海眼，四围甃石为栏，成长方形，有胡公寿题天下第六泉字样。泉旁新建梵幢，系仿印度阿育王时代之石碑式，于民国三十五年五月十五日浴佛节举行揭幕礼。

〔云汉昭回之阁〕阁本在芦子浦，为宋淳熙十年学士钱良臣所建，额为光宗在东宫时所书。阁已久废，而额还存在，现在砌于静安寺殿前墙壁内。

〔淡井庙〕在永嘉路东段，庙有井，味淡，因以为名。宋时建，为华亭城隍行殿。元时，权奉城隍神于庙内，故俗称老城隍庙。现在殿前有元江浙行省中书儤使秦知柔墓，阡题待制秦裕伯墓，实误。

〔城隍庙〕旧为金山庙，建于明代永乐年间，祀汉大将军博陆侯霍光。后知县张守约改建城隍庙，但至今大殿上所供仍是霍光像。后殿始为城隍像。庙后毗连豫园，园内古迹很多，沧桑屡易，已难寻觅。仅有玉玲珑石，犹在环龙桥堍，香雪堂前，相传是宋徽宗时花石纲故物，当时运石渡浦江中，狂风忽起，石和舟同沉没，后用巨绳入水曳起，就是这玉玲珑石。石巅有"玉华"二字，明潘允端曾为筑玉华堂（后人改名香雪堂）。现在堂已被毁，而石还存在。

〔漕河庙〕庙在龙华里西南，创建年代不详，但知是上海古庙之一。庙中有四块碑：一是明代四方形残碑。一是清乾隆五十一年陆锡熊撰重修漕河庙碑记，在正门内。一是清嘉庆十八年陆纶撰漕河庙重并庙界记，在正殿前。一是清道光二年张惇训撰重修漕河庙城隍行祠碑，在东岳殿前。

〔观音禅寺〕在法华乡法华路中段，始建于宋崇宁元年。

历元明清三代，中间屡兴屡废。民国七年，僧募款翻建大殿山门等，焕然一新。寺内藏有明代乔一琦写的金刚经石刻，董其昌写的妙法莲华经石刻和相传明万历间与金刚经同时所镌的十八尊石刻罗汉。山门前又有"慈报大界相"五字石额，相传还是宋淳熙三年赐额所立的。

〔徐文定祠〕在大南门内大卿坊大街，明崇祯时建，祀明礼部尚书兼文渊阁大学士文定公徐光启。徐字子先，上海人，万历进士，从意大利人利玛窦学天文、历算、火器，著有《农政全书》《崇祯历书》等百数十卷。

〔李公祠〕在徐家汇路，祀清文华殿大学士，晋封一等侯李鸿章，清光绪二十七年建。现设复旦附属中学在内。

〔先棉祠〕原名黄道婆祠，初在乌泥泾，清道光六年，改建于西门半段泾李氏吾园之右。清光绪时，园与祠开办书院，后改龙门师范学校，民初再改办省立上海中学。自上海中学迁吴家巷，校址售于巨商改建民房，而祠与园都废，现在仅有一街，仍称"先棉祠街"。

〔徐光启墓〕在今徐家汇天主教堂西南，土山湾西北，南对肇嘉浜。公殁于明崇祯五年壬申十月初七日，崇祯七年赐葬。墓前有牌坊，立华表，墓上有一高大的十字架，是中西合璧的坟墓。

〔邹容墓〕在华泾镇西百余步棉田中间。邹氏字蔚丹，四川巴县人，于清季倡言革命，与章炳麟同狱，殁于狱内。上海刘三，葬之华泾。民国兴，赠大将军。墓志铭是余姚、章炳麟作，今监察院长三原于右任写。

〔陆深墓〕在浦东洋泾区海兴路东警察局路北张姓屋后，墓前有墓表，篆额为"明礼部右侍郎陆文裕公墓表"，明嘉靖二十三年立。墓后有竞存小学，就是陆氏宗祠，礼堂内尚藏有陆深的塑像。后乐园故址，也就在小学附近，只剩一片荒丘。

〔杨斯盛墓〕在浦东六里桥浦东中学内。杨氏以泥水匠起家，鉴于国人不识字的痛苦，毅然毁家兴学，独资创办浦东中学。

〔宋教仁墓〕在闸北宋公园内。宋氏字遁初，号渔父，湖南桃源县人。民国二年三月二十二日被刺死于上海北火车站。

〔五卅烈士墓〕在闸北宝兴路北。此一惨案内，死难的人，有陈虞钦、尹景伊等二十八人。

〔萧德义士墓〕在虹桥路，萧为美飞机师，于淞沪战役中阵亡。

〔无名英雄墓〕在庙行镇泗漕庙旁，为纪念一二八国殇士卒建。

〔陈英士纪念塔〕在中华路方浜路东南。为今蒋大总统及张群等发起建造，民国十九年五月十八日开工，同年十一月三日落成。塔高八十尺，内设铁梯，可达顶端，外表极崇巍，内部分七级，塔下用大理石镌篆文"陈英士先生之纪念塔"九字，后壁有门，两旁均镌陈英士先生纪念塔记。

〔欧战纪念碑〕在外滩中正东路口，本为纪念第一次世界大战上海外侨死难的人。民国十三年二月十六日落成。碑面刊遇难人姓名，两旁有铜做的盔胄盾甲等古代战争用具，碑顶立一和平女神像，手抚一孺子。碑座背面，有"功炳欧西，名留华夏"八个大字。在日军侵占时，像破拆毁，碑面被磨灭，两旁浮雕及铜做的盔胄等亦被毁去。日军投降后，和平神像得归还。现在英领事馆内，惟因费巨，暂时尚未修复，碑座犹存。

〔第五师阵亡将士纪念塔〕在谨记路南端，与龙华路交点处。塔以石建成，为六角形圆柱，高度稍逊于龙华塔，惟中实不可登。塔柱上书"国民革命陆军第五师阵亡将士纪念塔"十六个擘窠大字，碑座上层题阵亡将官姓名，下层记阵亡兵士姓名。民国二十一年春，熊式辉建。

〔卅二军纪念碑〕在龙华血花公园内，民国十七年六月为纪念卅二军阵亡将士建。碑文为钱大钧撰。

〔警察纪念碑〕在闸北宝山路鸿兴路口，为前市公安局所建筑。民国廿三年六月廿六日揭幕。碑基座用金山石砌成，碑体是用黑色大理石，四方形，高丈余，镌有市长吴铁城所书"上海市历届殉职警察纪念碑"。下端三面，镌有殉职警官姓名，一面刊有柳亚子所作纪念碑文。

〔四童子军纪念碑〕在市商会大礼堂前。为国人醵金所造，于民国廿一年十二月十一日揭幕，纪念童子军罗云祥、毛徵祥、应文达，鲍正武四人，于民国廿一年一二八之役，赴前线做救护工作为日军所戕。碑高约丈许，镌有十九路军长蔡廷锴所题"为国牺牲"四字，顶端缀以童子军徽章，形式很是悲壮。

〔普希金纪念碑〕在今岳阳路北端。为俄国诗人亚历山大·普希金百年纪念而建，战时被日人所毁，民国三十七年二月重建。塔为三角形，南面镌中文，西北东北两面都镌俄文。碑顶为普希金像。

〔总理故居〕在现在的香山路二十九号。

〔总理铜像〕这是上海各团体为纪念总理而建筑的，在战前上海市政府新造巨厦外。模型由美术家江小鹣雕塑，连座共九英尺高，全体作棕色，衣马褂及长袍；右手持呢帽，垂及膝际；左手握手杖；足登毡鞋。精神奕奕，庄严伟大，令人观之肃然起敬。毁于体育场军火库爆炸时。

〔宋教仁石像〕在闸北宋公园路宋氏墓前。

〔李鸿章铜像〕在法华乡李公祠内（今为复旦附属中学）。身穿黄马褂，头戴凉缨帽，帽后拖翎，足蹬长靴，作清代大臣的装束。

〔杨斯盛铜像〕在浦东六里桥浦东中学内。

〔李平书铜像〕在南市邑庙湖心亭对面九曲桥畔荷花池中。像本立于小南门救火会内，民国三十六年移至今处。长袍马褂，右手执书，作清季儒生装束。凡过九曲桥者，没有不对这位清季的先知先觉领导地方自治的老先生致其敬仰之忱。

此外在黄浦公园内，旧有常胜军纪念碑，为清李鸿章建以纪念英将华尔及洪杨之役常胜军殉难者。马加礼纪念碑，为英侨纪念其领事马加礼者。交通大学内，旧有盛宣怀、荣熙泰两铜像。黄浦滩路有巴夏礼铜像、赫德铜像、卜罗德铜像等，均在抗战期间，为日人所毁，故从略。

原载民国三十七年（1948）《旅行杂志》第22卷第7号，有改动

上海胜景故迹

卧读生[*]

上海虽滨海一隅，而胜景。奇观、流传故迹亦颇不少，吴县卧读生作客于此几三十年，所闻所见曾命笔纪之，继复得《上海邑志》及《沪城备考》诸集，披寻之余，觉古代流风遗韵尚在目前也，亟为录入此记，俾游沪而好古者得资考证焉。

西门外晏公庙 《路史》载公名戍仔，公何处人《路史》未详，元时为文锦堂局长，登舟尸解，明洪武初以其荫翊海运封平浪侯。《沪城备考》载有明思州府邑人蔡懋眙撰碑云："平浪侯晏公数显灵于江湖间，吴赤乌中建庙于周泾左侧，嘉靖间岛夷犯上海时，金宪董邦政署县篆，计无所出，夜半闻兑隅鼓炮震天，汹汹有喊杀声，已而海潮泛滥，堤溃毙夷，余遂遁去，吏民德之。"

钦赐仰殿 殿在浦东，所祀一驱蝗神，女身也，姓金，曰金姑娘娘，崇祯庚辰、辛巳间田家赛会多敬祀之，今乃误以殿名，且云凡人死于上海县境者，死后均须前往审判，故丧家于七内必遣死者子女前往烧香并焚锭帛，以祈免之。

瓶山 净土寺左近，或云韩信以酒犒军，酒尽瓶空，堆积而成者。按：《上海县志》瓶山注引项子通府志云"晋袁松

---

[*] 卧读生，民国时期人物，姓名、生卒年具不详。

犒军于长人乡，上海古名，聚瓶为山"，又引唐文献记吴越王饮军于此。二说皆误，惟吴会镇注云"净土寺地接瓶山，皆瓦砾，宋时酒库所遗也"，此说最为近理。盖宋有酒库在福惠坊，其酒瓶为赏军之际所用，故又名赏军瓶。今人于土中所得完整者甚少，故甚珍之。

沉香阁大士像　阁在新北门内旧教场，本名沉香禅院，内供大士像最著灵验，香烟极盛。像为海琼水沉木所雕，屈一足坐，垂手加膝，首微侧若凝思然，就沉香木之形势也。督漕潘允端自淮口得像归，遂建此阁奉之。其阁本与豫园接壤，通往来，今则相去远隔矣。

陈箍桶桥　或云陈箍桶，宋朝仙人也，姓陈，以箍桶为业，跣足蓬头，冬、夏一纳，破而不补，须发斑白，双瞳碧绿，常如五十许，弘治间有人在扬州观牡丹，遇陈亦在游玩，时有浙人王允敬者，戏以火铳击其背，若不知者。此桥初屡建不成，得陈指授立刻告成，故即以其名名之，又云系陈、顾二姓同造此桥，实为陈顾同桥也，未知孰是，姑并录之。

也是园　园在小南门内，又名南园，即蕊珠宫也，祀文昌、斗姆诸神，叠石凿池、栽花种竹，极有林泉乐趣。内有荷池广数亩，花时游人甚众，有额曰"尘飞不到"，为吕纯阳乩笔。今闻内设学堂，其厅事即为诸生讲学演说之地，真读书最好处也。

城隍庙东西园　东园即内园也，在庙后东偏回廊池畔，山石嶙峻，岁修之费出自沪南北两市之钱业，每届令节有兰花、梅菊花等会，园扉特启，游览随人。其外园等皆为明潘允庵方伯所建，地约四十亩，后潘氏式微，园亦渐圮，遂售与邑庙，兹由今城隍裔孙秦某所管理。西园即湖心亭等处，亭建湖心，翼以九曲石桥，其香雪堂、三穗堂、萃秀堂、点春堂诸名胜及大假山皆本统于西园，每逢重九登高者，男男女女络绎登临。门外茶肆最多，著名者曰得意楼、曰四美轩、曰鹤汀，并有演说评话、弹唱小说者，余如笔扇店、画张书摊、眼镜、玉器及相面算命、测字起课、打拳戏法、弄缸卖解，每日二三点钟起至五六点钟，无日不人山人海，推背游观，迨夕阳西下始渐散去。

法华镇李氏淞溪园牡丹　法华李氏牡丹，初自洛阳携归百余种，内有紫金球、碧玉带二种为稀世珍，色香俱美，声价最高，远近之有花癖者车舟纷集，主人固好客者，张筵待之，称韵事焉。近因园主别有所好，花亦阑珊，或有分种而滋培得当者，作花佣肩排之衣食而已。按：法华在上海城外西北十余里，与今新开公共租界之接壤也。

一粟庵　一粟庵在学宫柑近处，地小甚广，引水为池，依陂种竹，回廊曲折，声远尘嚣，庵中僧人亦颇高洁，故官绅士庶有庆吊等事，皆借此为修斋礼忏之处。

青莲庵　青莲庵在老北门内，即顾氏露香园故址也，昔年台榭时为首屈一指，今惟佛火长明，六时中木鱼声犹连续不绝耳。庵前有方池，一泓碧水，可数游鱼，每值夏、秋芰衣荷盖水面婷婷，闲游静眺，觉四围树木茏葱阴翳，诚有山林景象，而不仅以池内青莲足以誉之也。

黄婆庵　黄婆或云浦东人，元时得印度以绵织布法及纺绩等事，授法于乡人，遂有纺纱织布之生计。庵有新、旧二处，一在杨家桥，老庵也，新庵在胡家桥南首。黄婆不知其姓氏，或云即姓黄也，塑像一老妪而已。每届秋成，向有集资演戏以酬神者，今则屋宇萧条、香烟寂寞，乡间妇女之藉纺织为生者，成已数典忘祖，真忘本人也。

龙华寺　寺在龙华镇，故寺即以龙华名，或云先有寺、后有镇，故即从龙华名其镇。寺在镇中，镇距城南十八里。寺本松属大丛林，挂单食宿之僧常二三百名，阳产极多，香烟亦盛。寺有浮图七级，虽不及苏州北寺塔。然盘旋高。耸亦仿佛近之。每岁春间贴招传戒，三月十五日为龙华会期，尤形热闹，向来只可小车、东洋车往来，今则马路平坦，马车可直到寺门。故每届香市成为上海游人意计中之事矣。

上海人的肺——公园

英*

　　上海原为滨海斥卤的地方，演进至现时仅百年，成为我国最大的都市，全国文化经济的中心。市区全部面积扩展至1 334 049市亩，人口最近虽无确实统计，据一般估计，在五百多万近六百万间。大部分人口集中在黄浦、老闸、泰山、新成、长宁、邑庙、虹口这十余区中。市区公园实在太少，设备也太简单，不能够供这么多的居民的游息。但除了公园之外，市区虽大，在这范围内没有山，也没有湖泊，可给居民登临游览。因之，每逢假日，尤以炎夏的晚上，人们局促在鸽子笼般的屋子里，实在闷得难过，只有跑到公园松一口气。但公园内人一多了，便觉得拥挤嘈杂，失去了公园应有的清旷幽静的意趣，往往使人望"园"兴叹！在日人投降后的一二年间，上海市政当局曾有扩充公园并收购市中区跑马厅和静安西路爱俪园作为公园的计拟。因为事实上免不了种种困难，这个计拟经热烈宣扬后，便毫无声息地消逝了。

---

* 英，作者姓名简称，民国时期人物，姓名、生卒年具不详，应为《旅行杂志》记者。

外　滩

旧有的四大公园

　　上海最古老的公园，要算黄浦公园，前名外滩公园和黄浦滩公园，又前俗呼外摆渡桥公园，建于逊清同治七年，距现在已八十一年了。园的面积虽很小，但位置却占形胜。它在外摆渡桥南堍，北临苏州河（吴淞江），东临黄浦江，适当江河汇流。在前时苏州河尚未污浊到发黑，船只也很少，自然不会塞满河面，这里东眺歇浦，奔流汹涌，轮舰出没；北览淞江，烟波浩渺，帆影上下。尤以晨曦夕照，霞光掩映；和月夜时，蟾影倒射，银波潋滟。景致的佳胜，实居全市公园的首座。公园初建时，旧公共租界当局竟蔑视地主（地为中国官有），不准国人入内游览，甚且于门前悬挂"华人与狗不准入内"的侮辱牌；经吾国人无数次的交涉和官厅抗议，始有为华人另辟公园之议，于逊清光绪十五年就苏州河南岸里摆渡桥的东边建筑华人公园，惟占地仅六亩二分，园址既狭小，布置又极简陋，实无游览价值。辛亥革命后，素抱偏狭见解的西人，震于当时吾国民气的奋发，不能不改变态度，遂将前时"华人不准入园"字样，改称"本园专供外侨游息之用"，对于着西装国人，并不禁阻入园游览。至民国十六年前国民革命军克复上海以后，旧公共租界当局将"本园专供外侨游息之用"字样取消；西人自然仍是自由进入，于吾国人限制请领定期年券，每张壹元，限本人用一年。券额有一定限制，普通居民不易购到，惟以后限制尺度便逐渐放松了。民国卅四年日人投降后，园内设备颇多损坏，中央音乐亭仅存遗基，原有两个喷水泉，现仅近门口一个尚不断地飞溅雨珠，另一个仅养着几条红鲫鱼而已。此外除十数株大树，一座大茅亭，一座茶棚，便没有什么。在去年夏秋间一个大风暴，园内八十余年老树被拔起七株，变成几个大水洼，其他茅亭花木均破坏不堪，经过相当时间始修复，老树仍种下去，事后看不出痕迹。本年五月十八日至二十五日的一周间，被国民党军队利用为浦西江防据点，当时禁止入园游

外滩公园一景

览，直至现时仍遗存残迹。天气渐渐热了，到这里来散闷纳凉的人们也渐渐多了。可是要当心的：当浦江大潮时，你如坐在园内较高处，一瞬间便园在水中央，不容易出来！

黄浦公园实在太浅狭单调，不足三分钟，全园便可游遍了。和黄浦公园相反的，而具有阔大幽深的意趣，足够一二个钟头漫步流连的便是中山公园。它是全市面积最大、设备最佳的公园。它的位置是在沪西愚园路底曹家渡，原名兆丰公园，又称万航渡（俗名梵王渡）公园和极司非而公园。原是某西人的别业，因经商失败离沪，便为前公共租界工部局收归公有。于民国三年落成开放，以面积最大，可多容纳游人，当时对国人游园的限制也较放宽。直至现时一切设备，仍居首位，如详细介绍，数千字也为不完。直率地说：这里附设有动物园，畜有：獐、熊、獾、狐、猴、兔等兽类，鸳鸯、孔雀、鹰、雉等禽类和鳄鱼、玳瑁等介甲类，这是都市居民所不易见到的动物。植物园植有：槭、棕、老藤、蚊子树、泡花树、七叶树等，多是平时不易见到的植物。音乐亭为市乐队演奏的地方，草坪如茵，容纳数千人。园内所多的是各种茅亭、池塘、嘉树、奇花、小桥、曲槛、石人石马以至小山等。布置恰到好处，兜了几个圈子，也不觉讨厌。园的南部方亭中有巨钟一座，上刻一八六五年字样，系自山东路外国坟山瞻望台移来陈列的，为上海最古老的救火警钟。

设施较为完全，环境较为幽丽的公园，当轮到复兴公园了。它位置在复兴中路、南昌路、香山路间，有三个出入口，前门临复兴中路斜对重庆南路，后门出雁荡路。前后两门间，靠东的一边，有一条宽敞笔直的林荫路，路边有石凳，可以休息。园内大树甚多，绿阴匝地；茅亭竹舍，池塘曲槛，以至小山等布置还可以。园原名顾家宅公园（俗称法国公园），建于逊清光绪三十四年，为旧法租界最大的园林，以原由顾家宅营场改建，当时遂名为顾家宅公园。在旧法租界存在期间，每年七月十四日法国民主纪念日，法侨在园中举行盛大庆祝会，满园树林遍悬红绿电炬，草坪露天舞会，游人摩肩接踵，极一时之热闹。自民国三十四年日人投降后，上海市工务局每年秋季于这里举行菊花大会，所有全市各种名菊均聚集在一起，争妍斗艳，美不胜收。这里也有动物园，畜有：虎、猿、鹅、鹰等动物。此外较为特别的：这里有座清晨学圃，虽然是很简单的木柱竹顶的长棚，摆几十条长木凳，每日清晨有人在此讲学，听的人很多，环境甚为幽静，确是潜修佳地。

上海四大公园，除了上述的黄浦、中山、复兴三公园外，当为虹口公园。它位于四川北路底江湾路。估地三百余亩，日人投降以后改名中正公园。建于逊清光绪二十九年，与中山公园（兆丰）同样的园址在租界范围以外，而管理权则在前租界工部局。因此，对吾国人入园限制，稍为宽松。园的面积非常空阔，以运动场为主，靶子场早经划出，久未应用；游泳池也另划开，夏季售票开放；西部有颇具规模的穹隆式音乐台，早已人去台空，再无音乐可闻。这里在春天没有桃李花可赏，冬季没有松梅可观，仅夏季有荷花清香可挹而已。因为面积既阔，设备过简，总不免有点荒凉。最值得一提的：虹口区在过去多半为日人的巢穴，靶子场差不多为日人扬威耀武的场所，园中游人以日籍为多，他们喧宾夺主，对吾国游园人，常加侮辱；尤以"九一八"以后，日本海军陆战队在公园附近实弹布岗，如临大敌，尤以日军骄傲地驾驶机器脚踏车在这一带地区横冲直撞，使胆弱者望而却步；而爱国青年常因气愤不过，索性不到这些地方来。"一二八"后，日人更骄横无理，国人更裹足不到虹口公园，就在这年的日人天长节，日人在虹口公园举行庆祝侵略胜利大会，由韩国志士尹奉吉一弹，炸毙白川河端，炸伤重光葵等多人，实大快人心。自此以后，公园附近戒备更严，国人更裹足不前，虹口公园遂为日人所专享。民国三十四年日人投降以后，所有日军日侨均遣归，不久日人绝迹，在我国土上建立的虹口公园，终归我国人所有了！

前租界时代外人所管理的公园，除了以上四大公园以外，尚有昆山、霍山、林森等公园遗留下来，兹约略记述如次。

通北公园原名汇山公园，在霍山路通北路。园建于逊清宣统三年，向来专供西人游览，不肯开放给国人进去，直至租界收回以前为止。园为长方形的荷兰式，布置颇古朴雅洁，别具风趣，现在游人尚不多。

昆山公园在昆山路塘山路，建于逊清光绪二十三年，园专供儿童游息，故又名儿童公园。惟过去西人太过自私自利，不准我国儿童进内。园设有茅亭及各种儿童游玩工具，休息处所。日人投降后，靠乍浦路的一部分划建活动房屋，为救济难童机构。园内虽仍有儿童游乐设备，然并未禁止成人入内，有一般人在园内踢球，致妨碍儿童游玩。最近数月前曾为国民党军队占为营地，十轮大卡车冲进冲出，且又养有不少马匹，致弄到一塌糊涂，现在尚未整理。

晋元公园原名胶州公园，在胶州路，布置尚雅洁。按：晋元即四行孤军谢晋元团长。

林森公园原名杜美花园，在林森中路襄阳路北口。园内有喷水池、凉棚等，设备尚佳，闹中取静，颇富清趣。

迪化公园原名三角公园，在复兴西路。

衡山公园原名贝当公园，在衡山路宛平路口。

南阳公园在南阳路，为一儿童公园。

霍山公园原名舟山公园，在霍山路。

以上为较小的公园，设备简单，游人也不多。

国人自营的公园

过去上海市政当局多不注意居民游息的园林建设。当前租界当局积极经营公园时，上海道县当局竟毫无声息。惟居民以租界公园"不准华人与狗入园"，引起极大刺激，一方面向租界当局抗议，一方面希我国能自建公园。顾当时虽有筹设公园之说，惟久无成议。民国四年遵江苏省令筹设公共体育场，犹未推及公园。直至民国十七年前国民革命军第三十二军于龙华寺旁建血花公园，浦东塘工局于东沟建花园，是为国人自建公园的创始。宋遁初先生的闸北墓园、蔡松坡先生的徐家汇路松社（墓园）先后整理开放，具有公园意义。兹将国人自建公园分述如次：

血花公园在龙华镇龙华寺旁，建于民国十七年，为前国民革命军第三十二军纪念其阵亡将士者。园利用龙华寺空地及原有树木，加建牌坊碑亭多座，藉以旌扬克复淞沪战绩。园内桃树甚多，每年春季游人如鲫，以在龙华寺之旁，香客游人于进香游寺后，多就便游园，当桃花盛开时，更足以吸引观众。龙华寺在日人投降后，曾整刷一新，公园亦稍加布置。和尚于入口处，安置捐簿，游客题香油后，始得进去，在三十五年至三十七年三个春季中和尚着实发了不少财。自三十七年秋季起，寺内满驻军队，尤以所谓"荣军"者，实太不像样，以致游人绝迹，食四方的和尚，只有徘徊于寺门，哭丧着脸叹秋风而已。本年以来，游人连寺门也不得进入，遑论游园。上海解放后，现尚未开放。

文庙公园在小西门文庙路，系将文庙旧址改筑而成，由上海市教育局主办，此为国人在上海市区内自营的惟一公园。园占地不广，却能利用原有泮池、牌楼、殿宇加以布置，古朴幽深，表现吾国固有艺术色彩。原设有"一二八"战迹陈列馆、图书馆及卫生标本陈列所等。以前的祭堂仍保持原状，陈列各种礼乐祭器。自"八一三"以后，所有"一二八"战迹陈列馆所陈各物尽为日人掠夺以去，现园内图书馆等仍存在，奎光阁辟为聋哑学校，树木较为繁茂，颇值一游。

教仁公园又称宋公园，在闸北宋公园路共和新路交叉处，本为民国先烈宋遁初先生墓园，虽早经整理为公园，颇僻处沪北，交通未便，游人甚少；三十五年经市工务局园场管理处数月的整理，焕然一新。园占地七十余亩，环境清幽，树木扶疏，为闸北区惟一可供游览的古迹名胜。园中间池前有宋先生石像作沉思状，像下有章炳麟篆书"渔父"两大字，像后有于右任题词："先生之死，天下惜之；先生之行，天下知之；吾又何记？为直笔乎？直笔人戮。为曲笔乎？曲笔天诛。于虖！九泉之泪，天下之血，老友之笔，贼人之铁，勒之空山，期之良史，铭诸心肝，质诸天地。"像前两旁有石翁仲二尊，于三十七年新自安置的，黑帽、白面、黄袍，焕然一新，已无香火痕迹。这二尊石翁仲说起来，如俗语"提起此马来头大"，它曾经煊赫一时，成为市政上的问题。它俩原站在南京西路跑马厅前某私人公馆的偏门上，一般愚夫愚妇们信奉唯谨，上匾额，称为"石神庙"，施以真金，悬以红绸，装以腊架，配以香炉，遂成为"马路旁的庙宇"，每日自晨至暮前往焚香膜拜的人，络绎不绝，遂致妨碍交通。当时警察局曾派警站岗监视，取缔焚香，终少成效。函请工务局将石翁仲拆除，但工务局认为不是工务局单独能拆除的，必须会同警察、公用、教育、社会等局共同会商，同时因为石翁仲的所在地不是在道路上而在私人的产地上，必须征得产权人的同意。在这会商征询的期间，一般愚夫愚妇们更纷纷前往祈拜，几至肩摩踵接，不仅妨碍交通，秩序治安均有问题，实在闹得不成话了，始决然拆除，当时发生不少阻碍，好不容易运到宋公园。可是一到了宋公园，便冷清清地没有人前往焚香膜拜了！上海一般人们提到宋公园三个字，便不免害怕，以为宋公园向来是有名刑场，在这里枪毙不少穷凶极恶的强盗积匪，意料中必多狞狰可怖的凶鬼，谁都不愿前往焚香，以免福未祈到而先引鬼。其实刑场是在宋公园路的一角，并不在宋公园内。

闸北宋公园这一带地区为历来战事必争，"一二八"及"八一三"等战役，都遭祸甚惨。可是这次却出意料外，除了增加不少防御工事，一切无恙。

上海市农林试验场是前时的市立园林场，虽然名义上不是公园，而场内设备是具备着公园规模。游人用不着买门票，尽可大大方方走进去，没有人来干涉你。场址在浦东陆行镇东沟，住在浦西的人们，看起来觉得很远，其实很便当：由北京路外滩乘市轮渡长渡淞沪线，经过西渡、庆宁寺便到东沟，上岸后，不用问路，只走五六百步路就到。这里也有假山、茅亭、莲池、草坪、花棚。所多的是塔柏、雪松、杨柳、桃、李，尤以花圃中所植名菊种类颇多，每到秋季前往赏菊的人颇多。这里环境幽静，游人甚少，尽可静静地吸口新鲜空气。

此外高桥的海滨公园，军工路的纪念公园范围过小，设备过简，且需整理，只暂从略。

私园一页沧桑史

上海向多豪商巨贾和名宦显要，他们为休养身体，优游岁月，每喜经营园林，因此私家园林至多。在前租界限制华人进入公园时代，有不少国人私园园主激于义愤，将私园作有限度的开放，高昌庙路的半淞园则公开售票，江湾的叶家花园须有熟人介绍或衣冠楚楚而投以有头衔的名片，便可入园畅游。但近二十余年来，上海连遭战祸，且商场也屡经变动，因此以前不少私园，荒废的荒废了，破坏的破坏了，易主的易主了。现时所存在而仍开放的，可说寥寥无几了！你如检阅前时的各种记载，和现实对证一下，便不免有无限沧桑之感。这里将显著的略述如下。

高昌庙的半淞园，本为沪上景色最佳、开放最早的私园，经过“八一三”后，所有前时池塘亭舍完全毁坏了。现时只剩有土阜三个，使人缅想前时东西两山和中山的形胜，如果有吊古情致，爬登阜上，依然可以俯瞰浦江，帆影樯林，气势犹在，而周遭的一切，便不堪回首了。

曹河泾的曹家墓园，虽标卖了很久，仍未卖出，现仍驻军，未开放。黄家花园后面房舍早经破坏，墓园方面最近又遭损失，现时也未开放。江湾的叶家花园经改办肺病疗养院，再不开放了。

现在的许多私园中，比较管理得法，可以游息的，只有城隍庙的内园（现为钱业公会所有）和点春堂（现为糖业公会所有），须有熟人介绍，始得其门而入。

外籍的私人园林，其情形和国人的差不多。南京西路的爱俪园，俗称哈同花园，为英籍犹太人欧司爱·哈同与其妻罗迦陵栖息的地方，为上海最具规模的私园。自他们夫妻去世后，便逐渐荒废了。日人投降后，上海市政当局曾一度拟收购为公园，以后便没有声息。现时园内荒草埋径，野兽出没，不胜荒凉！六三花园在闸北江湾路宝兴路附近，为日人六三亭主所筑，纯粹日本式林园，以樱花著称。日人投降后，为前国民党海军电台所接收，所有花木鸟兽，枯死的枯死了，分散的分散了，再无复昔日风光！

原载1949年《旅行杂志》第23卷第7号，有改动

浦东——大上海未来的住宅区

英

　　浦东，这是很广大的区域，包括上海市的杨思、洋泾、高桥等区和南汇、川沙两县境。与浦西只隔了一条黄浦江，两方面的情形便差得很远。一方面是洋楼高纵，车辆频繁的商业区；一方面仍是田畴交错，村舍上下的半农业区。由浦西到浦东虽然有市轮渡的长渡淞沪线和对江渡的东东线、其秦线、塘董线（尚有庆定线现暂停）和民营小轮渡摆渡等，每日川流不息的往来，总算便利。卡车渡江的，也有南码头陆家浜路一线，现时车辆不多，尚不至拥挤，但要使浦东这广大区域能迅速地繁荣起来，像广州市的河南一般，自然是要靠浦江大桥完成以后。在三十五年（注：指1946年）冬间，上海都市计划委员会曾有一个计拟：未来的上海，居世界第一流都市，人口一千五百万，将以浦东为住宅区。那是很美丽的梦，要实现，恐怕相当遥远哩！

　　现实的浦东，究竟怎样？一江之隔，也值得注意。笔者曾由东门路乘轮渡至东昌路，沿浦东大道至洋泾镇，再由洋泾镇沿浦东大道至庆宁寺、东沟，由东沟乘远渡淞沪线轮渡至高桥，再由高桥乘原轮渡返北京路外滩，足足花了一天时间。笔者目击的状态，实够悲惨！

从外滩望向北京路

　　高桥、洋泾两区有广大的田野，土地肥沃，主要出产为棉花、麦、蔬菜、稻等，蔬菜大部分是供应本市的。在这次战事中以这两区受害相当惨。高桥沿海岸老百姓世代居住的家屋庭园，国民党军队以为有妨视线，大部分被拆毁了。洋泾市镇附近和歇浦路靠江东大道的商店农舍被大炮轰倒的、飞机炸毁的，确相当多，随处废瓦颓垣；尤以洋泾镇内被搜劫干干净净，元气大伤。广大的田野被分为若干段，挖成不少洼窿，堆积起许多土阜，农作物被践踏后，枯死了不少。他们现时正从事恢复工作，有的从废墟中重建起家园；有的将土阜移土填塞战壕；有的举家局促于颓垣一角的临时草坪，长吁短叹，对被破坏的家园犹恋恋不舍，但因损失重大，重建起来，便感到前途茫茫。

闸北幸免破坏

闸北这一地区，笔者前曾说："本为大上海工商业重要区，自经'一·二八'和'八一三'两次抗战，曾遭敌人破坏，所有精华付之一炬。市政当局于日人投降后，屡次计拟重建为示范区。这一个计划如果能够实现，当可为大上海开辟一新天地。"在这次战事中，一般的意料，闸北将复为战场，一切的一切，将遭受不可估计的破坏。因此，不少居民便在五月十二日以后，纷纷搬居市中区避难了。可是事实上却完全出于相反，除了不少交通要道，构筑碉堡和许多战壕战沟，许多屋主人搬移后，围墙、家具等被地痞流氓拆除、搬移以外，大致并未遭破坏。你如由新民路或河南北路进入宝山路，或由四川北路转入天通庵路，便可望见有座崇高的建筑物，顶端有个似麟非麟、似马非马的不伦不类的铜像，总不免觉得奇怪。你如到广中路一行，这问题便可解决了。广中路有一片广大的面积，为"大华集体农场"，而日人占据期间，被改作海军公园，当时建有各种纪念物，寇首铜像也有几座，而这座不伦不类的建筑物是极具规模的，并极为坚固，有个游泳池，规模也很宏大。日人投降后，除寇首铜像拆除了，对这座建筑物和游泳池等却未能好好利用，实在可怪！这条路名为"广中"，因这里有座广东中学，建于"一·二八"以后，由旅沪广东同乡会、广肇公所等团体所发起募建的，是一座极雄伟而广大的建筑物，规模和设备，为沪上任何中等学校所望尘莫及。"八一三"后，被日军占据为司令部。日人投降后，又被国民党利用为中训团团址及驻军，由广东中学和广东旅游沪团体屡次请求均不获发还。这里在过去有不少小规模的工厂、农场和园林住宅，大半为旅沪粤籍市民所经营。他们在"一·二八"已遭受极大损失。"八一三"以后，日人对粤籍市民极为仇视，他们不得不迁移了。日人投降后，他们纷纷归来，带着极大的希望，从事恢复前时的家园，结果，都不免失望回去，有的跑到港澳另辟天地了。广中路这一带，现时竟找不到一座广东人家，实不胜沧桑之感！

从广中路转到八字桥，再由宝兴北路转到宋公园路、共和新路这一带广大地区，荒地很多，工厂少得可怜，如果不是前时住在这里附近，谁能相信这是前时烟灰弥漫的工业区呢？

原载1949年《旅行杂志》第23卷第7号，有改动

上海的花与鸟

通[*]

上海除许多园林外，原有不少的花棚，大都散处在浦东、南市、漕河泾一带。每年清明节以前，日必用高温度水汀培养各种鲜花以应市。而上海每日的花市，是在南市斜桥，交易的时间是上午三时至五时。过此，一天的花市就散了。

桃 花

在外国花深入上海以前，上海有五种花驰名遐迩。一是桃花，每到春天，龙华桃花烂漫盛开，只见一树一丛犹如铺锦，满眼绣霞。桃本为龙华名产，千叶而大红者名绛桃，深红者名绯桃，白者名碧桃，此外又有人面桃等。碧桃花粉团胭红，尤见妍美。

---

* 通，作者姓名简称，民国时期人物，姓名、生卒年具不详，应为《旅行杂志》记者。

菊 花

二是菊花，上海的菊花，万卉千枝，色染碧空，着实把江南的秋煊托得如火如荼。昔年以邑庙之萃秀堂和双清别墅种植最富，其后农林场出品亦精秀美出，大获声誉。战后，市公务局为唤起市民园艺兴趣，业已两度在复兴公园举办菊花大会，冷香傲骨，"紫燕飞霜"，名种更多。

兰 花

沪俗尚兰蕙，有梅瓣、水仙瓣等名目，所以第三是兰花。往岁，内园所栽，独步春江。"二月在船厅，所赛者为兰；三月在内园，所赛者为蕙"——这种一年一度的兰花会至今为人所乐道，惜民国以来，未见举行。

梅 花

沪人亦好梅花。明代，上海县三十保王圻别业就称作"梅花源"，晴雪千村，暗香盈袖；清代，法华东镇有梅坡，疏景横窗，一时称盛；到民国，闸北军工路纪念公园特辟梅林，冬日梅香四溢。此外，枝定山房（法华）的绿萼梅，徐园正月的梅花会，都系上海花史上的特别项目。

牡 丹

但最叫人怀念的是法华牡丹。花色茂丽，叶瓣坚挺，能落日不垂，而落则尽落。相谓传自洛阳，以单瓣芍药根相接，于八九月贴上嫩芽。著名品目不下二三十种，如雪塔、霞光、四面观音、绿蝴蝶等。乾嘉时，李氏纵溪园（东镇）最属称盛，每本一花，大如盘盂，五色间出，开满田畦。其后香花草堂、天香书屋（俱在西镇）继之，以清河白花一种最为名贵，再以后，艺花者分种滋植，肩挑市贩，然至是也只剩了十多种，到今日则法华东西两镇已不易找到一枝牡丹。现在，倘如一定要看牡丹，那么最便当的地方是黄家花园，内有牡丹棚。

一片花香

其次，上海的玫瑰、桂花、大丽花、樱花，过去有过光荣，现仍留着余韵。

杨思乡玫瑰，枝叶如蔷薇，色深红或纸白，味芳冽，以前沪上居人店肆每取以焙制玫瑰花、玫瑰酱及玫瑰露。

前县城西南半泾园的桂花，在雍正戊申与杏并放，一时称奇。龙华镇西之天香深处，当存在时，"前后盛栽丹桂"。法华镇西有北园，一名丛桂园，为的是内植大可合抱的古桂数十枝，花时飘香十里。

曹家渡昔有小兰亭，茂林修竹，雅如兰亭，内有美国大丽花数十根，艳绝，每于中秋开大丽花会。今曹氏花园内种植最多。

战前，宝山路北六三花园，春日樱花繁艳，有红绿白三色，有百余枝，望之如云霞绮绣，今则中正南二路前三井别墅有数十百本。花不红不白，色极平淡，开则万朵齐放，落则顷刻可尽。

现在，是榴花照眼明的时候了，那么我们不妨记得高行镇东的古榴轩，庭有数百年故物的榴树一枝。

花　谱

有位外国人蓬纳爵士作过一本《上海园艺》。他为沪上爱花的家庭按：

着气候，配合上海先松后坚的泥土，制了个"上海四季花谱"，兹录如下：

正月　麝香花、天竺、樱草花、中国水仙。

二月　水盂百合、醉鱼草、杜鹃花、樱草花属。

三月　小菖兰、日本樱花、连翘。

四月　天竺葵、橘花、吊钟海棠、山藤。

五月　毛地黄、钟花、杨梅花、佛平南。

六月　绣球花、大丽花、玫瑰花、小寒花。

七月　百日草、向日葵、金鸡菊。

八月　夹竹桃、美国紫葳、黄雏菊。

九月　雁来红、锦葵、鼠尾草。

十月　郁金香、小向日葵、Cosmea Klomylke（注：类似于非洲菊的花卉）。

十一月　菊花、风信子。

十二月　冬青、猩猩木、盆栽玫瑰、盆栽菖兰。

一个统计

关于上海究竟有多少花，有一个有趣的统计。据乾隆四十九年《上海县志》"花卉之属"一门所载，只收卅五种，有牡丹、芍药、桂花、山茶、海棠、桃花、金丝花、腊梅花、梅花、石榴、紫薇、紫荆、玉兰、玫瑰、绣球、紫藤、大香、蔷薇、月季、佛见笑、棣棠、辛夷、菊、荼蘼、百合、萱花、葵、木槿、芙蓉、凤仙、罂粟、水仙、荷花、栀子花、虞美人等。同治《上海县志》载七十八种，多了一倍以上。《上海县续志》又增添八十四种，共收罗一百六十二种，计有瑞香、迎春、杜鹃、玉簪、铁线莲、锦葵、鸡冠、雁来红、万年青、樱桃、茉莉、爵梅、秋海棠、剪秋罗、夜来香、晚香玉、秋牡丹、剑兰、潮来花、喇叭花等，并有好几种外国花如洋月季、外国马兰、洋蝴蝶花、洋百合、洋水仙等。民国十七年上海市立园林场成立后，场里栽种的花可达五十种，比较特异的有：牡丹、日本杜鹃花、重瓣芙蓉、日腊红、锦带花、寒宵、象牙红、六月雪、紫阳花、西古柱杆、红粉海棠等。现在，你倘如跑进花店里去的时候，则几满眼都是洋花的世界，你可瞧到雏菊、三色堇、小餐兰、美女樱、一串红、波斯菊、翠菊、郁金香、唐菖蒲、康纳馨、百日草、香豌豆、英绒花、飞燕草、天人菊、金鱼草、一枝黄花、赛亚麻、大丽花、金盏花、三色堇、菲洲菊、五彩石竹、西洋滨菊，以及作为衬托用的绿叶类如石刁柏、吊竹、山草等。

鸟的种类

上海有许多鸟，名称很香艳美丽：如相思鸟，正式的名字叫十姊妹，一名游香，或作游乡，属鸣禽类，是上海的土产，为鸟类中最小者，身如麻雀而小，爱偷窥人家窗户，故又名窥窗。如裙带鸟，俗名"拖白练"，有绛、白两种。雄的头上有羽冠，仿佛鹦鹉一样，其羽尾长得像现代新娘的拖纱，故名，属鸣禽类，春来秋去。如雪花鸟，比白头翁略小，鸣声听去像"诸事齐备"，俗以此鸟鸣，预示家有客至，所以又名备至鸟。如翡翠鸟，俗名鱼虎子，雄而赤羽叫翡，雌而青羽叫翠，大如八哥，小如燕子，羽美有闪光，为妇女首饰点翠作料。常集水畔枝上，掠水捕鱼。如轧花鸟，形如竹鸡，鸣声一若旧式木棉轧车声。如荡雀，一名黄雀，俗呼荡浆，大如雀，羽毛□色。老上海人每在夜里点了火把，到它芦花丛中的栖宿处去捉，烹食，味很鲜美。

奇怪的鸟

上海也有几种名字奇怪的鸟，如像头黑身褐、鸣声喈喈的"山和尚"和形较百灵为小、天明直朝云端里飞的"告天"——一名"叫天子"。

上海是个滨海带江的地方，所以多野凫，雄的羽毛很美，雌的却很难看，黄浦江、吴淞口均有生产，常成群浮水。还有一种水壶卢——大小像鹭，足近尾部，趾有蹼，不便陆行，终日游水中。它如涉足浅水的灰鹤，羽毛清白的鹭鸶，你可以在黄浦江上游看到。

上海的乡人很怕听一种其声休留，头额左右有羽毛，能够直立起来的猫头鹰（它名鸺鹠，一名九头鸟，又名风水鸟），以为不祥，鸟无眼睑，不能瞑闭，夜出群飞无声。上海也有啄木鸟——足有四趾，二趾向前，二趾向后，利于爬树。一邑产大小二种：大者啄木，首戴红色冠，羽毛紫黄色，翼金绿色；小者啄竹，状如金雀，羽毛黄色，属攀禽类。上海有种食害虫的鸟名鹡鸰（有黑背和白两种），形如燕子，飞作波状；更有专食戝毛虫的戝毛鹰，据说本身颇肥。而乡人最爱的是布谷，古名鸣鸠，俗名税花鸟，谷雨后始鸣，夏至后即止，其声自呼。县志载称："取其脚胫骨怀之，令人夫妻相爱，五月五日男左女右收带之。"

关于善鸣的鸟，上海除八哥外，有百舌鸟，俗名鸟春，状如八哥，羽黑嘴黄，尾则较八哥为长。如果你在郊外，你还可听到鸣声"骨舟骨舟"，形如画眉的鹡鸰；音如"金刚吉国利"的白头翁；叫起来"国利国利"，嘴短足长，还有黑点的黄马鸡和麦陇间眉黑羽黄、善学他鸟鸣声的伯劳。

你更可以看到鸣声"归归"，飞集成群的黄褐侯——青雏，或雌雄双飞，鸣声如"过鞋河抵得高歌"的黄鸟（莺）。

上海也有许多鸟是可以佐餐的。你可吃过栖居竹林间，鸣声"泥滑泥多"的竹鸡？露宿帘瓦中，八九月间最肥的黄雀？一种叫做青的美味？上海有句俗语道："水里的鲳，岸上的鹏"，味道不在鹌鹑之下。

斗 鸟

鹌鹑毛褐斑，雌者较小，雄者善斗，足有趾，产田野中，常成群结队飞出。上海乡人每用网兜捕，十笼廿笼的售给酒楼菜馆，正同邑人把鸽之次种养到几十笼，"定期贸易"，野鸽养不易驯，则网捕以供食一样情形。雄者"揉其皮使萤，以雌为媒，引他鹑使斗，以博胜负"。上海以前不是有过斗鹌鹑的玩意儿？而斗黄鸟（即黄莺，别称黄头）的风气至今依旧存在。昨今两年，黄麦苗黄时，邑庙豫园点春堂内不是鸟将云集，大显身手的吗？盖此风气始是民国十八年，其时上海闻人穆藕初、将福田等本"小鸟尚有尚武之心，大丈夫岂可无志"的宗旨。每年春夏之交，荟萃名鸟，假半淞园举行竞赛，近自苏浙，远自汉皋，均有人不怕烦劳，亲携珍禽前来参加，尤以民国廿六年那一次，黄鸟千头，比武争雄，蔚为大观。

黄鸟嘴尖爪利，可以作斗，上海的蜡嘴鸟（嘴质如蜡故名）则以其性驯，能够"教作戏舞"，它古名扈桑，所以有"扈桑作戏"这个妖媚的名词。

大致得来，四月为上海鸟年的忙月，也是戴胜鸟和黄鸟的季节；九月为上海鸟年的转换点，经过一番变化和迁徙，来到百灵时期，于是鸫鸟和鹘鸽称雄十一月，各种黄道眉独霸十二月。夏天，沪上鸟声沉默；冬深时，则鸟迹渺寂，连海鸥也飞走了。

抗战前，上海从外洋进口来的珍奇飞禽可说很多，有来自暹罗、越南；有来自南洋、马来亚、荷属东印度以及南北美洲。国内方面，有来自山东、河北；有来自常州、扬州、杭州、绍兴。而今，这些来路，除开江浙一带，都没有货来，同时，又因为生活地失去悠闲，买客也不如以前那么众多。

据侨沪西人的研究，常年居住在上海的鸟，不过二十四种，如：山鸟、夜莺、颈圈鸦、鸽（斑颈）、蜡嘴鸟、苍鹭、夜苍鹭、钓鱼郎、黑耳鸢、笑鸫、普通喜鹊、蓝翅喜鹊、白嘴鸦、红背伯劳、麻雀、灰山雀、银喉山雀、鸦雀、青色啄木鸟、杂色啄木鸟等等。其余有夏天来访，有冬天来居，或是所谓候鸟。

鸟　市

上海的鸟市在南市城隍庙。此外，西藏路东方饭店门前广场有着鸟集，浙江路一言楼有着茶会，五马路浙江路转角处有着十几家挂满竹笼子并卖鸟食的鸟店。你如有闲，不妨踱到那些地方去，看一看上海的鸟市风光吧。

原载1949年《旅行杂志》第23卷第7号，有改动

上海八景诗

山　青*

　　自来文人好事，每将境内可资游赏的场所，集成八景或十景，夸称名胜，并播诸歌咏。这样的风气在明代最为盛行，上海虽滨海僻县，但流风所被，要亦不能例外。沪城八景的名称，最早见于万历上海县志，名目是海天旭日、黄浦秋涛、龙华晚钟、吴淞烟雨、石梁夜月、野渡兼葭、凤楼远眺、江皋霁雪。

八景集句

　　传到了清朝初年，上海的一位名诸生张吴曼氏集唐人诗句，倡作八景诗，从此八景的声名更加普遍地深印在上海人的脑际。张氏诗云：

　　　碧落摇光霁后来，独将春色上高台。涛翻极浦烟霞外，日照澄江红雾开。（海天旭日）
　　　江色分明练绕台，水天东望一徘徊。风翻白浪花千片，涛似连山喷雪来。（黄浦秋涛）
　　　寂寥唯听旧时钟，谁傍昏衢驾烛龙。到此诗情应更远，春桥南望水溶溶。（龙华晚钟）

---

* 　山青，疑为笔名，民国时期人物，姓名、生卒年具不详。

江雨霏霏江草齐，江篱湿叶碧萋萋。胜游恣意烟霞外，青霭横空望欲迷。（吴淞烟雨）

万里风烟接素秋，月华星彩坐来收。水晶帘外金波下，几度高吟寄水流。（石梁夜月）

乔木荒城古渡头，暮天初雁起汀洲。野烟秋水苍茫远，枫叶芦花共客舟。（野渡蒹葭）

月色江声共一楼，闲云潭影日悠悠。雕栏玉砌应犹在，凤去台空江自流。（凤楼远眺）

六龙寒急光徘徊，风卷沙汀玉作堆。闲上高楼时一望，了然更见画图开。（江皋霁雪）

这八首诗流传很久，一直到嘉庆年间的县志中仍旧记载着。不过各景所在的地点和游赏的时期，想因家喻户晓的缘故，历来志书均无只字记及。自从道光壬寅鸦片之战、咸丰癸丑小刀会据城和同治壬戌太平军运动，三经兵燹，风雅顿衰。在俞曲园修同治志时，八景的所在已见模糊，野渡和江皋两景早已无迹可寻，海日、浦涛和吴淞三景也只是泛指，确实有迹可据的，仅有凤楼、龙华和石梁三景而已。

现时我们很幸运地读到乾隆时上海人李行南所著的《修竹庐诗集》，集内有申江竹枝词五十首，不仅有咏八景的词，连八景的地点和时季都有注明。自上海开埠，中外通商以后，地方日渐繁华，风景大非昔比，但踏足到旧景的遗址，俯仰今昔，当很有慨于沧桑的变易，发怀古的幽思。兹分述李氏的竹枝词和原注及笔者的说明于次。

海天旭日

"海日初升恰五更，红光晃漾令人惊。须臾已见腾腾上，碧落分明挂似钲。"原注云："护塘观日出，最是奇观。"按护塘便是海塘，在浦东沿海。自嘉庆十年分设川沙厅后，上海不再有海，海天旭日的胜景，便隶属到川沙县去了。就现在的上海市境说，要领略海上日出的奇景，可到吴淞口的江边去观。

黄浦秋涛

"三江入海接潮还，申浦秋涛涌若山。若使天公助灵秀，飞来四五个烟鬟。"原注云："海邑黄浦壮观，惜无山以助灵秀。"看潮的地点和时季，词内虽没有指明，但旧俗八月十八日到浦口观潮，民间又有"陆家嘴上看潮头"的俗谚，可见时期是在八月望后，地点当在浦口左近，在浦东是陆家嘴，在浦西便是现时外滩公园一带了。所谓浦口，就是黄浦、吴淞两江交汇的地点，从陆家嘴以东一直出吴淞口，现时统称黄浦，实在是吴淞江的旧道。从前浦小江大，是浦入于江，所以称作浦口。不过黄浦秋潮因为江口阔大，没有"银涛壁立如山倒"的壮观，不能和钱塘潮相提并论。

龙华晚钟

"三月十五春色好，游踪多集古禅关。浪堆载得钟声去，船过龙华十八湾。"原注云："三月半，游人集龙华寺。"龙华香汛，以旧历三月十五日为最盛，此风至今未替。释氏信徒入庙进香，游春士女结伴寻芳，都以龙华作鹄的。不过旧时去龙华多取水道，现时则从马路；旧时用舟，现时用车罢了。从水道到龙华，以舟出黄浦，再折入龙华港，直抵寺前下桩为最便捷。特龙华港曲折甚多，而寺前浮屠高耸云表，不拘在港内任何地点，都能遥瞻塔景，所以里谚有"龙华十八湾，湾湾见龙华"的俗说。当游兴既阑，夕阳衔山，港内归舟，从暮霭中远瞩塔影，更听得钟声隐隐，罢游江上归来晚，古寺钟声送客舟，不是同枫桥的"夜半钟声到客船"，有同样的诗景吗？

吴淞烟雨

"闸门潮涨水如春，去去张帆拂柳浓。别有归舟烟雨里，迎潮无那泊吴淞。"原注云："潮至闸，水最急，开帆甚多归舟，迎潮尺寸不可行，须潮落解缆。"考吴淞江旧闸，明嘉靖初筑在头坝的关桥，今乍浦路桥的左近；后海瑞改建在二坝，今四川路桥近处；清初重建，西移至今老闸桥的所在地。旧时潮水冲激极烈，石闸不久便坏，归舟在涨潮时，恒系缆小泊，倘值风雨之晨，烟雾迷蒙，最堪静玩。今江潮静寂，旧时候潮所在，两岸均成闹市，虽江水不殊，已无当年的闲致了。

石梁夜月

"桂樽环饼答秋光，处处氤氲朝斗香。携伴良宵出城去，陆家桥上月如霜。"原注云："中秋夜道院礼斗，人家竞烧斗香，游人甚盛，群集陆桥观月。"这里所谓石梁，就是小东门外跨在方浜上的陆家石桥，亦名学士桥，桥石均刻云纹，所以又名万云桥。父老相传，在中秋节夜里，月影穿环而过，称为串月。民国初年，方浜填塞改筑马路之后，石桥亦即撤除，从此石梁串月的胜景变作历史的陈迹，我们只有在方浜东路里咸瓜街口一带，"举头望明月"，不再能低头看月影穿环而过了。

野渡兼葭

"金风飒飒响回塘，渡口呼船正夕阳，知否侬家烟水外，蓼花红处近渔庄。"原注云："浦南莲泾苇塘之间，遍地兼葭，石桥古渡，溪舍渔庄，宛然图画。"莲泾疑即浦东的白莲泾，但石桥古渡所指何处已不易索考。有人将春申君渡江处的黄渡当之，但黄渡在明嘉靖间就划入青浦，不在上海境内。又有人指为东西芦浦的芦子渡，其处虽黄茆白苇，弥望皆是，但少石桥。八景的所在，只有野渡兼葭没有确切地址可指。

凤楼远眺

"糍饵谈家名最优，题糕醉菊酒新蒭。携朋共有龙山兴，海邑龙山是凤楼。"原注云："重九丹凤楼登高。"考宋丹凤楼本在旧天妃宫内，今新开河路南，元末毁，明代改建在东北城的万军台上，内有文昌阁、关侯祠，下为雷祖殿。极阁临江，便于高瞻远瞩。上海无山，所以旧时仕女恒于重九日在这里登临眺望。民国二年，上海拆城筑路，这一胜迹就和城墙同样见废，现时还有一条街保留着丹凤楼的名字，而街北的雷祖殿便是楼的遗址。近年都市日趋繁盛，沿浦的高楼大厦远较丹凤楼为高胜，楼即保留到现在，也要相形见绌，而被时代所淘汰。

江皋霁雪

"昨夜天公剪鹤毛，北风吹散遍江皋。垆头买得双蒸酒，同上楼头劈蟹螯"。原注云："西北关帝阁，俗名大境，雪霁时邑人于此登眺。"大境是西北城垣上的一所箭台，在上海未辟商埠前，城内西北隅人烟寥落，半为菜圃，城外多塚墓，少村落。雪后，大地浮白，一望无垠，在此极目纵眺，亦自有其乐趣。自商埠发达，城内外隙地已尽成闹市，屋宇连云，通衢四达，今大境路西端关帝庙依然存在，但江皋雪景，不特少人观赏，亦无有过而问之者。

附录十景

旧的沪城八景逐渐湮没而被人遗忘。清季同光年间的一班沪上文人，又曾倡导过沪北十景，名目是桂园观剧、新楼选馔、云阁尝烟、醉乐饮酒、松风品茶、兆荣访美、层楼听书、马车拥丽、夜市张灯、浦滩步月。随园后裔别号仓山旧主的袁祖志，还拟有沪北十景词，原词云：

果然鞠部最豪奢，不待登场万口夸。一样梨园称子弟，来从京国便风华。（桂园观剧）

酒侣吟朋任欸邀，羊羹鸭臁好烹调。时新不厌更番进，风味由来重六朝。（新楼选馔）

环房曲室客争趋，缥缈云烟足戏娱。不是酒家如卖酒，冶游人总觑当炉。（云阁尝烟）

及时行乐愿休违，况复招人有酒旗。为语同游须

鼓兴，今朝不醉不言归。（醉乐饮酒）

一盏琼浆高虑空，果堪消遣是松风。微闻香泽来何处，隔座佳人笑语通。（松风品茶）

燕瘦环肥任品论，脂香粉腻总温存。可怜几曲章台柳，但有情人必断魂。（兆荣访美）

夏绝三层近水楼，美人高坐说风流。听来不是生公法，顽石如何尽点头。（层楼听书）

妆成堕马髻云蟠，杂坐香车笑语欢。电掣雷轰惊一瞬，依稀花似雾中看。（马车拥丽）

地火明夷百道连，最宜舞馆更歌筵。紫明供奉今休羡，彻夜浑如不夜天。（夜市张灯）

万里长空镜若磨，楼台倒影入江波。此邦亦有清凉境，端赖长吟共短歌。（浦滩步月）

在太平天国运动后，租界开始繁华的初期，宝善街（今广东路）演京剧的丹桂戏园，菜肴具金陵风味的新新楼，以房屋器物精美富丽著称的法租界眠云阁，兼备酒菜香茗并供客喷云吐雾的醉乐居，带钩桥北的松风阁茶室，妓女聚居的四马路兆荣、兆富等里，都是当时众人艳称的销金窟。又茶楼里的女弹词，带着妓女坐马车，夜间赏玩煤气燃点的灯，都因新奇的缘故，也被视作赏心乐事的一种。最后的黄浦滩步月，性质和以前九景不同，想只是凑数而已，不过也就是这一景，还有天然的风趣，而且到现在还依然保留着。其余九景，无非是嬉游征逐，铺张"洋场"的繁华景象，迨上海有更进一步的繁荣，这许多景变成了家常和当然，也就不再有人提及了。

原载民国三十七年（1948）《旅行杂志》第22卷第7号，有改动

上海的博物馆

李纯康[*]

　　上海之有博物馆，始于一八六八年天主教神父韩德创立的徐家汇博物院，但实际只是在教堂内空屋中贮藏历年搜集所得的动物植物标本，并不公开展览。公开展览的博物馆，以一八七四年亚洲文会北中国支会设立的上海博物院为最早。上海博物院所在地是圆明园路。此路在该馆成立十年后，由当时工部局改名为博物院路，以为纪念。一八八三年徐家汇博物院在教堂附近特建专用馆舍。一九三〇年亚洲文会募捐重建会所，上海博物院因之面目一新；同年，徐家汇博物院以物品日增，院舍不敷应用，另建新院于该教会私立的震旦大学校北侧，并将该院拨归震旦大学管理。上海市中心区成立之时，市政府拨市公债一部分充上海市立博物馆建筑经费，即在市中心区建筑馆舍，至一九三七年一月十日开幕。抗战后，市立博物馆被毁，亚洲文会的上海博物院也不敢开放，震旦博物院虽未受影响，但也不常公开展览。胜利后，上海博物院和震旦博物院即照常公开展览。市立博物馆经市教育局指定馆址后，于三十五年三月奉令复馆。现在市立博物馆和上海博学院均每日开放，任人参观；震旦博物馆除研究部分外，每星期三、四、

---

[*] 李纯康，民国时期人物，生卒年不详，曾被聘为上海市通志馆编纂馆员。

六、日四天下午二时至五时，纳费三万元，即可入内参观。

上海博物院

上海博物院（俗称亚洲文化协会博物馆）在虎丘路二十号亚洲文会北中国支会四楼及五楼。四楼为苏阿德纪念堂，甬道中央，耸立方形玻橱，陈列蜂窝二，大的一个直径约一英尺，小的直径也有五英寸许。纪念堂面积，约一千五百英方尺有奇，陈列各式玻璃橱和长达数英尺的巨型玻璃管。橱中陈列昆虫、爬虫、鸟卵、鸟类、兽类标本，管中均为酒精浸制的蛇类，其余玻璃橱上及隙地，亦均陈列各种巨型动物骨骼及标本，总计约达一万种。此外，更有有角兽类头部标本约十具，分别悬挂于前部墙壁上部，不但地位经济，且可增加美观。五楼甬道中陈列运茶船及农具模型，小巧玲珑，引人入胜；室内陈列，除少数生物矿物标本外，大多为历史艺术物品，如魏代石刻石像、汉代砖石石马、晋代碑文，以及石器、陶器、铜器、贝壳、墓像等，均足以启发吾人思古之幽情；且考据极精，把伪造的唐代墓像，一并陈列，以资比较而便鉴别。此外，关于服装者，有百年前流行的各种时装衣服，官吏用的朝帽，战士用的头盔、盔甲、战袍，武器有铜制的矛、戈、枪、箭的头，旧式手枪、步枪、来复枪等。

该馆陈列品中，以动物标本为较多，次之为钱币，在五楼陈列者，有古钱十三框，外国铜元三框，都约二千种，颇能引人注意，惜无华文说明。五楼陈列品之最引人注意的有二种：一为铜鼓，二为喇嘛剑。剑长约四尺，尖端植于特制的木架，柄作人面形，全部以铜制造。四楼麋鹿标本旁，有说明卡片云："华人名之曰四不像，因此物似鹿非鹿，似马非马，似驼非驼，似牛非牛，前在黄河流域之河南山东产生甚多，其遗骸发现于殷墟中。"回忆民众读物《封神榜》中姜太公骑四不像，这种坐骑常令人莫名其妙，现在见到实物，可以恍然了，并且从"遗骸发现于殷墟中"一语看来，当时这种坐骑，是并不奇异的。

震旦博物院

震旦博物院在重庆南路二二三号，院舍凡三层，每层的总长度约八十公尺，内分陈列室三间，以及研究室、试验室、图画室、摄影室等。院舍之南，另辟植物园一所，培植花卉树木，以供研究。第一陈列室在地面层，陈列古物，系由土山湾育婴堂移来；第二陈列室在二楼，陈列动物标本；第三陈列室在三楼，陈列植物标本，均由徐家汇博物院移来。该院历年常派员赴国内各地搜集实物，以便剥制标本，陈列院中，故现在陈列者较该馆初改组时增加几至一倍。此外，更有国内外各地捐赠标本者，其中以最近英国俾得福公爵捐赠的麋鹿长角一对，最使院中主持人感得欣慰。原来麋鹿为一千二百年前产品，嗣后日渐稀少，清代国内仅北京略有饲养，其余地方已少发现，现在仅英国皇家动物院尚有活的麋鹿。上海惟亚洲文会的上海博物院有麋鹿标本陈列，但该项标本，系一齿龄幼小而头部尚未苗生长角者。故震旦所得此项赠品，益为珍异。

该院专供研究用的标本，均编号庋藏木箱中，共一千余箱，各界需要研究者，可以申请入内研究，并得翻阅该院三个图画室中各种关于鸟类、昆虫、植物的图书，以资参证。研究标本，包括植物标本、昆虫标本、鸟类标本等。植物标本以苏皖所产为多。鸟类标本多以拉丁文签注。昆虫包括蝶、蝉、介虫等类。单以蝶类而言，已经研究完毕而肯定名称的约八百种，没有着手研究的尚不在内，其搜罗的丰富，可以想见。公开展览的，第一室陈列的古物，为金属品类，包括彝器、奠器、爵类、瓶类、鼎类、炉、钟、乐器、偶像、武器、钱币约七百件；玉器类，包括佛像、铃印、玉磬等二百余件；陶器瓦房器类，包括唐瓷、宋瓷及殉葬所用陶器数十件。第二陈列室门口，植立大象标本，壁上陈列鹿角至多，最稀见者为骆驼鹿，两角根部浑圆，角尖则扁平，最阔处逾二寸，厚逾二分。更有一种名驯鹿者，尖端亦阔逾一寸，惟一面尖锐如刀斧，因该项鹿类，产于雪地，可以用此项特殊的角以扒雪。室内则鸟类、兽类、水族等标本，陈列满屋。室中央为方形玻橱，上层陈列长约三寸黑色小鸟一，颈部有深青色毛，为国内前所未睹者，由该院名之为库氏笑鸫；玻橱下层陈列椰子蟹一，形似普通海蟹，惟全体为赭赤色。此外，如娃娃鱼、飞鼠以及长达六七尺的鲸鱼头部骨骼，狰狞可畏的非洲雄狮头部标本等，均极为参观者注意。

上海市立博物馆

上海市立博物馆，今在四川北路一八四四号三楼，除办公室及库房外，全部辟作陈列室，计共三室，并利用走廊，辟为陈列廊。第一陈列室陈列的，主要为铜镜、铜容器和古钱三项。铜镜共八柜，陈列汉隋以讫清代制品一百二十余件。铜容器有各式鼎盛、壶、卣、爵等数十件，最古的在千年以上。古钱六百余件，自周代的铜贝、战国时的明刀，以迄清代的宣统通宝，无不搜罗完备。此外，陈列的石器、寿州铜器、武器与工具等，亦颇为人注意。第二陈列室完全陈列陶器、瓷器，史前及商周陶器和汉唐瓦当，以及汉代至六朝陶器，唐、宋、元、明、清各朝瓷器都有，唐宋瓷百余件。第三陈列室完全陈列明器，汉代的，元明的，都有搜罗。就形态论，包括人物、房屋、用具、俑、牲畜、牲舍等，就制造品质论，包括石、木、陶、瓷等种。全部陈列品四百余件，俑占绝大多数，其种类有立俑、坐俑、侍俑、文官俑、武俑、胡俑、骑俑等，实属洋洋大观。陈列廊陈列历史文件四十七件，最古的是明崇祯年间兵部职方清吏司咨文二件，余如清顺治间的揭帖、康熙间的进士金榜、乾隆间的奏折、道光间的题本，以及光绪间致古巴国书、达赖喇嘛致法国公使藏文函、清末民初官绅名片等。

该馆管理甚为得法，各种陈列品分门别类，颇为细致，每室均列有总说明卡片，给陈列品作一个简单扼要的介绍，得到明晰的印象。惜以馆址狭小，不能将库藏物品完全陈列。综计该馆共有陈列品照相、邮票、拓本、印章、服饰、徽章等二十类一万六千九百三十一件，现在三室一廊所陈列的，仅约占百分之二十，其余均藏庋库中，以备分期轮流陈列。

上列三个博物馆，各有特点。上海市立博物馆有特色二，其一为明器，其二为瓷器，前者包括唐、宋、元、明各代，为上海三个博物馆中所独有；后者搜罗丰富，亦为其他各馆所不及。上海博物院历任名誉院长如沙韦佩等，多为博物学家与生物学家，故院中陈列的，特多生物标本。且该院雇用技巧精熟的动物剥制家，最近中山公园动物园病毙的吐绥鸡和獐，多赠给该院剥制标本陈列，故该院的生物标本，益为著名。震旦博物院陈列品，以鹿角著名，原来该院的创办人韩司铎为生物学家，每自国内各省考察返沪，一定携带多量的珍奇标本，藏之院中，内以麋鹿门为最多，嗣后逐年增加，故至今以鹿角著名。又该院仅供研究而不公开展览的蝴蝶，种类万千，亦颇有名。

原载民国二十七年（1948）《旅行杂志》第22卷第7号，有改动

上海之旅馆

陈晓云[*]

从前上海的旅馆，全属旧式的，也没有人讲求它。近来社会的进化，愈趋愈上，所以不得不因为衣食住的关系就讲到旅馆了。从民国六年起，先施、永安两个大公司开幕以来，它里边分开部分营业，就是个百货公司，所以附设的也有旅馆这一部。那时候就鼓动了上海一班投机的分子，"争先恐后"地"风起云涌"一般，建造起来"高楼大厦"的旅馆。近来还有在那里计划、建造。最华美、最新式的，有大中华饭店（Great China Hotel）在西藏路福州路口盖造六层楼房，中央饭店（The Central Hotel）在广东路湖北路口，亦是六层楼房。它们的资本都在一百万到百五十万之间。总起上海的旅馆的数目来，有三百多家。我们可以给它分做三种，就是"旧式""半新式""新式"。家家都用尽了自己的吸引力，想出方法招揽他的生意，和他们同行竞争着生存。他们的资本平均起来，也在五十万到一百五十万之间。

在这三百多家旅馆当中，能够称为完全新式的——里面组织和一切布置，采取西式，并且能使旅客便利适合的，亦不过

---

[*] 陈晓云，民国时期人物，生卒年不详。

二十几家罢了。

这上海地方怎么能够供养这么多的旅馆，不致使它坠落而倒闭的呢？大有它的缘因。旧式旅馆，不顾旅客的便利，不能够迎合旅客们的心理。旅客请求它的事，它也不能尽量的指导，不能服侍安适。至于新式旅馆就不同了，供给得非常舒适，旅客住在里面，简直忘记了它是旅馆，犹如住在自己家里一般。这是它能生存的第一种缘因。这几年以来，各地战事纷纷。在内地的一般富绅巨商，不能够安安逸逸地居住着。他们不得不携老扶幼的，避到上海来。上海地方凭空增加了这许多人，没有他们已定的地方，又因为方便上起见，就住到旅馆去。这也是给旅馆造成的好机会，这是它能生存的第二种缘因。现在一般新学识的人——欧化的——尤其是大学生和一般官吏、侨商没有不是欢喜华丽，以住到旅舍为时髦，而且对于他们经济方面也可以节省不少的手续，这是它能生存的第三种缘因。中国人对于出家门去，以为是很苦的事。所以俗语说"在家千日好，出外一时难"，一般人就灌到脑海里边去了。凡出门的时候，行囊里盘费，都预备得充充足足。所以住在一个旅馆里边，不妨稍作些阔绰。这是它能生存的第四种缘因。

旧式旅馆不能适合旅客的地方，已经表述过了。它里边的弊窦再说一说。旅客住到旧式旅馆，一件东西有一件东西的价钱。他的价钱和东西相比较，就不能称其值了。至于对于私人的服务上，也是看了金钱作标准的。至于浴室、铁床、理发室、休息娱乐室，不用说是没有的了，并且住在里边的客人，没有时候能得到清静。提着篮子的小贩、卖报的、洗衣服的女人，吆喝着卖什么、卖什么。还有的到门口来敲门求你照顾他的生意，有衣服交他去洗。旅客如果不愿意他的床或是嫌它不舒服，可以问旅馆掉换稍好点儿的，那必须要另外加价钱的。夏天用的电扇，亦须问他租用，每天价钱，在五角到一元之间。这些旅馆大多数是房饭金合并在一起儿的，但是它预备的饭，只有其名无其实，旅客哪个能吃呢。旅客少不得要另外添几个菜，添菜的价钱，比在外面饭馆的价钱还要昂贵。中国人的习惯，旅行的人，都是携带了铺盖的，所以旅馆也就藉此为由，没有预备被褥的规矩。如果有不带被褥的旅客，到冬天时候，必须在他那里另租被褥。至于房间里，更没有冷热的自来水了。所以这种旅馆，差不多一般是相命先生、星卜及道士等常住的地方。这些旧式的旅馆，比较大一点的，差不多都在中国的大码头，有他们的连号。码头上有他们的人招待，类如广东、上海等等的地方。比如一个旅客，在这里住他们的旅馆，起身到别的地方去，他就介绍你住他们的连号。你答应到那个地方住他们连号，他就把你的行李上面都贴上他们连号的招贴。你到那个地方，他们就有人来看见他们连号的招贴，搬运你的行李。如果搬好行李，你不住他们的旅馆，可以给他一天的房金——按最低的房价计算——有的旅客，不熟习新到地方的情形习惯，行李让别的人搬，那么对敲索百出，束手无策了。

再说到新式旅馆，可以供给旅客舒服方便。它们那里预备有客厅、屋顶花园、理发室、浴室、弹子房、休息室等。夏天时候，可以有风凉的空气；冬天时候，有温暖的气管。床上预备了华丽的被褥，饭食有中菜、西菜，但是并没有公共的大菜间。差不多旅客都是在自己房间里吃，或者在这旅馆附设的饭馆里吃的。这些旅馆可以代售轮船票，还可以接送行李到车站或是轮船码头。近来海上的跳舞盛行，所以他们家家开起跳舞场来——他们的副业——每天从晚八点到深夜四点钟，里面掺和着西洋音乐。跳舞四次大约一块钱。这旅馆里的茶房，所得工资是很微小的，从三块钱起码，最大的不过十块多钱。他们所指望的，是我们旅客的加一小账，还有旅客另外再赏给他们的钱。他们每月的零钱"外块"，凑起来总在卅块钱的样子。这些茶房在里边，每一个要三百块钱的押款，还要有相当店保，才能进来的。

这些旅馆，是股份集合成的，所以照应这营业的股东，也有他们的特别酬劳金，在营业当中提出一成或是二成给他们。有些在上海没有家眷住宅的外国人，也常常在这些旅馆住。

大东饭店，每月营业大约在四万五千元。它的房间，总有十分之八不得空出来的。它最忙的时候，是旧历新年，人人回家过年来住的客商，就非常拥挤。到夏天，就是它清淡的时候。旅馆的章程规定，旅客在退掉房间的时候，必须在上午知照它，不然就算一天的房金。

它们各家旅馆房金是不一致的。大东旅馆从三元起码，到十五元。东亚是从二元起码，到十三元。新新是从三元到十二元。这是每天价钱，看房间的大小布置上的比较而定。

总而言之，这新式的旅馆适合之点有三种，或是近于车站，或是在全埠的中央，或是近于轮船码头。可是我们很奇怪，在北火车站只有一种规模很小的新式旅馆。至于爱多亚路——靠近轮船码头——是三种全都有的。靠近招商局码头的，差不多都是半新式和旧式的。最新式的都在南京路、湖北路、广东路，以至西藏路一带，对于到上海来的人交际上、事业上、交通上，都觉得很便利，并且这些新式旅馆大都附设有餐馆的。现在把上海的新式旅馆列在下面：

旅馆名号	地址	房间数目	楼房层数	开幕时期
大中华旅馆	西藏路福州路口	二百五十间	六层	在建筑中
爵禄饭店	西藏路四十号	一百一十间	三层	民国十一年
一品香饭店	西藏路五十号	八十一间	三层	民国十一年
大安旅馆	朱葆山路	八十间	三层	民国十一年
平安旅馆	朱葆山路	九十间	三层	民国十一年
江南大旅社	爱多亚路	二百〇四间	五层	民国十五年
安州旅馆	湖北路浙江路口	八十间	二层	民国十六年
惠中旅馆	福建路汉口路口	一百九十间	五层	民国十六年
孟渊旅馆	汉口路湖北路口	一百间	三层	民国九年
东方旅馆	汉口路浙江路口	二百〇二间	四层	民国十四年
神州旅馆	福州路浙江路口	一百八十间 添造一百五十间	四层	民国十七年
远东饭店	西藏路	一百九十五间	四层	民国十一年
中央旅馆	广东路湖北路口	三百间	六层	在建造中
虹口大旅社	北四川路海宁路口	一百〇五间	三层	民国十七年
北站大旅社	界路	四十五间	三层	民国十四年
新新旅社	新新公司内	八十四间	七层	民国十六年
大东旅社	永安公司内	一百五十三间	七层	民国十六年
东亚旅社	先施公司内	一百九十间	七层	民国十六年
安东旅社	湖北路六十六号	一百三十间	三层	民国十五年
大中国旅社	南京路福建路口	三百间	十三层	在计划中

原载民国十八年（1929）《旅行杂志》第3卷第5号，有改动

上海之电影

张韦焘[*]

电影之在上海

上海是远东的通商大埠。商业的发达、繁华的程度，足示上海与现代物质文化的接近。举凡汽车、无线电、航空、电气、器械等一切二十世纪应用的、享乐的东西，在上海都有，并且与其他各国同样发达。而二十世纪最新的事业电影，亦在上海的都市生活中占有极重要的地位。

电影感人的深刻的程度，动人的伟大的力量，尤甚于其他可视觉可听觉的东西，凡是熟晓电影的人们，必定承认此说的。因为这样，在很短的时期内，极迅速地征服了无数居住在上海的男女们，而成为他们居住在上海所最爱戴最切近的东西了。

电影在艺术的立场上讲来，非但是二十世纪最有势力的综合艺术，而在它和人们的关系看来，电影亦是最好的娱乐。娱乐是解散人生的苦闷，增进人生的甜蜜。在上海的生活中足合于此种条理的，较之其他大都市，尚觉设备不周。电影在上海，除了少数人以艺术眼光目之外，已成为上中下三等人民的

---

[*] 张韦焘，民国时期人物，生卒年不详，电影工作者，曾发行多部抗战电影。

娱乐品了。而电影院便是他们解散人生的苦闷，增进人生的乐趣的场所了。

电影在上海，发轫不过二三十年。最初的规模，都是因陋就简，化了很少的座价。那些初与世界文化接近的上海人，便得一见银幕上惊人的新奇的东西。由一般人不住的好奇心，逐渐把电影弄成到现在发达的情形。至于这二三十年的经过详情，容后有机会再当撰一《上海的电影历史》。

上海的电影观众

上海的电影势力，是普遍于上中下三等社会之间的，虽则他们所到的影戏院，是不相同的。上中等社会的人所到的影戏院是一种，中下等社会的人所到的影戏院又是一种。然而他们的爱好电影，却是同样的；电影里的男明星、女明星，都是上中下三等人所共同熟悉的人物，决不因为阶级的不同而悬殊的呢。

这些所谓Movie Fan的上中下三等上海居民，虽是同样的爱好电影，然而细别起来，却可分成四种不同的观众。有一种观众，于观电影已成为嗜好，他们不问戏院的远近、座价的贵贱、天气的寒暖，只要每逢新片的开映，他们都肯丢弃一切，跑到电影院里去满足他们的嗜好。此种观众，究居少数，大半属于商学界和闲散的人。这是第一种。有一种人对于电影，很是熟悉，平常把种种国内国外电影刊物，看得很多，对于电影导演家、男女演员等，都有深熟的了解；对于各人的才能，亦有佩服和厌恶的鉴别。他们预先对影片的导演者、主演者详加考虑，而定取舍。这种观众多半是受高等教育的商界和教育界的人，为数不少。这是第二种。有一种人对于电影，不过是消遣他们的时光，虽然电影是娱乐，娱乐不过是消遣时光，但是这种仅以消遣为目标的观众，观了电影是毫无所得的。这种观众大半是闲散的人，尤其是一般没有事的妇女们，为数可占上海电影观众的一大半。这是第三种。还有一种男女们，借了黑暗的电影院，作他们情话的场所，亦不在少数。这是第四种。至于从事作电影界的人观电影以资借镜的和没有见过电影之为物而来拓开眼界的，都是少数中的少数。

上海之舶来影片

电影的势力，在上海如此膨胀，可算都是舶来影片造成的。因为在起始开映电影的时候，种种影片，完全是国外的出品。在我国开创摄制我们自己的国产影片之前，舶来影片在上海，已有多年的历史了。在这多年之中，已造成了牢不可破的势力，现在还继续扩张着。除非到了相当之时，国产影片能够取而代之了，那时上海的电影，方始另有一番局面呢。

现在上海爱好电影的，十个之中必有七八个是爱好外国影片的。国产影片，少受欢迎。其间虽有一二种国片曾轰动一时，争相话传的，不过究竟敌不过外片的热度。这原因不外乎外片的势力已深，国片势力种植还不到几年，并且能力薄弱，不堪与外片相争，以致被外片得势了。

舶来片中，以美国出口、开映最多，势力亦最厚。上海人所熟悉的男女明星，都是美国影片中的。其中最受上海人所欢迎的，有卓别林（Charlie Chaplin）、罗克（Harold Lloyd）、范朋克（Douglas Fairbanks）、比克福（Mary Pickford）、脑门塔文（Norma Talm adge）、摆里穆亚（John Barrymoore）、吉尔敦（John Gilbert）、丽琳葛许（Lillian Gish）、柯尔门（Rolandolman）、彭甘（Vilm a Banky）等（以上译名，皆根据上海观众所通译者）。凡逢开映以上诸人所主演的影片时，那戏院必定很拥挤的。

美国影片之外，德英法诸国的出品，亦不时有开映，惟为数很少，除了一二种成绩稍佳外，其余很少受人欢迎。

上海之国产影片

上海是国产电影的出产地，因为摄制国产影片的影片公司，都聚集在上海一地。关于上海的国产电影的种种，非在此文里所能论述。这里仅把现在国产影片在上海的情形，略述一些而已。

各国产影片公司的出品，告成之后，当以上海为此片在国内或国外最先的公映地点。惟以舶来影片的势力较盛，国片未得上海人普遍的欢迎等缘故，所以国片公司并不注重上海一处的营业。

国片在上海开映的戏院，没有舶来片的那么多。开映的次序，亦不像舶来片那种分派别（参见上海之电影院一则）。在国片初创之时，国片亦有拿到映舶来片的影戏院中去开映，除了少数成绩不差外，其余大半是失败。现在已完全没有了。

一张国片在上海开映的次数，倒比舶来片更多，不过连续下去，分开区域而映的（参见上海之电影院一则）。

国片的观众，上中下三等人都有，大半是家庭中的妇女孩子们。商界和学界亦有爱好国产影片的。

国产影片的男女演员，最受上海人熟悉和欢迎的，女明星有胡蝶、韩云珍、殷明珠、夏佩珍、周文珠、谭雪蓉、吴素馨、徐琴芳。男明星有朱飞、邓小秋、王元龙、王献齐、黄君甫、张惠民、张慧冲等。在国片初有的时候，这许多男女演员，在上海交际社会中，很是活跃的，后来因有捣乱分子破坏社会间的信用，现在大半不与世间，交际场中很少有他们的足迹。与美国电影的聚集地好莱坞的情形相较，真是大不相同的。

有一个时期，国产影片的营业太劣了。有几个从事国片事业的，用舞台上的表演，助影片号召。惟经此一来，现在国片的观众，大多要在影片之外加演舞台表演，始足满足他们。这种舞台表演，亦随着观众的心理而变更的。惟舞台表演，仅在一片初映，或第二次映时添加的。最近的舞台表演，有什么《新金瓶梅》《曲线家艳遇》等，是以什么肉感香艳等字眼来号召，性质虽近贱陋，然观众却极欢迎的。其余拿歌舞剧来号召的，亦不时而有。最近明星公司以胡蝶等十余电影男女演员登台合演之《特别大葡萄仙子》，很轰动一时呢。

上海之有声电影

上海各电影院的银幕，几乎都生动起来了。因为有声电影的势力，已在最近几个月里侵入上海了。各电影院都逐渐装置有声机器而开映有声影片了。

因为上海人欢迎美国影片，许多美国摄制影片的影片公司，都把上海算是远东唯一的影片市场，所以对于营业上各有互相争胜的方法。有几家派人设立分公司，有几家委托人家代理。如福克司（Fox）、环球（Universal）两家，在沪都有分公司。第一国家（First National）的出品，由孔雀影片公司代理；联艺（United Artist）的出品，由克理司律师代理；华纳（Warner）的出品，由百代公司代理，其他亦不必枚举了。

一张舶来影片，运到上海，必须经过工部局电影审查部审查，认为合格之后，始可正式公映。第一次在上等戏院卖高等座价。开映普通映期，每片总在三天或五天之间。映过后隔了一二个月再在中等戏院，卖中等座价，作第二次的开映。再隔一二个月，更在小戏院，作第三次或第四次的开映。因为各大小影戏院有派别的组织，所以何家公司的影片在上海开映，第一次在何处映，第二次在何处映，略有规定的（详细见上海之电影院）。

电影的移化力量，是非常厉害的。美国影片里的男女新式的服饰，都使得上海人模仿着。依样仿制的，很多很多。至于美国影片里的种种表演和种种生活，对于上海人的生活，都有明显的影响。

观众非但得到视觉的娱乐，并且同时得到听觉上的娱乐。银幕上的人物都会讲话唱歌，好像真的人一样。上海是中国最初有有声电影的地方，为时虽未久，然已把上海之电影换了一副新局面。

上海最初开映有声影片的，是静安寺路上的夏令配克影戏院。第一片是只有声音没有讲话的《飞行将军》（Captain Swagger）。上海人是喜新好奇的。因为这在上海是前所未见的，所以当开映时，轰动全沪。亦有人赞成有声影片，亦有人是反对的。

夏令配克独家开映有声影片有半年余。到了去年（民国十八年）的秋季，大光明、卡尔登、光陆都争相装置有声电影机器，开映有声影片。最近更有奥迪安、上海、北京等戏院，进而作同样的设备。

因为我国还没有何种有声影片的摄制，所以现在上海开映的，完全是美国出品的。有声影片可分三种：一种是单有声音，将片中种种的动作，配以适当的声音，此谓Synchronized Picture。一种是除了配声外，再在最重要的部分加以男女演员的讲话，此谓Part Talkie。一种是除了配声外，片中各演员，都从头到完讲话说白的，此谓All Talkie。这三种之中，第一种对于观众当然绝无问题，第二种、第三种逢到讲话的时候，那观众非得英文程度高深始可明了，否则因为片中所讲的英语流利而多俗言，很使观众普遍对于该片发生隔膜的。故最近情形看来，凡逢开映此类影片时，院中华人观客很少呢。

有声影片中，很多有各种歌唱，每片有每片不同的歌曲，尤其是专以歌舞作背景的，每片必包括几种不同的歌曲，很受观众的欢迎。因此顿使舶来留声唱片在观众中间，畅销起来了。因为观众所欢迎的影片中的歌曲，都为欧美唱片公司灌制成唱片的，观众购之以便在家中聆听呢。

有声影片，多请美国著名舞台上的艺员来主演的。其中如歌唱家乔尔生（Aljolson）、勃拉司（Fannie Brice）、极瑟耳（G.Jessel）、唐莱（Morton Downey）等人，已成为上海电影观众新爱的人物了。

上海之电影院

关于上海的电影院的种种，像本文的篇幅，决不能详述的。这里仅略述其大概，藉见一斑罢了。

上海各上等电影院富丽的建筑，其中裔皇的布置，都足点缀上海地方的风光，大足使赏光上海的留恋不去。不过这亦是近几年来的事。因在电影势力尚未像现今那般盛烈时，上海的电影院，都是因陋就简，规模不大的。其中虽有设备布置很好的，不过座客仅是少数的外侨。直至近年来，上海的电影院，像雨后春笋般地成立。他们都在建筑上、布置上互相竞胜。顾客中华人已占居了三分之二。

就目前计算，上海的电影院已成立和正在建筑的，共有三十余家。这许多电影院，三分之二是华人的资本，三分之一是外人的。因为其中组织的不同、地点的不同，三十余家中可分为几个戏院的集合，就是几个戏院集合起来专映某公司的出品，映片上便有互相竞争的可能了。因为一个集合中几个戏院所映的影片，与他个集合中的戏院映片是不同的。这是商业上竞争的现象。这种集合是可不时变更的。在目前，可分为下面几个。

（一）（甲）卡尔登　院址在沪西静安寺路派克路，设立已有多年，地点适中。目前之座价由一元至二元半，随日夜而区别。专映有声及无声之新片。

（乙）上海大戏院　院址在沪北北四川路，历史甚久。现经刷新改革，专映卡尔登映过之片。座价较卡尔登减低。

（丙）北京大戏院　院址在沪中市贵州路北京路。开设不过几年，然营业之盛，甲于全沪。观众多学界及商界。专映卡尔登及上海两院映过的有声及无声片。座价较以上两家更为减低。

（丁）东南大戏院　院址在沪南民国路。专映以上二院映过的影片。座价最低，仅售两角。观众都属华人。

上面四院都专映美国联艺（United Artist）、米高密（Metro Golgywn Mayer）、福克司（Fox）等家公司的有声片和无声片。在这一个集合下的几家戏院，因为所映的影片最有信用，上海人最欢迎的男女明星，都在这几家戏院开映的。国产影片不映。

（二）（甲）夏令配克　院址在沪西静安寺路，年代很久，惟已经修饰。内中装饰颇为富丽辉煌。座价由一元起至二元半。

（乙）爱普卢　院址在沪北北四川路。院地甚小，为上海最小的影戏院。现专映夏令配克映过之片。座价由七角起至一元半。

上述两院。现专映美国百代（Pathe）、第一国家（First National）诸公司的有声和无声影片。

（三）（甲）奥迪安　院址在沪北北四川路。地方甚大，能容纳千余人。专映美国拍拉蒙（Paramount）的有声或无声新片。

（乙）光陆　院址在上海各种办事处所在地的博物院路上，所以观众大半属于商界。现专映拍拉蒙公司的有声影片。

（丙）百老汇　院址在沪北百老汇路，为奥迪安的分院。专映该院映过的影片。在最近落成的。

（丁）新光　院址在沪中宁波路，新近落成的，亦为奥迪安的分院。亦专映该院映过的拍拉蒙出品。

以上四个戏院的集合，现与上述第一个集合竞争得很猛烈。

（四）大光明　院址在卡尔登的邻近，座位很多。原址本为卡尔登跳舞场。座价与卡尔登相同。现专映环球（Universal）、华纳（Warner）、雷电华（Radio）、天发南（Tiffany）等家公司的有声影片。

（五）中央公司各戏院。下述戏院，皆为中央影片公司所设立。专映国产影片，有时亦映舶来影片。

（甲）中央　院址在沪中北海路。观众多商界及妇女。为国产影片出版后第一次开映的地方。

（乙）新中央　院址在沪北海宁路。本为外人所设立之维多利亚影戏院。

（丙）恩派亚　院址在沪南霞飞路。观众多为法租界居民。

（丁）卡德　院址在沪西卡德路。附近热闹，营业因之甚佳。观众多中下等两种人。

（戊）万国　院址在沪东。观众多附近居民。

（己）世界　院址在闸北。

（庚）中华　院址在沪中二洋泾桥。

每种国产新片，大半在上述六影戏院陆续开映。营业的成绩，乃视影片的号召力而不同的。

除了上述五个集合外，尚有沪西霞飞路上的东华、沪东茂海路的东海、沪北福生路的百星及乍浦路的虹口、武昌路的武昌、沪中西藏路的福星、沪西福煦路的九星等，都是开映舶来片的；沪西的奥飞姆、沪东的中山、沪南的通俗等，则都开映国产影片，而不在任何集合的势力之下的。至于这许多院中的详细，都从略了。

每逢好的日期，如假日、星期日等，各大小影戏院都互相开映好影片来号召，来竞争。观众们同时得到欣赏几种好影片的机会。因为上海人观电影的程度热烈，不论增高座价，亦不抱取舍的态度，同样的都去一看。所以各戏院的竞争愈烈，卖座的成绩愈佳。凡在影戏院聚集的地方，一到散场的时候，路上便显得十二分的拥挤，交通可为之阻碍。那种盛况，在中国恐怕只有上海吧。

各影戏院对于影片的宣传方法，各有不同方法。若是新鲜，便很可号召观众。某时因某影戏院开映一片，在广告上特写"十二岁以上儿童不招待"的字样，并且用什么肉感香艳等字来形容。因为此法极新颖，又极合上海观众的心理，于是此片营业之盛，得未曾有。其他宣传方法，亦不一而足，不过亦没有什么特殊的。他们仅注重于报纸的广告。每映新片竞争的时候，报上天天有五花八门、引人注目的广告，看见街上亦满贴醒目的招贴。至于刊载电影的出版物，昔日很多，现在却日见减少了。

现在总结一句，上海之电影，已成为上海地方上最注目的风光。就其对于上海居民的势力和种种情形上看来，确是上海都会生活最显著的现象。非到上海则已，到了上海，必定为电影的魔力所吸引的。

原载民国十九年（1930）《旅行杂志》第4卷第1号，有改动

上海舟车史话

志[*]

　　上海在未辟商埠以前，本属水乡泽国，黄浦环抱，吴淞潆洄，所以昔日的沪上风光，除了一浦烟雨，便是江上帆影，吴淞江内舟楫相闻，黄浦江中舳舻衔接。你在那时候时常看到的船只，是往来闽浙广鲁的沙船。

沙　船

　　道光中叶，改河运为海运。百万漕粮，由沪至津，概由海船承运，盛况更加可观。运米的船，除本帮沙船外，尚有浙宁帮船，行走直隶山东的卫船，俗称四不像船和来自福建的闽船。这些船，每年到阴历十一月份时际，就仿佛如船队一样，麇集黄浦，候载漕粮，情景颇为热闹。

　　可是上海江南这种东方情调，打道光二十二年起，都给英船美达萨号的驶入上海而告打破。原来上海一跃而为五口通商口岸之一，渐渐地它不仅是适当南北洋海岸线的中心，扼扬子江的咽喉，而且竟成为"联络太平洋，占欧美航线中的重要港

---

[*] 志，作者姓名简称，民国时期人物，姓名、生卒年具不详，应为《旅行杂志》记者。

口了"。上海地位既经变异，它的航路因此也不再可能仅限于近海航路（南洋航线、北洋航线），内河航路（长江航线、吴淞江航线、黄浦江航线），还得加上远洋航路，通达世界各重要口岸去。

轮　船

这样，上海便经常有了轮船出现。道光卅年，大英轮船公司首辟上海香港间航线。咸丰三年，美国罗塞尔公司也调派"孔子号"来沪经营航务。其后，旗昌设立（同治元年），太古开办（同治六年），我国自办最大轮船公司招商局崛起海上（同治十一年），接着又有怡和创业于沪滨（光绪元年）。上海遂蔚为轮船云集的通商大埠。

旗昌洋行

迨甲午战争后，日轮公司纷起设立，美、法、荷、德、意诸国邮船公司，复接踵来沪，设置分号。中国又自设宁绍、大达、三北等公司。上海船况乃愈形热烈，更成为世界商船的一个集合处所。

战前航业

总计抗战之前，上海有外轮公司五十余家，中国自营轮船公司六十二家，每天轮船邮船出入港口，络绎昼夜，不绝于途。其中尤以"英之太古、怡和及日之日清、大阪、日邮，行驶我内河。中美航线则掌握于美之大来、福来、提督诸公司；中欧航线则有大英邮船公司、蓝烟囱公司、仁记洋行、怡泰洋行、法国西火轮公司等，各拥专线，分别行驶；中日航线则为日本邮船会社、大阪商船会社所独占"。

招商局

战后，招商局接收大批敌伪船只，又自美国购得不少剩余巨轮，以拥有船舶二十五万吨之强大姿态，重新出现于上海。其经常出海之船只达一百艘，除南北洋及长江航线外，更先后以上海为出发点，开辟下列各外洋航线：一、沪港线（自沪至香港）；二、中越线（自沪至海防）；三、中暹线（自沪至盘谷）；四、中关线（自沪至关岛）；五、中印线（自沪至加尔各答）；六、中日线（自沪至神户转弯基隆）。其他各民生、三北等或重振旗鼓，或卷土重来，亦声势盛大。所以今日的黄浦江，外轮几告绝迹，情形迥异往昔，呈现一种清新自强、活泼飞跃的气象。

市轮渡

在此，应附提一笔的是，沟通东西两浦的轮渡，早年有舢船，其后有渡船，再后则有市轮渡。市轮渡线计有长渡"淞沪线"一线，对江渡四线。各线起讫点如下：

甲、长渡淞沪线　上海—西渡—庆宁寺—东沟—高桥—吴淞（现吴淞暂停）

乙、对江线　①东东线　东昌路—东门路

②其秦线　其昌栈—秦皇岛

③塘董线　塘　桥—董家渡

④庆定线　庆宁寺—定海桥（现暂停）

丙、卡车渡江线　南陆线　南码头—陆家浜路（现仅有此一处）

轿　子

上海在广阔的马路未筑成以前，只有大街小巷，浅浜低桥的时候，代步的东西，除了独轮羊角车外，高贵一点的就是轿子。

轿子也跟着人的地位与等级分做好多种，例如官场所坐的是八抬八扛的绿呢金顶大轿，或四人抬的红漆朱顶蓝呢轿。缙绅闺秀所坐的是顶垂璎珞、旁嵌玻璃的"撑阳轿"；普通人民和医生坐蓝小轿；新娘坐花轿——"四明彩轿"；妓女出差坐绿呢官轿；犯人坐无顶小轮；码头上、车站上则停着快轿，专门兜揽顾客。

"当头吓被轿班呼"。轿子在老上海的时际，却也着实威风过来。那时候，"上海雇轿，随处皆有轿行脚"，价很贵，雇一整天非千文莫办。到人力车盛行，方大为减色，价钱落到六七百文。"轿夫以苏州无锡人为佳，上身不动，坐者安稳。其次扬州人，不过脚步稍缓。若本地人抬轿，则一路颠簸，轿中人浑如醉汉。"（葛元煦《沪游杂记》）

马 车

轿子受人力车的影响，渐渐在上海淘汰，但起而代之者却是马车。"帽影鞭丝趁晚晴，暗尘随马钿车轻"，正可表示马车在那时候的一种姿态。也是，光宣之间，马车实是代步兜风最华贵舒适的工具。"华人设税车厂，驰驱半日，价约银洋两饼。贾客倡家往往税坐游行。近则沿黄浦绕马路，远则至徐家汇静安寺。"其时游园看花，访客宴会，均以乘一辆马车为最得体的事。

"马车仿外国式样，与旧有骡车大同小异。车有双轮四轮之别，马有单马双马之分。式样更有轿车篷车，种种不同；更有非轿非篷，车后竖着铁柱，上张车盖的。"

当时官家眷属，大都爱坐轿车；洋人、贵胄、妓女则爱坐篷车。"相携同坐七香车，彼美西方艳若花，似怕街头人看煞，方巾遮面拥青钞。"谁说马车不曾有过像现在汽车一般的风光。尤其是坐了橡皮铜丝轿的"亨士美"，上架名马，自己扣辔，在道路间驰骤纵横，最称摩登。

但也有取价极贱的野鸡马车，连车夫只准乘坐五人，如由十六铺到带钩桥，每人仅花铜元三枚而已。

人力车

可是，时代的风气又把马车淘汰了。到战前，据市政当局的正式报告，上海只剩了八匹马和八辆车。战后也止是零零碎碎看见一些——即在火车站与大世界一带的兜客马车。

人力车来自日本，故起初名东洋车。民国二年，后身改漆黄色，故又名黄包车。这种车出现于上海是在同治十三年，系由一个法人名叫米拉的输入的。他呈准了前租界当局，备车三百辆之多，得到在界内营业的许可。自此，人力车在上海一天一天地风行起来，乘者日多。到抗战前夕，全市区域总数计达八万余辆之多。

最初车辆，两轮高大，极与马车后轮相似。轮为木制，围以铁圈，行时辘辘有声，震得人发昏，同时也把道路辗坏。车身又大，可坐两人，后经取缔，才把车身改小，只容一人乘坐。清末，前租界当局鉴于人力车铁轮损害路面太甚，令改用橡皮圈之木轮，不久以后，又令仿脚踏车，换装钢丝打气橡皮轮。

但人力车究竟不是合乎人道的交通工具，盛行了七十余年，终于也到了它没落的时期。卅五年十一月一日，本市按照定期逐渐抽禁办法，举行首次淘汰抽签，中签者是牌照末字为四字的车子，结果被淘汰的达二千余辆。从彼时以来，经逐渐淘汰的手续，上海人力车是一天一天地减少了，代替它的是在沦陷时期兴起的三轮车。

汽　车

　　至于上海的汽车，行驶至今，那还不到五十年。光绪廿七年，始有匈牙利人名列恩时者，运汽车二辆至沪，行驶于前公共租界的中区。其时工部局捐务处不知把它归入何类才好。最后，"姑列为马车之一，从轻征税"。到宣统二年，这种"向为西医所用"的汽车，始逐渐为中外人士所购置，紧后日更发达，购乘者乃益众多。待到民国初元，顿成车中"骄子"，不数年间竟扩增至千四百辆之多。嗣后，汽车越发满街驰驱，有客车，有货车，再加上民初方始流行的机器脚踏车，终日犹如长蛇，挤塞于途，其数量何止战前二万五千辆那个数目。

　　考上海历年所用汽车的牌子，约可归纳为八种：（一）别克（战前最时髦之车式）；（二）福特（以耐用称）；（三）雪佛兰（最普通）；（四）顺风（以富丽称）；（五）威利（多吉普卡）；（六）奥斯汀（小车多）；（七）麻力斯（小车多）；（八）道奇（前多人坐轿车，近多货车）。而所谓新式，往往只是出品年份的不同，牌子还依旧是那个牌子。

公众交通工具

　　据民国廿四年《上海市年鉴》载称："上海之有公众交通工具，始于清光绪三十四年（一九〇八），故上海市公用局长徐珮璜氏谓：自同治十三年（一八七四）——按人力车始于其时在上海出现——至光绪三十四年，仅为发展各个人之交通器具时期；自光绪三十四年起，始有公众乘物也。"这种公众乘物，除公共汽车外，第一就是有轨电车。

同书在"有轨电车"项下载称："法租界之有电车，自光绪三十四年正月（一九〇八年二月）始。公共租界行驶电车，自光绪三十四年二月初三日（一九〇八年三月五日）始。沪南区行驶电车，自民国二年（一九一三）八月十一日始。"

第二是无轨电车，该市年鉴在"无轨电车"项下记称："公共租界开行无轨电车，自民国三年（一九一四）十一月始；法租界开行无轨电车，自民国十五年（一九二六）八月一日始。"

电　车

时至今日，电车在上海早成了司空见惯的东西，但在当初创办电车的时候，却是一桩大事，而且还认为是一件奇事。"华人绝对拒绝，谓乘者易触电伤死。"这就是为什么"电车议案，经公共租界纳税西人于工部局开会之时提出，反复讨论，积数年之久，始克决议，招商承办"的缘故。

等到行驶电车已经成为事实，"反对派还纷纷开会，各业相戒伙友不搭电车，甚且立惩罚章程"。以开通最早的上海，尚有此奇怪的现象，自然是一桩笑话。但更可笑的还是：当法租界二路电车起初行驶至徐家汇地段间，因为那一带比较荒凉，常有抢劫的事发生，弄得电车公司当局也没有办法应付的情形。

当然，这些都已经是早就过去的事了，却有一点必须记得，就是上海当初真正繁华的开始，是与电车的创办和行驶有着不小的关系的。但经过八年的战事，上海电车的数量却减少了，战前有四五二辆，战后则只有三九一辆，计减少了六十一辆。而沪南华商电车之两条轨线（一自小东门至西门，一自西门至高昌庙）约三二六八公尺，前被日军拆除，战后恢复无期，尤令人痛惜。

公共汽车

上海之有电车，始于光绪卅四年，至于行驶公共汽车，则要迟延十余年。民国九年三月，有中国汽车公司，拟议行驶自洋泾浜起经西藏路、海宁路至吴淞路一线公共汽车，惟因不能适合工部局提出的条件，以致未能实现。民国十一年，有名董汉生者，拟自静安寺路圣乔治饭店起，沿愚园路至兆丰公园行驶能容三十人之公共汽车二辆，绘具图说，函请工部局核准。于是年二月开车，是为上海行驶公共汽车的第一声。不过该公司财力不充，设备有限，迨大规模的公共汽车正式开驶，即告停止。

此项大规模的公共汽车，在前公共租界区，系由中国公共汽车公司经营，于民国十三年十月九日开始（其后又增设双层公共汽车）；在前法租界区系由法商电车公司经营，于民国十六年二月一日开始；沪南区系由公用局汽车管理处经营，于民国十七年十月十日开始；闸北区等系由华商公共汽车公司经营，于民国十七年十一月十八日开始。以上除沪南区系由市营外，余均属特许商营。

民国廿六年，日军寇沪，战火四起，沪南闸北各区同时停顿。前公共租界区初尚能维持原状，及日本发动太平洋战争，中国公共汽车公司便为敌伪所攫，强并吞于所谓"上海都市交通公司"之内。始终勉强保全的，只有前法租界的一部分公共汽车。

胜利以后，公用局于三十四年九月十九日，派员接收伪公司，惟以设备毁失达于极点，商营公司无力复业，故除法商电车公司继续特许经营外，其余一律改为市办，由公用局于同年十一月一日，组织上海市公共汽车公司筹备委员会，通盘策划并改进公共汽车的整个设施。三十五年十一月一日，经市政会议通过，将电车公司筹备处与该委员会，合并为上海市公共交通公司筹备委员会，以便划一统筹。市办公共汽车部分，在两年半努力经营之后，辟有路线十有五条。法商公共汽车有二十、廿一、廿二、廿三等四线。

至市郊交通，市府当局以奖励民营为主，规定郊区路线，在正式专营公司未行车以前，暂准领有本市行基执照之汽车行或运输行行驶临时长途营业客车，核定行车者有淞沪、番禺、北江、中诸、溧市、曹大、东高、徐吴、沪漕等九线。长途汽车有沪太、沪锡、沪青、沪闵、东南、上松等六线。

吴淞铁路

上海最早的铁路，是吴淞铁路，同治十三年开筑，光绪二年十月完竣，全线通车。当上海至江湾的一段（南段）工成试行时，沪人咸目为新奇，扶老携幼，争相搭坐，盛况可观。申报记者特别作了一篇记行，记述那时的情况：

"予于那次开行之日，登车往游，惟见铁路两旁，观者云集，欲搭坐者，已繁杂不可计数，觉客车（七辆）实不敷用。尤奇者，火车为华人素未经见，不知其危险安妥，而妇女以及小孩竟居其大半。先闻摇铃之声，盖未众人以必就位，不可再登车上，又继以汽笛数声，而即闻哼哼作响者，即火车吹号，车即由渐而快驶矣。坐车者尽面带喜色，旁观者亦皆喝彩，注目凝视。"

不过这条铁路由英商怡和洋行暗中购地擅筑，初未经中国政府事前允准，地方官民以其有损主权亦均表示反对。两江总督沈葆桢遂借了压死一条人命，作为"铁路有害铁证，竭力交涉购回"，于光绪三年九月全部拆毁。该路正式存在时期，为时不过一载。

此后二十年间，南方无敢再议及铁道者。直到光绪二十二年，江督张之洞追从时势，旧事重提，奏请先修淞沪线，后筑沪宁线，清廷下旨照准，于是上海线又看见铁路。

淞沪线再筑工程于光绪二十三年正月十六日开始，二十四年六月十八日完工，次日行落成礼，同年七月十六日通车。从拆毁到再筑，算起时间来，相隔三十一个年头。

隔了三年，沪宁路由中英银公司出资，在外籍工程师的监督指导下，按段开工，全路修造费时五年（即从光绪二十九年八月到三十四年十二月），方始竣工通车。

沪宁沪杭铁路

沪杭甬路初名苏杭甬，亦为光绪二十四年总理衙门准英商承办五路之一，一切办法概照沪宁路。旋因苏浙两省官绅反对甚力，未经实行，而由苏浙两省分别集股自办。浙路兴工于光绪三十二年九月；苏路开工于光绪三十三年正月。同年七月二十八日，沪杭通车。

民国二年，苏浙两路公司将全路让归国有，由交通部于民国三年六月接收，十月改称部辖。

民国五年十二月，沪杭甬路与沪宁路接轨——由新龙华站北经徐家汇、梵王渡，沿吴淞江东折，至潭子湾与沪宁路衔接——两路直接通车。

沪宁、沪杭两铁路，沟通苏杭，连接京沪，实为上海陆地大动脉的干体。胜利后，路政颇日见进展，除创办对号车（凯旋号、金陵号、钱塘号）外，并会有冷气车之驶行。

小火车

至于本市上南（自浦东周家渡至南汇周浦）、上川（自浦东庆宁寺至川沙县城）两小型铁路，俱属民营。原系汽车路，兴修于民国十四年，后经改铺铁轨，行驶机车。此两小铁路对于浦东交通方面，大有帮助，一年载客，亦达二百万人以上。

原载1949年《旅行杂志》第23卷第7号，有改动

淞园修禊记

*赵君豪**

　　我辈治报业者，每晚与剪刀乱纸为缘，黄昏到馆，午夜归家，白日光阴，每虚掷于黑甜乡里。凡世间一切享乐之事，我辈几不能与闻。朋侪友好，偶一存问，邀宴酒楼，虽亦勉强列席，但一念及案头积稿，又未敢久留，往往不终席而去。偶尔自思，弥多苦闷，甚矣治报业者之大背于人生也。然而一转念间，我辈夙夜辛勤，诚可谓劳苦，而我辈所治之事，关系于群众者綦巨。每岁年终，例假七日，我辈辛苦经年，得此小休。每苦其短，而读报者则深苦其长。以此例彼，权衡轻重，则我辈之劳苦，尚不得谓为毫无价值。斯则于万无聊赖之际，差堪自慰者也。

　　不佞于役申报，转瞬八载。每夜于辑事告竣以后，辄与同室诸子作剧谈，上下古今，无间中外，皆为我辈纵谈之资料。积日既久，相处有如家人，或有以事未至者，则举室竟夜不欢。就中以张蕴和、周莽庸、张叔通、武廷琛、瞿绍伊诸先生为长者，亦健于谈，偶一发言，四座叹服。朱应鹏、唐世昌、胡仲持、马崇淦、冯都良、濮九峰、黄天鹏诸君以及不佞，则

* 赵君豪，民国时期人物，生卒年不详，江苏兴化人，毕业于上海交通大学，曾任《申报》编辑主任，兼复旦大学教授，还曾兼任中央大学、上海商学院、暨南大学教授等，后长期任《旅行杂志》总编。

皆在少年，往往以新奇之事进，则亦足使同室诸君为之粲然。我辈处此怡然自得之环境中，工作而外，惟有谈笑，亦弥可乐也。以上所述，似与题旨无关，然苟不明我辈相处之得，则我辈游观之乐，又焉可于斯文中得之。

春时万奔齐发，景光明媚。我辈每于黑酣乡中虚度春光，思之至可太息。会瞿子绍伊以事招宴同人，不佞因建议张筵半淞园中，效古人修禊之举。藉于醉饱之余，领畔半日春光。因征众意，众皆曰善，瞿子于是折柬招宴，约期为四月廿日。是日星期，我辈可获稍暇，即晚间治事，亦不若其余六日之栗六也。

半淞园在沪南，淞江之水，通于园内，园主人引导得宜，亦甚纡迴曲折。后有小艇，共十余艘，游人泛舟其间，恍疑身在西泠也。园中有山，登之东瞩浦江，帆樯林立；西望云天，隐约可见徐家汇礼拜堂之双塔，而沪杭车蜿蜒如一长蛇。沪上无名山大川，舍登沙逊大厦之屋顶，可鸟瞰全沪外，欲登高山，殆不可能。淞园之山，虽类土阜，然在沪上，固足雄视一方矣。

是日中午，齐集半淞园者，舍前此所述诸君外，更有康通一、张寄涯、金华亭、顾昂若、孙恩霖诸君，共十余人，皆朝夕谋面者。席设江上草堂，为游人必经之地。张君寄涯列坐稍前，其目的盖在俯视游人而欲一一加以品评者。不意游人亦以张君为的，群集视线于其一身。张君虽老练，然众人所视，亦似觉赧然，兼以中酒，其颜尤酡。会有友人游此，瞥见张君，即趋前与语。张君亦起立周旋，岂意一转移间，尊前美菜，已为他客饱啖一空，张君惟呼负负，甚矣天下事之利害盖相等也。一笑，不佞虽不善酒，但以瞿唐两君之殷殷劝进，亦勉饮一巨觥。席间谈笑为乐，妙语如珠。至二时后，杯盘狼藉。不佞与寄涯趋舣舟处，索得瞿君预定游艇，放乎中流。寄涯操舵，由余司桨，款乃声中，余舟乃缓缓前进。湖中泛舟者极多，首尾相连，一望皆是。维时风和日丽，景物清新，鬓影钗光，花香人语，同人顾而乐之。途次复值良朋，遥相问答。华亭精于摄影，更就岸上为摄数景，所以作斯游之鸿爪也。

园中临水有小阁，回廊绕之。游客围坐啜茗，俯视清流，游鱼可数，或以饵投之，亦争跃而前，仿佛置身玉泉，悠然羡鱼乐也。桥畔隙地，复置秋千，一二女郎争戏其上，荡漾云际，柳丝拂面，为状殊有可观。同人泛舟既毕，相率登岸，或跨驴背，或步花间，各以为可乐者而乐之。惜乎好景不长，韶光易逝，清游半日，转瞬告毕，殊未足以尽欢也。

淞园景物，虽未能言美，然在沪上各园林中，则以别饶清趣胜。园中四壁题诗，颇多佳构，惜以时促，不暇钞录，滋可怅耳，游后四日，追念当时情景，缘纪其事如此。

原载民国十八年（1929）《旅行杂志》第3卷第5号，有改动

老上海的乐园——城隍庙

林星垣*

上海城隍庙，不但是老上海所喜欢的一个乐园，就是初到上海来的人们，也无不慕名而去畅游一番，去看看那五光十色的庙市风景，去探索一下这老上海所遗留下来的种种痕迹。

方浜路上的一对高旗杆

当我们走到城内方浜路中段，便会看见在街的一边高高地竖立着一对十丈长的红漆旗杆，上面有着一双大斗。这就是告诉我们已经到了城隍庙前面。面对着这旗杆的是庙的正门，上面有"海隅保障"的横额。走进大门，便是祀神演戏的戏台，战前充作图书馆，现在设有小学校。两侧是高昌司和财帛司的班房，以及岳王殿和关帝殿。经过中庭，便是高巍的大殿，这是在民国十五年重建起来的。在那香烟缭绕之中，可以参见供奉着的庄严神像。

说到这座大殿上所供奉的神，我们就得追溯到庙的沿革。

---

* 林星垣，民国时期人物，生卒年不详，曾任职于上海市图书馆，以及负责民国版《丰都县志》的分纂工作，著有《明清尺牍的鉴赏及其史料价值》等。

原来上海有城隍庙，最早在淡井庙。这是宋朝时代，上海尚未成立县治，所以庙里供奉的是华亭县城隍。到元至元间，上海开始立为县，乃于明永乐间将金山神庙改建为上海城隍庙——也就是现在我们所见到的城隍庙。

金山神主霍光

金山神主原是汉朝的霍光大将军。邑庙既由金山神庙改建，却不能把金山神主废掉，所以现在的前殿上还是供奉着霍光的神像，而在后殿才是供祀上海城隍秦裕伯的正殿。在这正殿上写着"伯府"两字，因为城隍是封"显佑伯"的。从这城隍殿，再可以走到最后一间"娘娘殿"，奉祀的是城隍奶奶懿德夫人。

阎王殿和星宿殿

在正殿西侧，有一座三层高的钢骨水泥屋子，那便是有名的"星宿殿"。由梯走上去，先到"阎王殿"。十殿阎王的神话，在这里具体地表现了出来。殿的末端，有酆都城和"黑白无常"。上海的风俗，家里死了人，就到这里烧"七香"，到"五七"之期，还要来"叫关"。更上一层楼，才是六十花甲转运星宿的大殿，香火终年不绝，而以岁首最盛。阎王殿和星宿殿上，还供奉着其他的神像，其中有叫做"剥衣老爷""添生娘娘"和"八字娘娘"的神。这是很少听到过的。

正殿东侧有玉清宫，祀东岳大帝、朱天君等神。在邑庙路则有三官大帝、痧痘神、杨老爷等神。年首岁尾，初一月半，其香火之盛，据说也不亚于正殿。

祀陈化成

不过我们不能忘记，在大殿金山神主的背后，还供奉着一尊穿戴清朝官服的神像，那便是清季坚守吴淞炮台，抵抗英兵而殉难的陈忠愍公（化成），为上海而战的英雄！

游遍庙殿，便要走到庙市了。说到城隍庙的市集和园林，便要提起豫园的历史。原来这个城隍庙的内部，除了殿宇，其余的地方就是"东园"和"西园"的故址。

内园风光

东园即今"内园"，在环龙桥南堍，偏于庙的东隅，系康熙四十八年造，距今二百余年，虽屡经战乱，损失尚微。而在光绪甲辰、乙巳及民国辛酉年，曾一再重修。癸巳年园内复补植花树，益增林木之胜。去年（三十六年）一月，主管该园的钱业公会，对于园中的建筑及全部景物，加以修葺，所以现已焕然一新，恢复旧观。园内正厅有匾有曰"静观"，内供秦裕伯的画像。右侧有"桂花厅"，左侧有"太师厅"（亦称晴雪堂），堂前有九龙池和耸翠亭。正厅前的一株古黄杨，相传已逾数百岁。耸翠亭内有左宗棠题"灵木披芳"匾额。由亭而上，可至"延清楼"，而转达"小灵台"。小灵台的位置在园的西南隅，高数丈，其最高的一层，题曰"观涛"。园中央的花木假山，布置得十分精雅。据说每届旧历正月初六必祀城隍于此，是月十三日钱业同人复莅临团拜，举行园会。而且每年园内必举行兰花会一次。

豫园陈迹

西园是明潘方伯尚书豫园的故址，面积广约七十亩。后来至清乾隆年间，潘氏子孙衰落，园亦渐荒废，其地遂分散为邑中各业所购得。现在庙殿的西北角一大片地，商肆林立，摊贩麇集，这都是豫园旧址，不过除了豆米业的萃秀堂和糖业的点春堂还能见到一些豫园的陈迹之外，其余都已面目全非了。如今庙内还有几条路名，可以看出从前的旧景，如凝晖路，就是从前"凝晖阁"的所在地（今松月楼旧址）；船舫路因"船舫厅"而得名，现在"船舫厅"已变成点心铺，而且那座屋子也不像船舫了；三林路即三林书院旧址；九狮路，即以"九狮亭"得名，亭侧本有奎星石一块，亦为园中旧物，不料前年该处盖屋，把那块古石弄得不知去向了。

萃秀堂大假山

萃秀堂为豆业公所管理，开始于清道光年间。当初豆业商行承修三穗堂、萃秀堂、超然亭等处，嗣又购得万花楼可乐轩的一部分。豆业公所乃肇基于是。现在除了"萃秀堂"之外，尚有"三穗堂""神尺堂""格思堂"等，而山石耸翠，小径曲折，荷池亭榭，结构颇具幽致。可惜战后多年未修，颇具荒芜，连那荷池也只剩一片浊水了。现在豆业公所正在修葺中。其间的假山，高至四五丈，所以有"大假山"之名。从前每届重阳，多往登高。现在萃秀堂的前部充作豆米业小学校舍，后面的大假山是不开放的。

点春堂景物

点春堂在萃秀堂东侧，向归糖业管理，现在还有糖业小学设立其中。正厅即称"点春堂"，对面一厅曰"和煦堂"，厅边假山上有"快楼"，高三层，旁有屋曰"静宜轩"，楼前有亭曰"庄乐亭"。但这些楼亭，因扃闭日久，缺乏管理，满被尘封。据说园的西隅有"水神阁"，在十九年开办糖业小学时，改建为铜骨水泥的三层大厦，现仍充作校舍。此外，在点

豫 园

春堂的厅后，有两亭对峙，一称"象亭"，在假山上；一称
"井亭"，因为里面有着一口古井。

玲珑石硕果仅存

还有一所"香雪堂"，在环龙桥的北堍。在豫园时代，本
名"玉华堂"，后归猪肉公所。这个地方在战前本为四美轩茶
楼以及许多珠宝古玩铺的集中地，战后却变成一片瓦砾场，现
正在造屋，谋恢复旧观。所幸堂前那块"玉玲珑"的古石，尚
未遭殃。这块奇石据说是宋宣和间的遗物，尝为浦东三林塘储
昱南园所有，后归潘恭定子允亮所得。现在我们还可以清清楚
楚地看到这块古石竖立在那里。不过据说石上原有"玉华"二
字，如今可不容易辨识了。

环龙桥和九曲桥

庙里有两座桥：一座就是介于内园与香雪堂之间的"环龙
桥"，这座桥虽短，却是豫园的旧物，后来虽曾重修，总可以
说是有悠久的历史了。另一座就是大大有名的"九曲桥"，从
前原是木造的，到民国年间才改为钢骨水泥，湖心亭茶寮便连
在桥的中央。这个湖可以说是一个放生池，水中有不少的鲤鱼
和乌龟。本来在小南门救火会的李平书铜像，前年也被移到湖
上来，与湖心亭相对着。李公对于上海的社会公益和地方建设
都很有贡献，这铜像便是留作永久的纪念。

茶楼和书场

庙里的茶园本来很多，现在除湖心亭之外，还有春风得意楼、里园、群玉楼、乐圃阆等数家。去年夏天还有明园，是茶室的模样，但终以生意清淡而告停业，今年连明园的游艺场也停顿了。

说书和茶楼本有密切关系。目前群玉楼和得意楼都有说书（战前在香雪路的四美轩也以说书著名，不过现在已没有了）。得意楼后面的柴行厅，是夙负盛名的书场，据说上海的说书人，只要在柴行厅登台说过，听众也就"刮目相看"了。

玩意儿太多了

至于庙里的玩意儿，那真是太多了。通俗一点的，如卖西洋镜，山东人杂耍，走江湖卖拳头之类，无所不有。比较高尚一点的，在里园三楼就有弹子房的设备，夏季有斗黄腾，秋季有斗蟋蟀，年尾岁首请你看扯铃。再雅一点便是看兰花会和菊花会。从前还有书画善会和宛米山房的书画展览，现在书画善会依旧存在，地址还在环龙桥畔布业公所楼上，只是书画展已经没有了。

小世界沧桑

规模最大的游艺场，要推萃秀堂西邻的"小世界"。小世界这个地点，最初原是茶寮"鹤汀"和"鹤亭"的所在地，后来改建三层洋楼，并筑屋顶花园，于是辟为游艺场所，一直到民国廿六年沪战发生，始告停顿。战后房屋受损，到前年才修复。现在除了有一小部分地方辟为锡常文戏的小剧场之外，底层及一楼都充作联合商场了。小世界游艺场的本来面目，终于没有恢复。

大市场五光十色

邑庙的庙市，本来就是一个大的联合商场，从大门口起通至大殿前，都是毗连着摊基，有卖香烛的、卖袜衫的、卖华洋百货的、卖纽扣的、卖画片玩具的，更有不少零食摊，如糖粥、鱿鱼、鸡什之类，也有年代久远的梨膏糖摊等等，不一而足。萃秀堂前一带的摊基，以售搪瓷、钢精、玻璃等器皿及文具为多。九曲桥上却有许多售图书石的地摊。此外如卖金鱼、金钱龟、蝌蚪、蟋蟀，以及年节中卖水仙、天竹和春灯、氢气球等玩物的，都可以在桂花厅前场地上去找到。星相摊则多集中在环龙桥的两边。

店铺呢，更是五光十色了。除了许多百货店外，则以骨牌铺、照相铺、笺扇铺、点心铺、扯铃店、鸟店、刻字店为最多，只是珠宝古玩铺和旧书铺，迄今未见恢复。

商人都来凑热闹

城隍庙如此热闹，不仅因为有这许多店铺摊贩，有这许多游人香客，却也因为与许多商业团体有关。原来豫园这一大块地，后来既分归许多同业集团所有，便有许多公所和公会在那里树立根基，而各商贾便也常来会聚。并且庙的附近也有不少商业团体，他们都把庙里的茶楼和点心铺子作为会晤、应酬、谈交易、探商情的场所，因此庙市便格外旺盛起来。现在庙里可以见到的公所和公会，约略如下：

钱业公所（内园）

中华民国钱商业公会联合会（内园）

豆业公所（萃秀堂）

布业公所（环龙桥西）

酒馆公所（吟雪楼故址）

酒菜馆同业宁帮第四组办公处

帽庄业公会（松运楼上）

柴业公所（群玉楼上）

酱酒业同业公会（豫园路）

杂柴业同业公会（群玉楼）

铁器工程工业同业公会（世春堂）

打铁同业公会（老君殿）

此外，猪肉公所本在香雪堂，今毁，据说要重新建筑起来了。

原载民国三十七年（1948）《旅行杂志》第22卷第7号，有改动

半日龙华

徐蔚南[*]

中国旅行社来信说：《旅行杂志》的出版快要到十周年了，不可无纪念，要我也凑一篇游记去。旅行原为我所喜乐，游记尤其是我平素爱好的读物，而自己于游山乐水之后，也往往欢喜偷出闲暇，提笔试记。最近三年多以来，除了几次路程较远，为期较长的正式旅行之外，因为埋头在研究上海历史的工作之中的缘故，又曾三番五次调出一天半日的假期，偕同三五同志，乘了和风，晒着暖日，到浦东浦西的乡间去乱闯。一半算是游览，一半算是考察古迹名胜，并想发现一些不见经传的史料。这些次一半游览一半考察的短程旅行，兴趣所在，真是颇有自得其乐之慨，所以不怕"室内旅行"的讥嘲，也不避"三句不离本行"的嫌疑，趁此机会，挑选其中为大家熟知得多的龙华，抽暇追记我半日的闲游。

那是去年春天的事。正是龙华道上桃花开得妖艳无比，行人车辆热闹得出奇的一个晴和的春日的下午，我和吴、郭、席、胡、蒋诸君，在龙华寺前下了车。大家不约而同地以微笑的眼睛彼此对看了一下。是的，寺前的热闹年年有，寺内的香

* 徐蔚南（1900—1952），曾主持《民国日报》的复刊工作，任《大晚报·上海通》的主编以及上海通志馆的副馆长。

火年年盛，附近的田野，也年年开粉红的桃花，长绿色的草木。可是，可是我们这一回游龙华的那种愉快的心情，却非人人能有，也不是我们往年游龙华时所有。我们不仅去看热闹，我们不仅去踏青游春，我们更不仅像人们惯常说的那样，去借花献佛。关于龙华，我们已经从书本上得了不少的知识了，从嘉靖《上海县志》到民国《上海县续志》，更旁及至元嘉禾志、松江府志和私人著作等，我们都看过。而同行的诸君，又都比明朝"六日龙华两度游"的陆深还要兴致好得多，最近已几次上过龙华，连寺里和尚都不知道现在已否填塞无踪的两口龙井，也会被他们发现于人家的眠床底下。所以龙华仿佛已经成为我们的极亲切极亲切的朋友。我们不仅知道他本人的性情思想和习惯，而且也晓得他的出身和世系；这朋友又是一个极有价值的，特殊的人物，使人希望随时会从他身上发现一些新的什么。在熟知之中，又有着新鲜的期待，在龙华寺前下车的那时候，至少在我，心头浮起了来的愉快之感，确是因为这样的原因。

我们先往寺里跑。出进的人真是挤得踵接肩摩的。照例，在香烟烛光之中，许多善男信女在跪拜，在祈祷，那种虔诚的神气，真叫人感动。瞻仰了一下上海所有大大小小寺院里所有的弥勒菩萨中顶顶大的那龙华寺的弥勒菩萨之后，又好容易挤进又挤出了天王殿，眼前忽然辉煌了起来，原来新近修葺过的大雄宝殿正在面前。人所说佛要金装，其实殿又何尝不需漆装？这容光焕发的大雄宝殿，加上林主席赐题的"龙华十方"的匾额，使人一下便格外清楚地感到这古寺其余的房屋是怎样破败不堪。

过了大雄宝殿，又是破败的景色。三圣殿里供的菩萨颇为奇怪，中间是阿弥陀佛、观世音菩萨和大势至菩萨，左手一边又是这三位，右手还有千手观音。问问和尚，这才知道左右两边的四位，是民国十八年从大南门民立中学对面的洪善寺里移供过来的，那个洪善寺据说现在已经不存在了。殿上面有走马楼，隐约可以望见有书橱在那里。原来被视为龙华寺中兴祖的观竺法师，曾于清同治十三年从朝廷领来经书若干，特建藏经阁以便珍藏，后来阁毁，经多散失，留下的那些便藏在那走马楼上的书橱里。殿后半的部分，向内供着铜铸的毗卢遮那像，是明万历年间御赐之物。这破败的三圣殿，倒是龙华寺宝藏所在啦。

三圣殿后，名为"藏经楼"，实际却是方丈室了。我们转到寺东部驻兵的废殿去看嵌在壁上的一块光绪十四年重建百步桥碑。因为这一块碑为志书所漏载，所以我们抄录过后，还商量几时去刷印了来。这块碑使我们稚气地急于想去一登百步桥，于是匆匆再到寺西部去转一下，可是终于在相接的血华纪念园中停留了下来。这血华纪念园，是民国十七年浙沪警备司令钱大钧所建，园中央有国民革命第三十二军阵亡军士官长纪念碑，左右有阵亡官长及阵亡士兵姓名石碑各一。国民革命军于民国十六年三月二十一日到达上海，是首先占领龙华的。龙华不仅在近时的许多次战争中，才显出它在军事上的重要性，便是在沪杭铁路通车以前，甚至在江南制造局设分厂于龙华的同治十三年以前，也早已为了它作为上海、松江、青浦水上交通的集中点的龙华港，而不容人们忽视了。我们尽是你一句我一句地谈论着军事区域的龙华和它的史实。待到记起还得去登百步桥，精于摄影的吴君匆匆照了几张相片之后，走出血华园去的时候，蒋君还在拉着席君说着他欢喜说的"龙华十八湾，湾湾见龙华"的那句形容龙华地形的俗谚。

龙华塔显着衰颓的老态，矗立在我们的面前。吴君捧着照相机，选好背景，看准光线，为古塔留影。郭君记起了常在我们心中的一个问题，自言自语地说道：

"八九百年不修，这怎么可能？"

"唔。"胡君眼望着塔顶，接上说："要能够再发现一点修建的史迹才好。"

真是的，单在这龙华塔的小小历史上，也可以看出以前的志书是多么疏忽，发掘史料是多么不容易。照历来志书所载，这龙华塔重建于宋太平兴国二年，直到清光绪十八年才始再修，中间相隔九百十几年，情理上似乎说不过去。翻到黄本铨的《小家语》第一卷，知道于清道光季年也曾修过一次，然而比光绪十八年，也不过早四十多年，依然还有八百几十年的一长段时间哩。

沿寺前大路，向南行数十步，到了老山门。这老山门外面的那条窄狭的市街，叫做龙华镇路，俗称老街。脚踏到老街上，返身来看山门，在"龙华"这两个大字的旁边，有胡君、郭君上次来借了扫帚，爬上去扫刷一番，才能看清的两行小字，曰"正德丙子岁季冬"和"当山比丘×××"，那末了三个字终于无法辨认。胡、郭二君又指着山门东侧的鞋子店和山门西侧的鲜货行，告诉我们，两个龙井便在那两个店铺里。一面沿着老街向东走向百步桥去，一面他们讲说着发现龙井所在的经过，说到他们于发现之后，跑去告诉寺内的大芬和尚。他惊讶之余，十分认真地对一个老和尚说道："啊，怪道龙华的市面不兴了，原来龙的眼睛给人家遮煞了！"这时，吴君特有的那种畅快到极点的天真的笑声，压倒了我们的在老街上响了起来。

走尽老街，面前豁然开朗，龙华的春郊正含笑在欢迎我们。胡君孩气大发，一个人直冲直冲地冲向了前面去。等到我

们走近百步桥头，他早已兀立桥顶，在那里瞭望龙华港和黄浦
江的会流处了。

虽然百步桥名称的由来，有一个说法是因为龙华港别称百
步塘，塘口的大桥便叫百步桥，然而一见了这百步桥，却真会
使人以为这桥因有一百步长而得名，确是一座相当长的桥梁。
在以前，实在要算伟大的工程，壮丽的形式了。志书称之为
"海邑诸桥之冠"，当之可以无愧。又据志书，"清初建炮台
于此"，足见其形势的重要了。

我们立在桥顶，东望水国，西眺陆地，颇有不欲走开之
意。等到我们觅取新路，走回龙华寺前去的时候，倦游的人们
已经在纷纷作归计了。但我们走进了古塔近旁临时搭摆起来的
一家饮食店，喝着茶，谈论起关于塔的一些有趣的传说来了。
龙华的半日，我们是不愿意仅仅那么跑了一下便过完的。

原载民国二十五年（1936）《旅行杂志》第10卷
第1号，有改动

归　来

徐蔚南

　　胜利刚刚到重庆，一般下江人便急急作归计了。我倒并不着急，第一觉得回家这件事，是已不成问题的了，只是时间迟早一点而已；第二，在重庆所逢到一切的不如意，终究像噩梦一般——消灭了，而一般亲戚、朋友、同乡、同学给我的亲切的情谊却日厚一日，令人恋恋不忍割舍，就是寓所中的一草一木也像特别可爱似的，舍不得一下子就离开了。

　　寓后的《民国日报》同仁却急急要恢复该报，承他们的好意，决定要我回沪参加，代我向行政院去登记飞机座位。飞机登记表是他们在九月十五日送行政院的，我以为至少还要等一二个星期才有机会，岂知十七日的早晨，在行政院当参事的汪日章先生就来电话通知我，明天就可飞了，这是完全出乎我意料的。好在我在重庆只有一个身体，一床被褥、几件破衣，以及一大堆书籍而已。书籍是不能带飞的，其余的东西简单到只有一个包裹，所以要说走，立刻就可动身，毫无困难的，所可感伤的，就是一大堆朋友的隆情厚谊，却不得不匆促割舍了。我就立即用电话通知几个最亲爱的亲友，告诉他们明天要飞去了。老友王世显先生恰巧从南温泉出来，寄宿在我的房间里。他知道我要回上海了，便对我说要借点钱给我用。他的性格、他的作风，老是要使人深深感到他的温雅细腻的好处。譬如这次他是要送点钱给我用，嘴上却说借给我，不使我难于接受。叨在相知甚久，我就收了他的十五万块法币。我写的一幅草书，已经裱好了的，他很喜欢，我就送给了他。下午，他回南温泉了，朋友们却多来送我了。第一个来的又是汪日章先生。他通知我明天飞机的情形，并表示惜别之意。其时邵力子先生还在办公室里，并且恰巧没有客人。我就去通知他明天我要走了。当然邵老先生照平常一般的冷静，但心境与形容上都显出惜别的情绪。我们静静地谈了三四十分钟，客人来了，我才辞去。到了夜间，亲友到来的更多，有的代我整理行李，有的要我写纪念册，很是热闹。有几位一直坐到"九一八"早上一时左右才离去。他们诚挚的情意，真令人感泣。人散后，房间里显得空洞洞的，只有一大堆的书，像小山一般靠着墙壁，我预备丢了它算了。我凭着各个窗口，时而瞭望一下庭园，看那一排苍翠的夹竹桃，映着园中的路灯，吹着晨风，向着我摇曳，仿佛和我点头似的；时而又瞭望着新开的马路，冷清清地没有一个人来往。这条新辟的马路，在胜利之后，曾经大大热闹过一回的，无数的摊贩盘踞着这马路的两旁，有的叫卖着布匹，有的叫卖着土制的纸烟，还有化妆品、旧衣服、杂用器具、美国军用食品等等，无不具备。他们晚上五点钟之后都来铺陈起来，各自点着一盏电石灯，照得马路非常明亮。一般小公务员都到这马路上来看热闹，买小东西，像毛巾、手帕之类，一直要热闹到夜间八九时左右才散尽。如今我望着这冷清清的街道，我想不知什么时候再能和它相见。

　　一转瞬间，已是钟鸣三下。飞机场通知"九一八"早上四时就要赶赴白市驿的。只有一小时的余裕，索性不睡了，和衣横在床上休息了一回，就听见有当差来供给我茶水了。吃了一碗面，就乘着会里的小汽车到飞机场上去。朦胧中，我离去了中华路上的宿舍，离去了七星岗、莲花池等平日走熟的地方，在半明半灭的路灯光下，到达了白市驿。飞机场上已有不少的男女，其中有的是来送行的，有的是预备乘机离渝的。问问何时可以登机，说是飞机还没有来呢，于是到待机室去。在那儿遇见了不少熟人：苏州徐家枢先生伴着他的新夫人到昆明去；中央日报馆记者徐宗珮小姐是飞往加尔各答，转往英国去的；后来中国文化服务社刘百闵先生也来了。一直等到十点半钟才称行李，十一时才登机开行。一起共有两机同飞南京。我所乘的一机中，因为有两个客人没有来，所以特别的空。起飞之后，就有人横卧在座位上的。向窗外机下瞭望，只见高低起伏的山岗，黄色的泥土，绿色的稻田，其中像一条白练在山岭中蜿蜒前去的，那便是扬子江了，我们的飞机仿佛就是跟着扬子江而前进的。虽则飞得极快，可是在机中的人还感觉得太慢了，加以飞行太稳静，没有一点叫人不适，更觉得在机中坐得太久了。后来看见下边的河山，明晃晃地都晒着太阳光，立刻叫人感觉到了江南地带，果然我们已进入安徽境界，不久南京就在望了。将要到达南京机场上空时，我取出一小纸包的泥土来。这是廿六年离开南京时，在中央党部防空壕上花坛里取来的一点儿泥土，经过几年的秘藏，已经干燥如粉。这是一撮南京的干净土，从没有被敌人践踏过的，跟着我奔东走西，始终像宝贝一样被爱护着的。经过浴血抗战，这一撮泥土终于被带回故乡来了。我心上有说不出的愉快，当飞机缓缓向机场降下时，我就将这撮泥土，顺着风送归到它的家园。回来了！我可爱的南京！你被野兽蹂躏了八年，终于野兽被缚住了。我走下飞机时，不禁挺起了胸膛，用力地呼吸一口南京的空气。我放目四顾，一片明亮的景色；我的脚踏着的黄泥，觉得暖烘烘的；我挥动着手臂，觉得多轻松啊！啊！可爱的南京！我兴奋到眼中充满了泪水！啊！伟大的南京！我真是在南京了！我真已到了南京来了！那时我愉快的感情简直无法可以形容的。

乘着卡车到城里，沿路看见南京的景色依旧，只是多了许多日本的商店，可是如今都已关闭了。到了城里，立刻就去中央社。曹荫稚先生正在社中，他去买了一堆烧饼来，大家当作点心吃。到各个旅馆去订房间，却都回答没有了，于是去找陈训念先生，请他想办法。他说卜少夫先生房里还有一个空床，可以权宿一宵，那住宿问题立刻就解决了。接着就同陈先生一起出去访友，都是新闻界的朋友，晚上便由曹荫稚先生等在六华春请客。那六华春一如廿六年时情景，大模大样，堂官招待得万分客气，歌女依然出出进进很多。我们这一席夜饭，吃得着实丰富，大粒子的虾仁，大盘的鱼，大瓶的啤酒。只可惜我胃口太小，又不喝酒，错去了多少的美味！

"九一九"的清早，大家还在睡梦里时，我已到达下关火车站了，因为知道买火车票要排队，而买票人太多，故非早去不可。花了不到一千元法币，我就买得一张京沪的头等车票了。上车后，幸而又得到一个座位。车中乘客愈来愈多，当车子离站之时，车厢里已塞满人了，没有座位的，都站立着，或者坐在自己的行李上。其后每到一站，便有许多人挤上来。因为车厢门口已塞满人了，乘客便从窗口里爬进来。日本人也都爬窗口，不论男女都一样。从前日本人巍然坐在车中，牙齿咬紧着下唇，两手按在分开的两个膝上，一股目空一切的傲然的姿态，如今是完全取消了。他们拥挤着，抢占座位，让女人摇摇摆摆站在车中，所有武士道的面目已一扫无余。京沪线旁被解除武装的日兵，三三两两，无聊地仰卧在树荫下的地上，战败已爬上了他们的面颊，已腐蚀了他们的心胸。最令人愤慨的，沿京沪线路上，凡有房屋之处，墙壁上无不涂满蓝底白字的仁丹、大学眼药等等的大广告，将江南美丽的田园风景破坏无余。火车到达上海北站已是晚上六七点钟了。火车站一片嘈杂，闹哄哄的。我赶快找一个红帽子的，帮我拿了被褥。我跟着他走出车站时，觉得上海的夜真明亮，见到了多年没有看见的光明。是的！这是上海的夜，充满青春气概的上海的夜。上海的黄包车、上海的电车，上海的男人、上海的女人，一切都是我的亲友，一切都是我的知己。啊！上海，我曾尽我的力与敌人相周旋；我曾尽我的力发现你的美点；我曾尽我的力，叙述你的生平；我曾夸口说过上海是我的，我是上海的。虽则我被敌人逐出去，但到底我胜利地又回来了。我真的又到了上海！

我立刻坐了黄包车去南京路一带找旅馆，先施、永安等处都是客满，后来在新世界才找到一小间空房。略略安顿之后，我就去找我的女儿徐天明。父女相见之下，真是欣兴欲狂。她抱着我头颈吊起她的身子来。她如今长大了，身体很康健。我们立即雇车回到旅馆里，又一起去吃夜饭。到明天，在学校里念书的孩子也来了。我们就叫他到乡下去请他的母亲和弟妹等出来。不久之间，被日本人赶走的我的家庭便又在上海树立起来了！而横暴无比、反客为主的日本强盗到底都被赶出上海，赶回他们的老家去了。

原载民国三十七年（1948）《旅行杂志》第22卷第1号，有改动

游崇明吃白棉虾

萧云厂*

　　游春，不一定要到名山大川去。春神降临大地是不偏不倚的，无论哪一片土地，都会长上一点花草树木来让人们欣赏。即使那一向以荒凉见称的沙漠，在这个季节里也有和暖的春风和片片的春云掩映着。一切的景色全与酷暑、凉秋、寒冬迥然不同。只要游春的人懂得欣赏大自然的艺术，则一丘一壑，几树垂柳，数丛芳草或半弯清流，就足以涤胸浣怀，怡情悦性了。

　　沈三白在《浮生六记》中，充足表示着他是一个善于欣赏大自然艺术的人。一角花圃或几株草木，便可以给他找着天地的奥妙，获得无上的眼皮底供养。这就是他寓远足于丈尺间的优处。

　　早几天，朋友带着一具无病呻吟的面孔，由杭州回来对我说：

　　"战争辜负了西子湖，游客比去年减少十分之七呢！报上又登着说：'常熟虞山冷落，王四酒家寂静！'今年的春神，是白来了。"

　　我听了他这一番牢骚，肚里正笑着他不懂得春游的艺术。

* 萧云厂，民国时期人物，生卒年不详。

大概他没有读过《浮生六记》，或是读过而没有向沈三白学样。

一向我是醉心于沈三白的控制环境手段的。虽然我不敢自认完全懂得欣赏的艺术，但是平凡如上海近郊，我却会对它流连终日，正与流连于名山大川中的情绪毫无异样。

今年的春游，一为了交通费用涨得空前绝后，二为了没有时间作过久的消闲，所以我就选定了一个紧靠在上海边沿的海岛，并决定以两天工夫作为春季旅行的期间。

我的目的地是春游中无人过问的崇明岛。那里以前我曾到过一次，故可以说是"老马识途"而无须雇用向导。

在一个晴朗的朝晨，我就跨上了一艘停泊外滩的小轮。七点钟船离开码头，船首冲破了黄浦江的浊浪，朝着东南风向江口驶去。我没有携带什么行李，除了一具照相机和一件雨衣外，就是一身随身的服装。因此轻便非常，安闲地在甲板上随意溜达，看看江景。

外滩岸边的房屋

外滩岸边的公园

由这一段江中看上海，并不亚于由划子上看西湖。首先映入我的眼帘的，是像西洋油画一般的外滩公园。它的地基薄得像纸，载着树木、花草、凉亭，浮在浩漫的浊浪上面。公园后面和两边的参天大楼，缩得多矮小，可以从容地一目了然，完全把它映入眼帘之中。

船驶过苏州河以后，回头再望望这些大楼，更小得像假山上的房子一般。这时，空气中还播满了朝雾，太阳已悬在东方地平线的上面，阳光在三十度之间，斜照这沿江的一带景色。岸上房屋虽然不至于迷蒙，但还没有脱去它那惺忪的睡态。停着的船舶和工厂烟突的浓烟，补充了朝雾的遗缺，依然把那劳力血汗所染成的大都市，掩隐在一重轻纱之内。

江水是泛成整片的银色，浪尖上闪出刺眼的光芒。偶然有一两只饥饿的海鸥，振着雪白的翅膀，由远处飞来又消失于另一方的烟雾里，会使你凝神地想着人与鸟之间的自由的比对。

船到杨树浦，重工业的建筑星罗棋布；岸上轧轧的机器声，有时会传到江心来。我在甲板上环顾四周，上海的轮廓着实是伟大，是自生不息而且是和平的。假如没有住过上海的人，船进吴淞口后，初见这一个大都市的远貌，他不知会将上海的价值估得怎样地神圣高贵。

许多的兵舰，也用炮衣盖掉了它的吃人面孔，一艘一艘地连毗排着。许多的划子帆船，渺小得像小鱼般地穿插于巨大的鲨鱼群——兵舰之间。

看看江景，就想起战争！这成群无知的小鱼，我真为它担着心。

九点钟，船至吴淞口，一条拦阻海浪的石堤，由堤岸伸入海中。我想：人力可以胜天，但是人力可胜人力吗？海中暴浪可以设法筑堤拦阻，人为的战争为什么不容易设法消灭呢？

江上的帆船

船本来是沿着上海边岸驶着的，现在已转折向北行了。不久，船身有点簸动，大地像陆沉一般地隐约于海涛后面，四周都是水天一色，景色又为之大变。天，像覆碗样笼罩了这万顷浊浪。远处渔帆两三点小得像芥子，我们的船也像一片浮叶。海，大概深得有二三十尺吧。因为浪是愈来愈凶，好几个女客都呕吐起来。我又想着：万一这条船跟着它的"先烈"江亚轮而去，这回的游春也许会变成龙宫之游。

再航不久，北方天垠浮出了一线黑影，于是船中有人叫着："崇明看见了，堡镇快到了。"

远望崇明，没有山，没有高大的苍林，和在东海中瞻望台湾大岛的情景，另有一番况味。台湾有远山如画，有虞云出岫，会像少女般地向你抛着媚笑。崇明却像一条硕大无比的长龙，沉睡在海的尽头。岛上的疏落小树，似是老龙的脊鬣。它充满着不平凡的寂寞，慢慢地在海浪中向我们这一片浮叶蠕动过来。

海中看陆地，真如"白云苍狗"，瞬息万变。那一条黑压压的古龙，现在又逐渐在幻变，忽而像阵连的木排，忽而现出原始荒漠的形貌。它由远而近，宛似一幕电影的迁远镜头。终于在地平线上吐出了许多的屋脊，堡镇的当沙港清晰地在望了。上午十一时，船到近港处兜了一个圈子，就舶向码头。这时，船舱中吐出许多人，倾向码头上去。码头也有许多人爬到甲板上来。旅行在这瞬息之间，我认为是最宝贵的机会。

登岸后，各为前程，人影渐渐冷落，沿着堡镇河的岸道，仅余我一个人在欣赏渔舟的出入和江岸初春的景色。

肚中感到有点饥饿，本来船上有炒饭面点，我为了节省开支，空腹至此，现在应予午餐了，遂走入堡镇大街，拣了一家朝北的馆子坐下。当然老饕重临，及时名产的白棉虾是桌上不可缺少的佳肴之一。

吃白棉虾必须到崇明，在上海吃不到鲜货，而白棉虾的佳妙处，就只在鲜吃。崇明的白棉虾，因"近水楼台先得月"，是只只鲜透的。吃法煎炒无不奇美，但是总不如生吃的可口。虾壳是软的，虾色白如羊脂，愈白愈鲜，只要出水几个钟头，壳就会变成淡红色。所以吃白棉虾的人，能以色选味，便是个中"老举"。

白棉虾的生吃味道怎样？把它蘸醋，比西湖鱼更滑；蘸腐乳卤，比炝虾鲜爽何止万千倍；色比玉润，肉较豚清；不腥不腻，亦甘亦肥。我一口气吞下四盆，再吃了一碗面。午餐结束了，看看桌上的虾壳成堆，证明自己也是这弱肉强食、生吞活剥世界中的一分子，不禁有点自愧！

"芳留齿颊"，我咂着白棉虾的余味，由堡镇乘中午的长途汽车直向崇明县城去。堡镇没有巨大的建筑，所以车行不久，堡镇就没入车后的树丛中。

崇明海岛的地形，像一条蚕宝宝，公路由东至西，贯通了岛上的中心。沿路两旁，乡村林立，广大的田野上已铺了碧绿颜色，树苗满了嫩枝，柳叶弯垂如眉。春至人间，乡郊的风光一幕一幕如走马灯地搬过眼前。它的美是不肆人工修饰，正如姣好的村姑一样纯朴。

由堡镇至县城，路长约三十公里，车行三小时。崇明的县城并不高，而且沿着城基已被人们堆上土坡作为种菜的菜园。城楼又是那么危危欲坠，在现代的武器攻防战争之下，这座古老的县城是不堪一击的。我走过濠桥，跨过两层城门，进入城里的市街，商业亦颇繁盛。黄昏之前，又赶着时间去游玩城外的孔庙。庙里已驻满军队，附近景色宜人，但少着高大的树木。

崇明地方，学校林立，教育非常普及，据说崇明人不论男女没有不识字的。这句话我颇可相信，因为在县城中及堡镇里，我曾看见不少商店是由女的在做着掌柜。

是夜，我宿在城内客店中。晚餐时，白棉虾当然不可少，还有那当地著名的糖醋炒白菜也是值得向读者介绍的。

南门港，是崇明县城最闹忙的地方。入夜我到那里看渔舟晚唱和欣赏附近沙洲上两三星火。南门港码头旁边的零食摊头，价廉物美，一顿宵夜，所耗无几。

次晨须回上海，因为起床过迟，赶不着轮船了，我便随机应变，附趁了一艘开向上海吴淞口的渔船。泛小舟浮大海，虽没有鲁滨孙漂流时的雄壮，可是春云漫漫，独自遨游于水天一色的大自然间，春游至此境界，实可叹为观止。

渔舟悬上一叶孤帆，缓缓地在急流中氽着。由上午八时起航，直至入夜九时才靠了浦东海滩。在航途中，曾遇到好几艘巨轮急驶而过。小舟被回浪冲击着，忽上忽下忽倾忽仆，海面和空中白云，在视线里现出天旋地转的情况。我很拜服着把舵的老大，像这么辽阔的海，不用罗盘，他怎能找出航线呢？

船到鸭窝沙，浪小了许多，船夫不断地用竹竿插入水中测量水道，船夫说："海潮退了，船有触沙的危险"，因而船行得更慢，天上又没有风，差不多船和海面胶着。这时已是下午六时，我在海面上流连了一天，并不感到苦闷，忽然天上飘下阵雨，忙披上雨衣，倚在船桅旁看日落。头顶上是乌云数片，西边天际却彩云飞翔，一线江流，两样景色，煞是奇观。

夜幕渐沉，江面已伸手不见五指，吴淞口的灯火已在望，但届了船舶入口的戒严时间，吴淞不能靠岸，船就转了方向望东直航，不久，到达浦东海滩。潮已落尽，船被海泥胶着，船身又距岸数百丈，真使人"行不得也哥哥"，徒叹奈何。结果由船夫背了我在黑夜中跋泥登陆。海泥烂而且松，步步没膝，万一船夫滑倒，我将会有被陈列于无锡惠泉山旁的资格了。幸好历尽艰辛与惊险，终于"能登彼岸"。付了渡钱，寻着小路走至黄浦江滨，一步一怯地走过一道长约数百尺的独木跳板，才再雇了划子渡江，暂宿吴淞逆旅。次日，始返沪回家。

游崇明和吃白棉虾，至此才告结束。

原载1949年《旅行杂志》第23卷第5号，有改动

上海人的过年忙

郁慕侠[*]

推行国历，废除阴历，一霎那已二十四年了。自从国民政府定鼎金陵以来，又明令一律改用国历，严行废除阴历，亦已七八年了。不过民间狃于几千年递嬗下来的旧习惯，似不愿意急急改革，且亦不能一律遵从，可见改革习惯是一件很不容易的事呢。

现在表面上虽已推行国历，在实际上依然用废历为多数。到了国历岁尾年头，一点举动也没有，到了废历的岁尾年头，大家当作一件大事情来干它一下。习惯如此，行政方面也只好马马虎虎了。兹将岁尾年头的种种事情，分段记在下面：

扫除　中国人懒惰脾气，最为显著。平日对于屋舍家伙，都任其尘埃满积，不加洗濯。到了年底，才手忙脚乱地除灰尘、洗地板、揩窗棂。涤器具。忙得一团糟，名曰"大扫除"。

谢年　一年四季，靠天保佑。到了年脚边，大鱼大肉，红烛高烧，香烟缭绕地举行谢年，以答神庥。末了专还要大磕其响头，大放其爆竹。这种举动，除却新式家庭和教会家庭外，差不多都要来举行一下。

祭祀　祭祀即祭祖宗，是子孙追远之意。一年四时八节都

---

[*]　郁慕侠（1882—1966），曾任上海市文史研究馆馆员，著述颇丰。

要祭祀，不过年底祭祀，格外来得郑重其事。这祭祀一节，除却少数教会家庭外，家家都要虔诚地举行。

结账 商店和顾客往来交易，所有欠款，到了此时，须一律结束还清，不得再行拖欠，如果力不能还或有意规避，你纵能逃过此关，不过你以后的信用便要破产。故要面子的朋友，不论怎样窘迫，也要竭力设法现款来还清，免使人家耻笑和失却信用。商家和钱庄往来，如有透用款项，到了这个年关必须要如数还清。明年才能继续往来。倘使款项不还清，这爿店的信誉便要受人指摘，而且一传十、十传百地宣扬出去，说你窘态毕现，有些儿靠不住了。

烧香 中国人是著名的崇拜偶像，故庵观庙宇遍地皆是。到了元旦那天，一般善男信女都洗好了澡，换好了衣服，一群一群地往南市城隍庙、南京路虹庙等处烧香，肩摩毂击，拥挤不堪。又有烧头香之玩意。什么叫烧头香呢？就是第一个人踏进庙里，如果烧着头香，视作一件非常荣幸的事，因为菩萨老爷鉴你虔诚，今年一年必特加保护你万事如意，发财发福。但是你要烧头香，他也要烧头香，你能提早，他能抢先，到了现在越弄越早，竟在大除夕晚上十点钟左右，已经要去烧元旦香了。瞧瞧他们的举动，使人可发一笑。

拜年 从初一到十五这半个月以内，小辈对于长辈的拜年礼节极为郑重，或行大礼（即叩头），或行鞠躬，看各个人的处境而定。平辈第一回碰见，也须拱拱手，叫声"恭喜发财""新年得意"等吉利话。一般摩登新人物，也有不拱手和说吉利话的，不过究属少数。

娱乐 娱乐分两种，一种是正当的娱乐，一种是不良的娱乐。人们因习俗难移，大半趋于不良的娱乐一途，平日间已浸润其中，漫无限制，到了新年，更商辍于市、工辍于业的相率嬉游，玩一个饱，费时损财，不遑计及。如果仅仅逛逛游戏场、看看电影、听听平剧，已为难得，大多数均发狂般地从事嫖赌，岂不可叹（赌博尤为新年中最普遍的不良娱乐）。

茶包 每到新年，人们往亲友家去拜年或探望，他们佣人泡了一盅盖碗茶，茶盖上放着二枚青果（即橄榄），说道："请饮元宝茶。"客人临去的时候，照例须给下红纸裹的茶包一封。大约在半个月内，客人第一次进门，他们泡了元宝茶，必须发给茶包。茶包的数目约分三种，上等人家，大来大往，每包以一块到五块为止；中等人家，四毛小洋到一块为止；顶起码人家，至少二毛小洋，最普通以四毛小洋到一块钱为多数。真正的阔老大亨，也有十块、二十块、五十块的，不过这是一种例外的茶包了。

压岁钿 长辈对于小辈，概须给付压岁钿，数目不等，至少一块，多则五块、十块、几十块，都无一定的。

红烛高烧 一般迷信人们，除到各庙宇去烧香磕头外，家中还要燃点大蜡烛，虔虔诚诚地磕一下响头，名叫"敬天地"。这种人家的家里，在新年几天，家家户户都是红烛高烧，香烟缭绕，过了元宵才告停止。

新年锣鼓 十二月中旬起，耳膜内已可听到敲年锣鼓的声浪，直要到元宵后才停锣歇鼓。在这时候，我们走在路上常常听到没有节奏的锣鼓声音，我们虽听得厌烦，他们却敲得上劲，你要避免也没法避免。至于他们的用意，是要大家（指敲锣鼓的一家而言）乐一乐的意思。

马路小贩 肩挑负贩的小生意人，他们虽捐有照会，依照租界章程，平日不许停顿在路隅卖买，如果违章，被探捕瞧见，就要拘入捕房处罚。惟大除夕特弛禁一天以示宽大。故这天马路的人行道上麇集许多小贩，百货杂陈，如水果、玩具、头饰、鞋袜、花草等类，兜揽行人生意。

穿新衣服　新年几天内的男女，不论老少，都要穿一套新制衣服，其意思是一岁开始作新当口，大家无妨换一换新衣，以示快活之意。故尽有平日间穿惯破衣服人，到了此时也要换上一换，而且不但衣服如是，其它鞋儿、帽儿、袜儿都要新一新。照常穿旧衣服人也未尝没有，不过是少数罢了。

接路头　接路头又名"接财神"，到了初四晚上，必要恭恭敬敬盼接它一接，意谓这么一来，财神爷爷鉴你虔诚，降福赐财，生意兴隆，大得其利，定能如愿以偿。此种可笑的举动，旧式商店大半举行，门户人家的主人翁也有奉行的。依照旧规，商店中的夥友，本年工作蝉联和不蝉联一也都于此夜定局。接路头之先，摆好陈设，燃好香烛，首由经理先生跪拜，拜完从身畔取出预先写好的红纸一张，上列各夥友姓名，各夥友可依次拜跪。如果红纸上没有你的大名，即可免拜，而本年度职务也不蝉联，等到明天卷铺盖走路好了。

放鞭炮　关门放关门炮，开门放开门炮，谢年和接路头都要放炮，且鞭炮中杂有高升，其声很响，耳鼓为之震聋。到了岁尾年头，这种砰彭劈拍的声浪到处可以听见，虽旁人听来讨厌，他们却兴高采烈，得意非常。如果有人将这笔糜费来统计一下，其数目着实可观哩！

乞丐索钱　平常乞丐在路上向人索钱，探捕瞧见就要驱逐，或拘到捕房里去惩治，或逐出界外，惟大除夕晚上到初四为止，任他们乞讨，不来干涉。故这几天的马路上，男女乞丐成群结队地向人索钱，不给不休。它如里巷之间库门之前，更为若辈的集中地点。一过初四，却又不能公开地乞一讨了。还有一科下层民众，临时结合五六人或七八人，为首的人拎了一盏长柄灯笼，其他各拿乐器一枚（如锣鼓铙钹之类），瞧见人家谢年或接路头当口，他们蜂拥而来，边唱边敲，倘不给予银钱，他们更敲得响，唱得劲，另外罗唣喧闹，不给不止，起码须给与小银角数枚，才一哄而去。他们的名目叫"索利市钱"，他们敲的是没有节奏的锣鼓，唱的是没有腔调的胡诌。据说他们向人家索钱也有规矩，如谢年接路头，人家门口不挂灯笼，即不来索取；挂了灯笼，不客气的就要上门。这种人虽非叫化，其实也是一种冠冕的乞丐罢了。

大鱼大肉　年年到了年底，不论大小人家都要买些鱼肉菜蔬，作为过年之用。不过大户人家是大鱼大肉，小户人家是小鱼小肉，并且还要请人吃年酒、吃春酒，都在那时候举行。人们的意思，以谓旧年将去。新岁才来，吃吃喝喝，也表示快活之意。不过作者意见，到了年底买些鱼肉吃吃，也在情理之中，但是都从年脚边烹煮的鱼肉，直要吃到元宵后还有余剩，那时候天虽寒冷，因为时过久，菜蔬也要变味，吃下肚去，未免太不知道卫生。要图口腹，反而吃变味的东西，真是何苦。然为习俗所移粤要想改革也无法改革呢！

东南食味

雷　红[*]

　　有人说，中华民族是一个吃的民族，因为讲到食味，似乎只有中国独擅胜场。这句话自有其部分的真理。中国菜肴像中国麻将一样，复杂有变化，非一副五十四张的扑克所能几及。例如上海的京馆子盛创一鸡五吃，便是西菜所望尘莫及。上海人欢喜组织聚餐会，集合几位饕餮同志，定每一星期或每半个月聚餐一次——儿时看上海杂志，听到有一个聚餐组织，定名为狼虎会。以狼吞虎咽来命名，确实表示了中国人的好吃，乃是由于烹饪上的自有独到之处也。

　　其实"吃的民族"四个字有点语病，说这是个要"吃"的民族，外国民族何尝不要吃？说是中华民族专门讲究吃吧，则他们又不是一天到晚吃个不停——否则人人要变成胃病患者了。只有一种说法是成立的：中国的烹饪艺术高人一等。如其即以此理由而指中华民族为"吃的民族"，未免是瞎子摸象式的批评了。既然中国的烹饪艺术高人一等，所以历来就有不少食谱之类，流传后世，好像李笠翁也有一本家庭食谱刊行过。细细研究，倒是一部专门学问。流风余韵，降及今日，自有知名女士在报纸副刊上，开出菜单，指示不同风味的菜肴应当怎样烧法。因此我写了"东南食味"四个字以后，有点不寒而

---

[*] 雷红，民国时期人物，生卒年不详。

栗。以我阅历之浅，经过的地方又如是之少，而今世的易牙如是之多，要谈东南食味，未免有点班门弄斧。但我在极少几次的游程中，却非常珍视这难得的机缘，一尝各地著名的菜肴。然则不妨以"门外"的姿态，写出一点新鲜的印象。

夫子庙里的锅贴

到南京去玩的一天，中饭在新市场的曲园吃的。这是一家湖南馆子，每道菜里有辣味，还是经主持人关照特别"轻辣"，然而对于一个江南人已感"醮着些儿麻上来"，有点吃不消了。饭后游燕子矶与玄武湖回来，汽车长驱到贡院街。午间的饱餐，因登山涉水而告空虚，肚子慌得可以。游夫子庙时，里面的锅贴正好起镬，一个山东大汉用铁铲敲击锅子，发出金属的当当之声，加以油煎的香味扑鼻，不觉撩人饥肠，于是坐下来据桌大嚼，其香、脆、腴、鲜的滋味，的确特有胜场。其实食味的欣赏，说穿了不值一哂，主要的是在于饿，饿极了遂觉得什么都有滋味，并不限于物品的精致与否。南京玩了一天，中餐与晚餐都是丰盛的筵席，我觉得并不怎样好，南京菜包括著名的盐水鸭在内，觉得没有什么特别之处，倒是夫子庙里在薄暮时分，坐在长板凳上吃一碟油煎锅贴，感到非常亲切而永远念念于怀。

迎宾楼的脆鳝

今年早春，到无锡去玩了二天。夜车一到无锡站，就有一辆Station Wagon送到无锡著名的菜馆——迎宾楼。凭着楼窗，在昏黄的荷叶白壳罩的电灯下，看到菜馆里的宾客如云，真有一点小城市繁华的感觉。在最先送上来的四只冷盘之中，便有一碟是久违十年的脆鳝。脆鳝的外形，太像一条小蛇，因此有的人因其外形之奇特而不敢一尝异味。其实便是蛇，又有什么可怕，表人士以吃"龙虎斗"为丰盛筵席，而此中之龙，正是一条无毒的青小蛇。同游的宁波董君，生平没有吃过这样东西，我怂恿他凭了他的理智，可以一尝此特殊风味，结果大加赞赏。原来脆鳝是用鳝背在大油锅里爆炸，再和以蜜汁煎炙，使之香脆，其风味确可代表是无锡的。肉骨头也是无锡特产之一，但在上海的五香野味店里，也可搜求得到，不能算作稀罕。唯有脆鳝才是真正的无锡产物也。迎宾楼还有一样特殊的东西，是枣糕。酒至半酣，送上一盆热腾腾的点心，是栗色的枣糕。又甜又糯，一阵枣子的香味微微在咀嚼在体味到，正所谓齿颊留芬。我在回上海的时候，原想带一篮枣糕，适巧迎宾楼的枣糕已经卖完，于是只能空手而返了。

三大元的嫩豆腐

在无锡的最后一次午餐，是在城外竹行街附近的三大元吃的。这是一家陈旧的饭店，像上海十六铺的德兴馆。据无锡人说，真正要吃无锡菜，就要到这种馆子里来，因为迎宾楼多的是上海游客，有时的菜肴，不免带有海派。三大元的掌柜，对于我们之来临，欣喜以外还杂有抱歉的姿态，似乎表示蓬荜之地，有辱高轩的样子。这是内地馆子中不是十分茂盛者所特有的谦抑态度。这里的菜肴以浓腴取胜，而其中的烧嫩豆腐是颇为著名的。他们的豆腐是整整一大方，不知怎样烧法，好像它从锅里到盆子里没有碰破，而当你的筷子一点上去的时候，如同象牙一般光润的豆腐便四分五裂了。豆腐用鸡汁烹煮，鲜味好像渗入了豆腐。在桌上许多浓腴的菜肴里，它就独标高格，以清淡见长。豆腐入菜，在其他筵席上难得遇见，惟有无锡的菜肴中，是以此为名菜的。

石家饭店的鲃肺汤

苏州木渎镇开设了一家菜馆，取名石家饭店，是完全靠了灵岩山的游客而生存的。原来开设在那里，平平常常，只有供游客果腹的一个所在。自从战前有一年，国府元老于先生来游木渎，吃到了他们的一味菜鲃肺汤之后，于髯击节称赏，即席题诗，写赠石家饭店主人，诗曰："老桂花开天下香，看花走遍太湖旁，归舟木渎犹堪记，多谢石家鲃肺汤。"石家饭店的名气因之大震。四乡异地的游客，凡游灵岩者必到石家用膳，若是中秋时节，鲃肺汤便在必吃之列，好像非此不足以为归去时的谈资。石家饭店主人因此对于髯的题诗珍如拱璧，配以红木镜框，悬诸内厅，俨如看家之宝了。

我们在夏末时分来到木渎，侥幸鲃肺汤已经上市，当然要一尝此阔别已久的佳味。鱼腥之类，本是制汤上品，再加这是秋令中极少的珍品，用以糁汤，的确清鲜可口。据肆中人云，鲃鱼都是活杀，取其肝脏（俗称鲃肺）入汤，加以火腿、鱼片、虾仁，自然集各种新鲜的东西于一碗，格外觉得其味之美了。乡间鱼虾得之极易，又不会陈宿了。这是容易讨好之处，盖以地理环境取胜者也。

石家饭店另外有一味"酱方"，也是好菜。酱方是煮烂的红烧肉，作长方形的一整块，并不十分油腻。春秋佳日，以酱方下饭，能增食欲。和石家饭店匹敌的另外有一家徐家饭店，烹调方法与前者一般无二，只因石家饭店的名声大一点，所以游客争趋。在游览区域，古今名人驻足之所，往往可以扬名远方，亦足见宣传之功效了。

观前的小吃

苏州的观前街，饭馆以松鹤楼著名。仅在春秋假日，宾客踵接，生意兴隆，烧出来的菜肴，未必能每只满意是事实，因此我想略而不谈。这里想介绍一点苏州小吃。

糖果与蜜饯一类东西，在苏州人称为"茶食"，盖作为茶余之细嚼者也。有人说，你在吴苑吃茶，可以一天到晚尽嚼小吃，而无须正式的午餐。这正足以证明苏州的小吃是怎样的丰富。

糖果之中，松子糖自是一绝。熏糖松子尤其美丽，集色、香、味三者之大成。白色细小的颗粒上黏着红色的玫瑰花屑，精致得可爱，如与海上的巧克力糖并列，判然是东方美人与西方美人的分别一样。前者的韵致，绝非西式糖果所能企及。与松子糖同样精致的则有半梅，以蜜渍梅子，各剖其半，拌了糖霜，同样点以玫瑰花屑，便是欣赏它的外形，也够你欢喜了。我的朋友广州陶君，虽以"食在广州"的土著，也对此半梅叹为"吃"止。

阊门内有一家茶食店，名桂香村，在春暖时分，出售方糕，为苏城之最。他们的方糕，甜馅特别考究，豆沙里杂有桂浆，芳香特甚。来买方糕的必须预定，否则便有向隅之憾。譬如上海的沈大成，同样有方糕卖，但其味觉上的差别，真如你用了一枝派克五十一，再写中国仿制的文士五十一金笔的差别一样，处处感到有天壤之别。

五芳斋的糯米粽

早车到了嘉兴，就驱车到五芳斋去吃粽子。我们早已在上海吃过了广东粽子，这一种广东粽子又大又结实，什么甜肉、咸肉、豆沙等等，非我们江南人所能全部接受。但嘉兴的糯米粽却不是这么一回事。它的外形与广式粽子类似，内部却大异其趣。鸡肉是完全一大堆鸡肉，鲜肉是完全一大堆鲜肉，而且其馅之大，竟占据了整个粽子体积十分之七。外层所包裹的糯米，成为一种藩篱，倒像是鸡肉馅的附庸。它不像广式粽子这样坚实，吃时需要用"掘矿精神"，而是甚为松软的。吃这种粽子有两点好处，第一因为糯米是附庸，虽然看来外形庞大，吃了并不过饱。第二鸡肉丰富，用大镬原汤煮熟，滋味全为糯米所吸收，其香、糯、鲜像八宝鸭肚中所掏出来的一般。

嘉兴还有一样著名的食品是南湖菱。南湖的四分之一区域全是菱塘，夏末秋初，坐了小乌篷船，点篙的船娘会悄悄地撑到菱塘区，让你自己伸手去采几只菱吃。当然这一些菱不能餍足你的欲望，若是想多吃一点的话，非要出钱去买不可了。新鲜的南湖菱绿得可爱，没有生刺的角，像一个老于世故的人，把他所有的锋棱都磨尽了。菱肉极嫩，宜于生剥，不像苏锡一带的沙角菱，老得异乎寻常，宜于熟吃的。秋日往来于沪杭线上的旅客，每当火车靠嘉兴站时，就有小贩跑前来喊卖南湖菱。一小篮的代价可不便宜，但在车窗寂寞的时候，买一篮尝尝新，确也别有风味。车站离南湖不远，离市区也不远，所以这车里叫卖的菱，还算新鲜。

奎元馆的虾蟹面

杭州清和坊有一家面馆，名奎元馆，差不多每一个到杭州去玩的人都到那里去吃过他们的面。这家面馆有一点是特殊的，说面馆便是专门卖面，菜肴没有，其他的点心也没有。苏州的松鹤楼，早间是以卤鸭面著称于旅客之间，可是他们在午晚餐时间便供应酒菜，来吃晚餐的人多于吃卤鸭面的人。其实他们治菜，远不及苏州的几家正宗菜馆如义昌福和天兴园。

因此我们赞成奎元馆的专门以面为营生的馆子。春秋时季，旅客纷涌来杭。假若他们开辟酒菜部，凭了他们的声名，不怕没有顾客，但他们不这样做，仍以面为独门生意。这是不可及人之处。

春天去的旅客们，吃到他们的虾爆鳝面，以为好得不能再好了。他们眼看在一个小院子里三四个厨师族簇集在小桌子上"出虾仁"，随"出"随烧，非常新鲜适口。他们煮面的方法又是盛称所谓小锅面，即每一碗面都是个别煨煮，并非先把汤烧好了，再把一大锅滚熟的面分配到碗中去的。

但你要尝到奎元馆的美味，非待秋日去不可。因为那时去有他们最擅胜场的虾蟹面，就是因为煮法特殊，别家面馆无法和他们竞争。杭游的最后一天，我们到近湖滨的正兴馆去，八时到那边，他们的虾仁还没有"出"好，改吃鸡火面，了无是处，也许因为奎元馆的印象太好之故。

精华集于上海

然则上海又如何呢？有人说东南食味的精华，集于上海，这话一点也没错。最大的虾仁在上海，最大的蟹也是在上海，最好的西瓜在上海，最好的酒类在上海。上海是以第一流的烹饪来补救其菜肴新鲜程度之不及的——所以国际饭店的丰泽楼便以清皇御厨为号召了。过去有一个时期本地馆子极为蓬勃，××老正兴馆触处皆是，本地馆子确有其特殊之处，像一味油爆虾，一味蟹黄油，一味生煸草头，虽然搬出来的菜肴不及粤菜馆的丰雅入时，但乱头粗眼自有其接近乡土的韵致。此南市十六铺的德兴馆，以如此肮脏的地区，陈旧的布置，而能招致外国顾客来赏光。一个美国友人对我说："到了这里，我才真正尝到了代表中国风味的可口的菜肴。"我不禁为之哑然失笑。这无非是为这个异国友人转换一下都市的环境而已。中国风味可口的菜肴，岂可仅以德兴馆之流为代表哉？

原载民国三十七年（1948）《旅行杂志》第22卷第1号，有改动

上海人的消夏生活（节选）

沈沛甘[*]

海滨消夏

吴淞海滨，在夏天温度比上海要差落六七度，尤其在晚上海风四起，通常可穿夹衣。从上海到吴淞，距离不过十英里，汽车、火车随时可通，交通十分便利，路上费去的时间不过二三十分钟。尤以汽车为更便，取道外堤岸走，如飞驶行，不一刻工夫，就走上好几里路。无论怎样烦热的人，给海风一吹，胸中郁积便荡涤得丝毫不留。再在海滩边，玩上几小时，几乎将夏天抛在九霄之外。自从淞沪间有了蒸汽轻便火车，日中来往的次数，有好几十趟，又是经济又是快捷，所以来来往往的客人十分众多，到夏天专门往海滨游玩的也很不少。

海滨的空气，新鲜纯净高出上海许多。所以一到那里，就觉得异常愉快。在夕阳已下的当儿，潮水还有涨起，滩边伸出水中有好几十丈之遥。在近滩地方，洗个海水浴，真是身心具得快感。伸出半个身子，望着滩岸，左右空旷，觉得自然界的威严雄伟。那种形状很有普陀的千步沙和青岛海滨堤岸的风

---

[*] 沈沛甘，民国时期人物，生卒年不详。

味。坐在岸上遥望远远几只海鸥，飞翔上下，帆樯和轮船的缩影，历历在水上经过，那样海阔天空，使得心灵中间无牵无挂，何况暑热两字呢。

吴淞海边上有一家"炮台旅馆"，是个英国老船主所经营的。上海燠热非常的六七月中间，生意最好的星期六的夜间，常有许多人在那里住上一晚。在花园里进晚餐，五色缤纷的小电炬，荡漾在深绿的树荫下和海风中间。饭后在堤岸上散步，全身似乎浸在海水里。潮响由远而近，像风啸一般。人身四周的暑气，一卷而空。在海滩上消夏，真是再舒适没有了。能够在那里消磨一个夏夜，未始不是热天的一个赏心乐事哩。

公园纳凉

上海人对于夏夜非常的宝贵。朦胧的夜色笼罩在大地之上，一切都沉静了。半夜里起的阵阵凉风，吹在人身上，将一天耗去的精神，恢复过来。不过上海的土地贵过黄金。一般人的住所，都是狭小非常，天空里虽然有凉风，却跑不到家里来。至于马路上呢，车辆行人，挤得水泄不通，即使比屋子里凉快些，然究竟不是乘凉的地方。于是大家就跑上公园里去了。

住在西区的人，大都上兆丰花园去。法租界的住户，视顾家宅公园为他们的天堂。当然北区和中区的男女老少，将虹口公园及外滩公园比做人间的乐园。夕阳一下，每个公园里，男的女的，进进出出，拥挤非常，而且大家非到夜深不回去。在平时轻易不上公园的，这时候也要去光顾几次。所以一到夏天，上海人大有"游园热"的现象。绿荫底下，常见对对情侣，手挽手肩并肩，缓步走着，心中的乐趣不言可就明白。有的携儿带女，穿逐在花木树林中间，跳跃嬉笑，一点不觉得热。

每个公园各有它特殊的优点。兆丰花园地位最广，可惜偏西一点。游人常嫌它路远，不能常去玩赏。法国花园，因在住宅区的中间，夏天的游人，特别众多，不过终及不了外滩公园。这外滩公园因为有黄浦江的胜景，游客在夏天最多，沿江所设的几十只椅子。没有一天不被人坐满的。远望对岸的灯火，江心里的明月，暑气也就退避无踪了。

外滩河岸

公园里平均每星期有两次的音乐，这是夏天所特有的。每个客人花上几角钱，就能安坐静听。时间通常在晚上八九点钟。一曲完毕，满身的俗尘，顿归乌有。不过所奏的都是西洋乐曲，有许多人因为口味不对，也就无可无不可的，鼓不起十二分兴趣。侨居沪上的西洋人，却在例外。我们很可以从绿荫中柔和的灯光里，见他们危坐支颐，领略夏夜的交响音乐。

游泳、泅冷水浴

泅浴一件事是夏令卫生中少不来的。游泳又是消夏的一个好方法。凡是没有机会到海滨去歇息的，游泳池是他们唯一所需要的地方了。在上海，建有游泳池的公共场所，本来不多，而且这种水池大都筑在屋内，一交夏天未免气闷得很，于是大家要找个适当的地方泅冷水浴。

最著名的公共游泳池，要算虹口游泳池了。它的地点在江湾路，靠近虹口公园，每人花上小银币两枚，就能在池里畅快地玩一下。池里冷水清可见底，洁净非常。从早到晚有规定的时间开放，妇人小孩前往游泳的也很不少。这是一个露天游泳池，四周的环境非常之好，有绿的草地，石的栏杆，短墙矮树，环绕池外。更衣沐浴的小舍，都取中国色的建筑。外面作绀黄颜色，望去另有一种风味。游泳其中，微风徐徐吹向池边，四面枝柯交舞，真是一个清凉世界。

六七月里，游泳池的顾客终日不断。四五点钟以后，太阳刚刚落散，里面的人最为众多。池边的石堤上坐了男的女的。有些人攀援在架子上，只听得扑通一声，池里起了不少的大水泡，那人便在水中游泳自如了。一对对青年男女在水中出没嬉笑。大家毫无倦容，泅好冷水浴之后，就近多往虹口公园一游。那种舒适凉快的感觉，真是夏天所罕有的了。

汽车兜风

上海人坐汽车兜风，是消夏方法中最盛行的一件。各家汽车行，一年四季的生涯，要以热天最为发达。坐汽车兜风的众多，由此一端，就可想见。汽车兜风多在夜间举行，晚上八九点钟以后，马路上一车一车地载着男女老少，呜呜的喇叭声，来往不绝，直到天亮为止。每个钟点花了三四块洋钱，就能从沪西跑到沪东，在马路上兜上几十里路。那汽车视作娱乐品，就是这夏天的兜风了。

一到夜间，上海的各马路上，来来往往有许多人在街上纳凉。一辆汽车在人丛中驶过，非但没有什么乐趣，反而觉得十分厌恶，凉风和舒适更没有接受的可能了。所以夏夜兜风，大家都取马路宽大、人迹稀少的地方去实行。郊行荒野之处最为适宜，像沪西静安寺路、徐家汇及曹家渡、北新泾一带，沪东杨树浦路、引翔港，一直到吴淞都是兜风的适当地方。一辆汽车在荫暗的马路中飞奔向前，两旁的树木纷纷向后退走，车上坐着的人，就是觉得凉风袭击了全身，再没有烦热的余地。

往往一辆车子上，带着六七个人，甚至于十多个，男的女的老的少的，挤满了一车，招摇过市，好像开个"家庭展览会"。自从晚饭的时间以后，这一车车的坐客，趁着夜凉的余暇，拼命往前赶路，愈快愈速，所得到的凉爽也愈多。这种"快性的消夏方法"可和慢性的"披襟当风"相映成趣。人家说夏天宜静不宜动，汽车兜风就是个例证，因为抽象地看起来，车中一尊尊像泥人般的，多是危坐不动的呀。

露天电影和跳舞

各种室内消遣娱乐，在夏天都未免减色，因为大家都动着。人多嘈杂的地方，类多裹足不前。上海人嗜电影的非常之多，于是露天电影场便应时而起。看戏的人一方面乘凉，一方面却极视听之娱（指有声电影而讲），较之冷清清的坐着，自然高明得多。所以一到夏天，露天电影场里，大有人满之患。不过真有花木草地的高尚露天影戏，除了静安寺路大华以外，没有第二家。其余的虽称为露天，不如称之为露顶更觉确切。

挥汗跳舞虽属夏夜乐事，究竟不甚雅观。上海经营跳舞场的，一到夏天，便在郊外临时设立夏季跳舞场。四周的环境，多取幽静和夜色美丽的。乐声一作，对对起舞，柔和的灯光下面，带着凉爽和迷惑的气味，虽则狂舞达旦，也没有挥汗之苦。而且肌肤凉快，处处有沉醉的美妙。很有许多享受都市生活的人，夜深人静的时候，赁了摩托车在郊外兜风一阵，然后上舞场消遣。快乐神秘的夏夜，散布了人间。

冷饮与冰

夏的恩物，无过于冰了。"浮瓜沉李"，果然是消夏韵事。然而哪里及得到饮冰的直截爽快呢。在一个夏季里，上海冰的销数，很是惊人。至于冷饮如汽水果汁之类，也是暑天所不能缺少的。一交六月，临时的饮冰店，陆续在马路两旁开出来。冰淇淋的供给，像食米一般的紧要。凡是酒楼舞场公园等里面，没有一处不带买冷饮。

马路上冷饮的地方，隔上几十个门面总有一家。凡是往公园散步、剧场看戏的，总得去光顾一下。夏日饮冰本来是一件赏心乐事，在烦热的都市里，尤其少不了这种凉剂。所以天气愈热，冰的销场愈大，而上海人的乐趣也因之而愈加增哩。

原载民国十九年（1930）《旅行杂志》第4卷第7号，有改动

迎上海的秋天

夏　敦[*]

　　偶然翻阅旧作，发现有记夏日的街景一则，道："……在早上，这条马路本来很宁静的。夹道的法国梧桐，受着微风吹拂，叶子和细干起了一阵颤动。阳光从叶隙中漏射到人行道上，形成一个稀疏的网络。偶尔有两三辆脚踏车从柏油路上滑过去，嗤的一声，车子和人早已看不见，只留得一些细碎的笑语声音，浮荡在空中……"

　　是同样的一条马路，经过了几阵风雨之后，那欣欣向荣的节季，却一变而成为摇落的景象了。我们可以看到迎风摆动着的树叶子，渐渐地由浓绿而微黄，再由微黄而焦黄。她抵抗严霜的压迫，劲风的摧残，及至挣扎到最后一刹那间，只得凄凉地被迫着飘落……

　　秋，象征飘零，显示萧瑟。思妇征夫，墨客骚人，在这雨滴空阶、风吹落叶的惆怅情结中，不知要引起多少感喟，多少幽怨呢！

　　其实，秋月如珪，秋露如珠。秋天的大自然界，一派清明、澄澈，无往而不爽朗宜人，倒是一年中不可多得的佳日。

---

*　夏敦，民国时期人物，生卒年不详。

尤其在这混浊的洪炉中之上海，除了物质条件齐备的豪富阔人们，在酷热大暑天气，还可以出入歌场舞榭，尽情享乐之外，普通人总是嚷着铄石流金的日子太难受。他们唯一的希望，只有盼秋的早日光降！

没有红叶的点缀

事实上，上海本非名胜所在，仅仅一个比较热闹的大都市而已。除了人工的高大建筑，扰攘的喧闹景象而外，很少有特殊风物，足资诗人们吟咏。我们假若要以"秋"为题，把上海秋色的特征描摹出来，似乎也不十分容易刻画吧。

譬如，北平香山、南京栖霞，一到秋天，满目红叶，所谓"霜叶红于二月花"，灿烂绚丽，秋光动人。这，在上海是找不到的。

再像黄浦江，又哪里比得上西子湖的旖旎风光。八月中，虽是同样的明月团圆，映射得水面银光澹荡，然而一个是月色潋滟，令人有凄丽之感；一个却是浊浪滔滔，总是无足流连。所以心理上尽管有类似的秋意，然而，现实的环境却决不相同。

因之，平湖秋月，只好到杭州去欣赏，要是在上海，那浦江月夜的景色，甚至会差以千里的。因为当你踯躅江畔时，所见到的也许是艘小型的摩托快艇，从一座铁城似的军舰旁边驶来，在水面上，只听得一阵啪啪……之声，尾部打起黄褐色的浪花。及至来到岸边，艇子离开码头的踏步还有三五尺光景，船里面几个彪形大汉，穿的倒是窄袖紧腰的白色制服，在月光之下，红润的面庞，愈显得精壮而富于活力，却一个个迫不及待地跳上码头，两臂在空中舞动着，嘴里也少不得高声叫喊……要是你是个穿着长褂子，文质彬彬，负手在岸上踱来踱去，领略这月夜秋意的话，你少不得为着自己太斯文了，而生出一种惭愧的感觉来。

雨，使你感觉到秋意

在都市中，不一定要看到红叶，看到明月，才觉秋意袭人。当一场大雨，或连刮了两天风之后，我们自然而然地也会感觉到一阵阵凉意沁入心肺。而且在心理上，你要是感觉到炎暑的时期太长久了，在燠热得不耐烦之下，更不妨把日历翻翻，看看哪一天立秋，哪一个时辰交白露。等到日子渐渐演变到像日历一样的时候——就是一天的早和晚两头凉爽，中间正午酷热，犹之一个日历所包括的，两端和中心的几个月份的气温一样——这便是告诉你，秋，渐渐地近了。

是呀，"一雨成秋"可以说是最快意的事了。我们在洗澡，纳凉，吃西瓜，喝汽水……一连串涤热消暑的老方法之下，还是觉得汗流浃背，气喘如牛的话，大家少不得要伸着脖子，看看这天是不是有雨意。

人是有经验的动物，在大暑伏天，谁也不敢多存奢望，以为一次下了阵雨，便会开始凉爽的。夏天雷雨之后，最多像你把冰箱的门开启了一下，霎时间果然感到一股冷气迎面扑来，悚然好不快意，及至把门一关上，立刻又像回到闷热的浴室中，叫你透不过气来。如非到了八月中，骄阳渐渐地自知"无状"，秋老虎也像景阳冈上的白额母大虫，在几跳几扑之后，威势大煞，只落得有气无力了。于是，在紧紧地连下了几阵雨之后，满叫你风生两，浑身舒泰，这是秋之快感的第一步。

一年四季，上海下雨的天气也不算少。春夏之交，亢旱多日，下一阵雨，好像抹一层油，马路上少不得灰沙尽祛，空气中也感觉到滋润得多。这种雨下果好，不下亦无所谓。要是梅雨连朝，久不放晴，那就令人闷损非凡了。

至于秋天的一雨，除了来势猛急的所谓豪雨之外，类多乍晴乍雨，一阵雨之后，忽而太阳又出来了；不多片刻阳光藏了起来，又是一阵乌云，淋漓不停地下个不休。

秋雨最善变化，倾盆似的豪雨，翻江倒海，其势亦难轻侮，所缺少的只是闪闪的电光，或轰轰的雷声而已。秋天一场大雨之后，低洼之处，尽成泽国。上海有几条马路，地势极低，即使天不下雨，遇着潮汛日期，阴沟里也会涌水出来，何况大雨如注，积在那里，益发无从宣泄呢。最热闹的南京路浙江路口，永安、先施、新新三大百货公司门前，浊水荡漾，深可没胫。汽车慢慢地小心地驶过去，两旁居然激起微弱的浪花，发着泼刺的水声。要是在晚上，水面上还倒映着灯光人影，假如再放上几艘"贡杜拉"，穿梭来往，那么此情此景，当也不亚于威尼斯市的富有诗意哩。

秋夜枕上听小雨淅沥，四壁寒蛩，凄清寂寞，令人辗转不能入眠。而在大都市上海的晚上，因为远近人烟稠密，即在深宵，马路上的车马声和弄堂中的小贩叫喊声，不时扰人清梦。这种感伤欲绝的调子，要弹也弹不成，倒也未始不是佳事。

今年，上海炎夏的日子不能算不长，一雨之后，满以为"成秋"的了，哪知今天下雨，明天又热，一而再，再而三，大有五风十雨，而秋终姗姗来迟之象。因之，我们正不妨生硬地把"一雨成秋"改为"无雨不成秋",倒比较来得确切些呢。

秋天应及时行乐

感伤是消极的、毁灭的。我们在这天高日晶的节季里,正应该想些有益身心之事,来调剂和补偿夏天生活的偏枯与耗损。一般人因为喜静不好动,夏天最好玩的运动,像游泳、拍网球等,并不普通。至于周末的郊外短程旅行,譬如到乍浦海滨或莫干山等处,也尚须加以提倡。退而求其次,除了深居简出,科头跣足和家人们寻求浮瓜沉李之乐外,比较好的去处,当推黄浦江上或夜花园中纳凉,以及有冷气设备的电影院和舞场酒楼等处去消遣。可是受了大自然的束缚,一切总难以畅适,恰如人意。

惟有秋天,炎威已消,严冬独邈,男女老幼从酷热之中解放出来,个个精神抖擞,跃跃欲试。上海虽没有青山绿水可资游赏,然而公私园林,尚堪驻足。秋天里约二三知友,玩玩公园,未始不是一件乐事。虽说上海看不到香山或栖霞那样绚丽的霜枫红叶,但是在花园里,枫、槭、乌臼等树叶,多少总有些。夕阳将下时,光彩焕发,反映着一抹红霞,大有山上野火熊熊欲燃之意。

深秋九十月间,菊花盛开,复兴公园——前法国花园——举行菊花展览会,也是点缀上海秋色的一大盛事。到了那会期中间,数百本名种,五色相间,放在架子上,高下次列,以供玩赏。富于傲骨的菊花,栽植在古盆盎中,虽只一枝两枝,如属名花异种,定必茎挺而秀,叶密而肥。花则龙须蟹爪,姿态各别。真所谓清标雅质,疏朗不繁,决非俗艳的凡品可以比拟。

　　游园赏花之外，我们又少不得要去品茗，或是喝咖啡。几家大规模的菜馆茶室，装有调节空气设备的，虽则夏天比较舒适，在秋天倒也成了无用武之地。所以秋天喝茶，不必专考究设备。论天然风趣，像水上饭店、国际云楼，以及城隍庙的湖心亭、得意楼等，都各有其独特的趣味。黄浦江虽非一泓秋水可比，但在水上饭店凭栏极目向东北远眺，江流滚滚，杳无尽头，风帆轮舶，参差纵横，亦自有一种悠然意远之感。要是在晚上，皓月一轮，影入江流，更令人流连忘返。

　　八月十八俗传潮头生日。海宁看潮原是旅行乐事之一，而从前上海人的浦口观潮头，也是秋日的应时文章。秦荣光《上海竹枝词》里有句道："十八潮头最壮观，观潮第一浦江滩。银涛万叠如山涌，两岸花飞卷雪湍。"所谓银涛如山，当然是形容之词，实则到过海宁或杭州看潮的，深知潮来如万马奔腾，排山倒海的景象不过是刹那间事。上海人既有浦口之潮可看，何不就近办理呢？

　　云楼是国际饭店最高层，矗立跑马厅畔。秋夜乘月色皎洁，在笙歌喧闹声中，向窗外眺览，大有"琼楼玉宇，高处不胜寒"的情致。

　　上海城隍庙原是大众化的消遣所在，里面摊肆栉比，百货杂陈。豫园、点春堂等，古色古香，更其是脍炙人口。秋天金风送爽，游玩的人比平时更多，在湖心亭或得意楼吃茶，但看九曲桥上，行人接踵，在热闹的当中，带有些闲适的意态。鸟店里出卖会叫的草虫，鸣声唧唧啾啾，只有秋季听得到。盛虫的小盒子，有的做得很考究，用牛角雕成，玲珑可爱；有的就放在葫芦里，口上另开一大孔，用檀木做盖，外表还刻上些字画，也是饶有古趣的。

　　秋虫中善斗的健将——蟋蟀，这是它最活跃的节季。在城隍庙里，你可以买到瓦罐、食器、丝草等。有的贩子把蟋蟀藏在竹筒里，一端塞上些草类或棉絮。如果有人要买，他把塞头拔去，将竹筒搁在盆边，霎时间，一头乌光奕奕的蟋蟀，头上挺伸着两根触须，好像戏中周瑜头上的两道雉尾，一跃而出，绕盆先兜上几个圈了，好叫人家喝彩。这时候贩子四周围着的小孩子们，没有一个不是聚精会神，欣赏这一员骁将的雄姿。贩子于是从一束专用以挑拨它们用的丝草中，拣一根丝头比较适合的，像执笔姿势般拿住了，轻轻地，纯熟地向蟋蟀的头部撩舞着。不知还是怕痒呢，还是恼怒，那蟋蟀经不起一阵子的拨弄，就会张牙露齿，振翼而鸣，摆着进攻或是防卫的姿势，以备万一。在最紧张的时候，围着看的人一个个屏息无语，只听得盆中"矩……矩……矩……"的几声，大家便觉得非常的满足了！

秋之色香味

我们总觉得上海的一切，人工气息太重，天然的气味未免太减少。即以秋天而论，我们不必跑到马路上去看，只要闭上眼睛想一想，秋和夏的分界，我们自身能直觉到的，最显著的就是气温日渐降低，身上袒露的部分逐渐收少。香港衫和短裤束之高阁，衬衫、领带、长裤又恢复了失去的阵地。夏天，大家未免在衣着方面随便一些，绅士派作风的人，未免要喟然微叹。及至秋风一起，长袍外套，重返故乡，大家心平气和，又是文质彬彬的道貌岸然了。礼失则求之"秋"，然乎，否乎？

女人们总是前进的，尤其在上海，不论天冷天热，在服装方面，得到风气之先。时装店猜透了她们的心理，也是先走一步，抢在其他行业之前。于是夏天定卖冬季大衣，端午节试着秋季新装样子，都是经营此业的独得之秘。因之秋天的时装公司橱窗里，你所看到的，那些身材苗条的模特儿，所穿着的不一定是"现实"的秋季新装，而是"远期"的驼毛、黄狼甚至灰背、猞猁等冬大衣。好在她们——不，应该说它们——没有灵魂，只有色相。人们借了它的躯壳，推销服装，别有企图。"生"来如此，不知有"秋"，无论冬夏，我们又为之奈何呢！

秋天，晴空中独多美丽的云絮，瞬息变幻，耐人寻味。青年人喜欢秋云，因为她变化倏忽，富于动力；中年人对之，却觉得它奇幻诡秘，不可捉摸，起了履冰临渊之思，就对世事不无戒心；至于老年人呢，又以为秋天的云，可以象征宇宙间的一切，于是触景生情，以"无常""无定"的哲学观点，来控制他的感喟了！秋色动人，见仁见智，往往如此。

我们的嗅觉如果正常的话，在秋天一定可以闻到几种神秘的"秋"之香味：

上海虽没有西湖的满觉陇，但是公私园林中，丛桂开处，金粟满枝，你只要一想到桂花糖芋艿、桂花白糖粥、桂花重阳糕之类，就会使你垂涎不止。

良乡糖炒栗子的一股香味和刚刚炒起来出炉时烫手的灼热感，可以说是秋天唯一具有美感的小食果品。这种栗子的色香味，堪说面面俱到。当你走过栗子摊时，鼻观里一阵阵诱惑的香味，还有不"慷慨"解囊的么！

好像父母之于子女，天，总是为我们着想的。秋天，介于酷热的夏和严冷的冬之间，大自然界一切可爱的景象，总是为我们安排好的，叫人们在两个极端中间，获得喘息和小休的机会。

你看，秋天的水果，除了庄严慈祥、芬芳馥郁，只能眼皮供养，不得口腹恣意的佛手之外，秋天的水果，无论色香味，真是够人欣赏、赞叹。当你路过一个水果摊时，尤其在夜间，从灯光下看，灿烂夺目，呼之欲起。这些水果，名为静物，却处处表现着生命和活泼的动力。

譬如，生梨、苹果、柿子、葡萄、文旦、石榴……放在一起，随意看去，竟是象征着和穆、丰富和伟大的"爱"。尤其当你看见一大筐的天津苹果时，一颗颗都是圆溜溜、红润润地在对你憨笑，好像踏进了幼稚园呢！

月饼，秋天糕饼中的骄儿！使人不由得脑海中浮起了"中秋佳节"的印象和憧憬着八月十五皓月当空的佳景了。

中秋可说是秋季的驼峰，夏与冬两者中间的里程碑。关于中秋的赏心乐事，天下相仿，决非上海所能独占。而且在习俗方面讲，在许多读者们的故乡度中秋，一定比客地格外有兴味、有意义。李青莲的"举头望明月，低头思故乡"，刻画得何等真切。

秋，是多愁善感的节季，也是令人缅怀既往展望来者的最可爱的日子。我们谈到秋天，不必有萧索之感，反之，应该有诗意的憧憬，因为秋是崇高的，是纯洁的。我们欢迎秋的到来，好像孩子们等待他们小伴侣一样的高兴和期望。

原载民国三十七年（1948）《旅行杂志》第22卷第10号，有改动

江浙漫游记·上海（节选）

霍仁生[*]

二十二年秋，香港中国旅行社有钱塘江观潮之举，欣然参加。往返舟车，二等计算，收费港币二百六十元。旅行社登报未久，报名参加者，踊跃异常，竟逾定额之数。旋由港社经理邓君宗弼托予为本团代表，潘君恩光副之。予因谋大众幸福起见，亦乐于服务也。启程之日，男女团友，共有四十一人，最老者胡君荫亭六十七岁，最少者何云心女士十九岁。

本团目的，在游览江浙风光及观钱塘江潮。所历之地，如上海、南京、苏州、杭州等处，历时半月，而江南富庶名胜之区，已颇得其梗概。爰将是次经历所得，考集成文，用留鸿雪，俾后之来游者，或可作游览指南，亦可作个人游记观也。

九月二十二日上午十一时，登俄国皇后邮船，予之房间为360号。与予同房者，有阮维熊、何炳培二君。部署行李毕，乃上舱面与各团友相见。各亲友到船送行者极众，鬓影衣香，全船顿形热闹。迨正午十二时，船即启行，时雨方晴，送别者乃码头站立。揭帽扬巾，表出一种依依不舍之态。船始缓行，出鲤鱼门后，略有暗潮，及过横澜灯塔，则鼓轮如飞。沿途风平浪静，海天一色，且初秋残夏，凉暖适宜。吾人或叙谈于舱室中，或步行

---

[*] 霍仁生，民国时期人物，香港文化界人士，生卒年不详。

于甲板上，所谓天空海阔，心旷神怡，各适其适，甚自得也。恰上海银行襄理老友欧君伟国同舟，对于到上海入境情形，多获指示。越二日（廿四日）清晨，船过普陀洋面，天气略变寒冷，且有微雨，斯时各人脑海中，已有上海在望之幻想矣。

廿四日午后二时，船便抵沪，泊浦东其昌码头。旋见旅行总社周君文麟，上船照料本团行李。吾人乃过小轮船渡江，到新关码头登岸，惟以海关料理行李，手续甚烦，需时甚久。吾人枯候关中，从铁栅外望，窥见繁华热闹之上海，乃如海外神山，可望而不可即，殊形焦灼也。迨检查既毕，始克出关，时已四时四十五分钟矣。旅行社招待专员唐君熙民，到关欢迎。吾人乃乘汽车绕南京路，直赴大东旅社下榻。晚餐食广东菜，与故乡风味无异。饭后天忽下雨，予即在旅社，与旅行社专员李葆溶、唐熙民二君，策商翌日行程。

廿五早粥后（北方人早餐专食粥或面，罕有食饭者），全团由大东旅社出发，由是日起旅行社加派李君兆璋随团招待，九时十分分乘大汽车二辆，往游虹口公园。园为洋式，不甚幽雅。又到闸北及江湾灾区，败屋危墙，伤心惨目。十一时到吴淞镇，则见该地受日军炮毁破坏情形，满目荒凉，较闸北更甚，试读《吊古战场文》，仿佛似之。十分钟后，抵达炮台湾，遥见素称险固之吴淞炮台，已被强敌摧残殆尽矣，一叹！游毕，驱车回旅社午餐。下午二时半，再同乘汽车往游静安寺。寺前马路中，有一小温泉。闻该寺寺产甚丰云。兆丰公园为沪中最大之园林，中有小池，植洋花甚多，颇形幽美，归工部局管辖。继往游大夏大学，为王伯群先生创办，男女学生约共二千人。蒙该校教员杨君导览校舍各部，且详为解释。毗邻该校者为俪娃芳圃，地方不甚宏敞，而布置尚属井然。游罢乃乘小舟渡苏州河，再乘原车回旅社。晚餐时，已万家灯火矣。

饭后八时四十五分，联同团友四人，乘汽车环游上海一周，如公共租界、法租界、华界各繁盛马路，虽同在邻近，而景物迥不相侔。游至十时，遄返大马路沙利文饮咖啡，毕乃相与步行回旅社焉。南京路俗称大马路，中西百货大商店云集，为上海最热闹之路，往来车辆极多，日间最旺之时，有欲横过马路，须待至二三十分钟各车通过后，始能横过者。

廿六早餐后，九时廿分全团分乘大汽车二辆，往游半淞园。此乃华式花园，为沈氏别业，中有假山小池，回廊曲径，垂杨翠竹，袅娜迎人，极尽园林之胜。旋往邻近不远之文庙游览。入门渡石桥，即是大成殿，有先师孔圣塑像在焉。两旁四壁，陈列祭圣时所用之冠冕衣裳、钟磬俎豆之类，皆是数千年来沿用之礼器也。殿后一室，额曰"一二八战绩展览所"。其中陈列，俱是暴日侵沪时，我十九路军夺获敌人之战利器。内有木制小模型，表现闸北灾区，如商务印书馆工厂及东方图书馆被毁情形，见之令人发指。而汉奸胡立夫通敌之文字证据，亦罗列其中。汉奸之肉，真不足食也。再往动物园参观，虎豹狮熊、松鼠袋鼠、冠鸽火鹤，应有尽有，多为我人未曾得见者，洵奇观也！游毕回寓午餐，下午本团休息。旅行社航务主任郑君炳铨，导余往参观中国旅行总社各部，并介绍与社长陈君湘涛认识。旋过上海商业储蓄银行，访欧君伟国，引观银行各部及宝藏库。既毕乃往先施公司访同学老友郑君崇龄，畅谈许久而回。晚膳后吾人同上永安天台天韵楼游览，其中百戏杂陈，由京戏、大鼓、唱书以至白话戏、弄法戏与电影，无不具备。游人如鲫，艳装少女尤多，数以百计，分布各处，搔首弄姿，盖皆待价而沽者云。由楼可望上海夜间电光广告术之发达，灯光灿烂，红绿掩映，出奇制胜，曲尽其妙，诚叹观止矣。复至三楼大东跳舞场观舞。场中多新装舞女，殊无涩态，列坐以待男侣。闻其代价为每元共舞三场云。须臾乐奏，舞女互相顾笑娇呼"高亚歇Go Ahead"，乃各依男侣，亭亭起舞，其无异性陪舞者，则两女并舞焉。上海商业之繁盛为全国冠，而风俗之淫靡亦为全国冠，所谓纸醉金迷之邦是也。

香港银行和有利银行

　　七日黎明即起，乘杭七时四十五分沪快车离杭。在车上午餐，下午一时拾分便抵上海北站，再回大东旅店驻宿。是晚旅行社诸专员，邀予及朱、唐二女士共六人，往冠真楼合拍一照，以作欢送鄙人回港纪念。旅由朱秀琼女士及其兄朱君宝铭在新雅楼设筵，宴予等数人。席上谈笑风生，主宾尽欢而散。

　　八日，本团休息。是日为本团留沪最后之一日，各团友或结队同往尽量购买沪上土产，以为回粤馈之赠需。或探访亲朋，叙谈话别，各适其志，随意所之。予独与李君兆璋缓步游行各马路，对于棋盘街一带书坊特别注意。江浙之游既毕，各人乃收拾行装，来时每人二件，去时有多至六七件者。预备即晚下船，其中团友有游兴未阑者，五人再往游北平，二人入京观全国运动，二人留沪，而团友阮君维熊则因私务，已于一星期前，独先返粤矣。

九日早餐后九时半，在新关码头乘小轮船渡江往浦东，乘亚洲皇后邮船。旅行社李、唐、李三君到船送别。亚洲船十时四十分动轮离沪，李君三人在码头扬巾，不尽依依之态，予所住房间为204号，旅行社特别优待美意也，顺此鸣谢。出吴淞口后，沿途东北风极猛，波涛甚大，船身簸荡不已，女团友多有吐呕者。十日晚九时全团在头等位会客室观电影，十一日早餐后，香港山已遥遥在望，上午十时半安抵九龙会码头，乃各自回家。

原载民国二十三年（1934）《旅行杂志》第8卷第10号，有改动

出京散记（节选）

周曙山[*]

到上海又入大观园

下午三点多钟到上海北站，雨则渐要不下了，但见地上大都是一片泥浆。下车之后走出了月台，一望久别的上海，在外貌上似与我记忆中的，还大都无异，只是四去的路线，我今实已弄不清楚了。我是要到狄思威路（新名溧阳路）邢家宅路则敬坊去的，被问明以后，乃乘由铁路局所备第三路汽车前往，至北四川路（新名四川北路）横滨桥下车。一入市内，则我始而诚如刘姥姥进大观园一般，对于一切都觉得莫明其妙。好在也于鼻子下有嘴，仍以多请问人而免得吃亏。既至目的地，虽时已暮霭苍茫，而雨又下，路亦泥滑，其境更偏僻冷静，所以我也就没有出外，而后只打了一处电话，便与初见面的族中侄辈闲话家乡的情形。

翌日晨起，天犹未晴，至十时后冯君如约至，也还算是一个初相识的朋友了。彼此谈话，要以对于学术研究和文艺写作，是最感兴趣，亦最为相投，但以天雨地滑而不便出外游

---

* 周曙山，民国时期人物，生卒年不详。曾为民国三十五年制宪国民大会江苏省代表。曾与柳谷子发起筹备首都白社，著有《日本社会运动家与思想家略传》等。

玩，诚令人不胜闷煞。就这样的又过去一天，至晚，只与两个族侄就近到南京浴室洗了一把澡，而后虽想还去听戏或者看电影，却以太迟归来不便而作罢。未几，其兄已从镇江回来了，又于雨声淅沥中，相谈以夜午始就寝。

对于幻想曲的观感

六日上午，俟雨稍停，乃就近访范君于虹口山阴路，适其于昨晚已因公去南通，还有在这附近要看的朋友，却已都忘了门牌。复来车往中汇大楼访顾君，并且遇见国大代表朱惠清先生。饭后，于下午二时顷再冒雨往静安寺路（新名南京西路）访庄君，当被邀至静安咖啡室，而后再偕往大上海戏院去看"幻想曲"电影。此片已早放映于重庆，但我因在乡下还没有看过。我今最为爱看那些已绝种的"恐龙类"，虽为人工画的，却都是奕奕如生。有谓此项龙化石，近由西北考察团于新疆天山迪化附近地方侏罗纪地层中所掘出者，在亚洲为第一次发现。又有说在民国初年当袁世凯正想做"洪宪"皇帝的时候，由英人在宜昌三游洞里面，发现几条很巨大的龙化石，不知道那又是什么龙。且由此推想，我每以为由于人类文明不断地进步，能够使山海改观，将必会使世间一切巨大的动物，都渐变为历史上的名词吧，似也未可知。盖如进化论者达尔文所说"物竞天择，优胜劣败"，就是这一种道理。而在我们人类间，自进化到人与人争的阶段，以后直到那个横世魔王希特勒，他于各民族间还谬持其什么"优越感"之见，我敢说：我们人类自此后，若不速弃那种"斗争学说"而力行"互助学说"，以共维生存，则必终难免有"同归于尽"的一日！入夜雨大，而时已迟，我怕回到则敬坊去路太远，又难走，更怕弄门已闭而不易叫开，遂乘人力车往晏海路的顾君处去了。这一天，我对经过那些街道都糊里糊涂，记不清楚，又以雨大而不能抬头，更觉得大为扫兴。

雨中探友歧路徘徊

翌日上午九时后，再冒雨别顾君而往拉都路（新名襄阳南路）去看凌君，到时而又于电话里邀我即到爱棠路相晤，并就近到其姊张公馆午餐，盖皆为已一别十余年的老友也。但我再由拉都路往爱棠路，既不明路线，遂想假人力车为向导，不料连叫了三辆，都说不知道；即再说明那是市党部的所在地，却仍都说不知道。在此徘徊莫决间，又怕雨再下大了，幸于昨天携出来一把雨伞，为效英相张伯伦的故事而不顾被上海人见笑，否则就难免又被雨淋得好像落汤鸡一般。终于在那个十字街口，我又走到一家香烟铺前请问人，但在那个年青的店员，他也不知爱棠路何在，及拿出来一本新旧街道对照的书来同我查看，仍不得要领，而他便转身到里面为转问别人，才知就在这门外的公共汽车站，候乘汽车到底而再走过了荣昌路口，就到了。我很感激那位年轻的朋友，为人指路是那么热心，看来在此道德日坏的中国，他确算是一个不可多得的好人啊。

经过市党部，我又进去与方主任委员一谈，但他与我并不是像"我的朋友胡适之"，而是二十年以前在东京的同学。又于楼上遇见了孙君，才知他由重庆东返后，近也在这里工作。而这所房屋，也真是建筑得很讲究，其布置也很摩登，据说原是"伪政府"中邵某的住宅。说来他们的建设，除都是为自己享受外，还有什么可言呢？即此已可知其太作孽！及至张公馆，大家都已经见而不相识了，屈指已过去了将满十有七年的光阴，无怪其弟妹等今已都有了孩子，业已与他们在当时差不多。所谓"他乡遇故知"，这在古人是与"久旱逢甘雨"等是同样的重视的，故其乐可知。而他们又告诉我："已由电话通知了六姐，惟其夫妇因事不能来，却已约定到他们家吃晚饭。"实在对六姐那里，我是更要去，因为我们于战后又得互通声气了，还是由于她在一个多月前，到了无锡努力访到内子之所致，而后又到南京来一趟，我则因事在外竟未得相晤。

六姐家在五原路（旧名赵主教路），道距邢宅路更远吧。我怕侄辈会疑我失踪，故于晚餐之后即告辞，乃与十妹夫妇和章弟等同汽车返去。算来我到上海已四天了，只因天天下雨直弄得举步维艰，游兴尽扫，而于心里也就不免要怪老天不作美，似乎专是为同我捣蛋。

在神秘之街上巡礼

八日晨起，雨已不下，又决定到虬江路上买旧书，尤为日文书，以聊补我在抗战中之所失。说到此，只怪我东返太迟，又先未托人代买，而还都后只从两家废纸堆内拣出来四十多本，都是上秤称的买下了。这是到昨晚才听说有可去买的地方，但走到以后，所见只是些碎铜破铁、旧衣旧鞋以及家庭用具等，以至旧书连一本都未看到。早车既误，乃又想到街上去买点别的东西，总算是今我已到过了一次上海。不过我今来到了上海，已几天过去，不但还有许多朋友未去看，也有的既约而尚未重晤，且除去了大上海戏院，其他任何戏院、游艺场、四大公司以及各公园，都没有去过，至是已没兴头远走了。因而就在北四川路上，信步所至地看看，凡想买的东西就在这里买一点。

本来这一条路在战前，多半是日本人的势力，也算是"神秘之街"，就如我今所住的地方，在先也是住的日本人。由此看来，才知道今我们真是胜利了，只见到处都是我们自己的军警，竟是他们的天下！且不仅这里如此，即整个的大上海也都如此，因为在抗战中所有外国在华所享的特权，都早已自动取消了。但在日前一切不景气的情况下，虽然有不少些贪官、污吏和奸商，反而都变成暴富，惟在一般正当的商人呢，却多半因不堪高利贷的压迫而濒于破产，故有许多商店已倒闭或要倒闭。且一切消费者的购买力，都是很薄弱，所以再看各商店，论其顾客便无不门可罗雀。他们虽都是拼命地大减价，其中有已标明七折的，但肯光顾的人还是很少呀。不待方在那些商人们，也有故弄玄虚而为一种"生意经"，即往往以减价来吸引顾客，如今已没有那些瘟生还去上钩了。又不知道是什么缘故，例如一块力士牌肥皂，一家讨价真的二千五百元，假的一千七百元；而再往前走只隔两三家门面，仅有那种真的定价二千元，这在管制物价者又当作何解呢？

红尘十里无意流连

午后，又过苏州河往外滩去，为到中央银行看一个朋友，原是同道流亡到重庆，今亦别来多年不见了。而后想就便到前面小公园里去一游，不料其已早早把门锁起来，还说要买门票才可以进去。这是什么公园呢？真令我大惑不解，却由是又使我回想起在二十年前"齐卢之战"的前夕，我为初往日本至沪而走过那里，还看见在门外悬有"中国人与狗不许入内"的牌子，而今既交回了我们中国人之手，我就以为不当再设有其他限制。

繁华的外滩

决不能再恋此十里红尘而不归去了，故已去函苏州和无锡，今亦决定不中途下车。这是在九日早晨，天已放晴，但犹未稳，即如袁君所嘱决乘"金陵号"，而先往外滩赴其约。见后，为不致误火车时间计，就相偕到其附近的一家咖啡馆里面点食了几样西餐，借以长叙，而后我即肯辞去北站。

到车站进月台后，我先行对表，则已快到了开车之时，又听说："车已进站上客了"，我遂赶快去买票上车。可是那个卖票小姐对我说："头等票已卖完了，要买只有二等的。"我则踌躇了一下，说要去找站长办交涉，而她又说道："这是对号车，办交涉也没有用，还怕不及上车呢。"于是我就买了一张二等票。其实，人就是这样的怪物呀，如以前在流亡入川的途中，什么苦未吃过呢？即如这次还都在船上，也不尽然是舒适，难道今连二等火车都不能坐吗？再一看在月台里有很多的穷人，不问潮湿与否都坐在地上，有男有女，有老有少，闻其口音好像都是苏北的难民，其中也许有些是从海州转来的乡亲，是则他们原来都是能吃苦的穷人吗？由此转念，我心为伤，但已不及去详为查问他们，只自以为自己今还算是一个幸运儿，未若他们那样的受苦。而且又省下来一半的车价，将以之买苏州瓜子、常州篦子等带回，也是一种好事情。我就这样办。

原载民国三十六年（1947）《旅行杂志》第21卷第3号，有改动

上海北站之两小时（节选）

秦理斋[*]

于役报界，日入而作，大好晨光，恒消磨于梦寐之间。日前因事赴都，拟乘早车。以所寓距车站颇远，辨色而兴，匆匆盥洗进餐竟，雇车出门。斯时朝曦未上，清气袭人，精神为之一振。仰视斜月一钩，疏星三五，犹悬西方天际。此情此景，不得见者久矣，一旦重逢，恍若他乡遇故知，心中弥觉愉快。然环顾路中，家家闭户，车马稀少，十里洋场，在沉沉酣睡中。能享受此清新空气者，寥寥无几，因叹沪人之晏安怠惰，且其志气之消沉也。既过天后宫桥，行人车辆渐多。车中人或支腿于网篮，或跨足于箱旁，或拥儿女同乘，或前置巨箱，后载铺盖。车夫邪而前。三三两两，类多赴站之客。尝闻长老言，最初淞沪铁路，直抵吴淞江畔，桥头木屋数间，即是售票之所。今之北站，当年犹是青草池塘，暑夜万蛙举行同乐大会之地。不图曾几何时，夏屋渠渠，四方荟萃，已成为全国第一繁盛之车站。而天后宫桥，亦易木质为水泥。自桥以北，周道坦平，间阎栉比，商市展拓，已越天通庵车站而外，亦可见沪埠发展之迅速矣。

及抵北站，则不幸相差二分钟。余所欲乘之早快车，已

---

[*] 秦理斋（？—1934），小说家，《申报》馆英文译员，译有小说《邮王》等。

汽笛呜呜，黑烟滚滚，展轮离站而去。但见无数旅客，纷纷扰扰，自月台蜂拥而来。盖京沪夜快车方抵站也。斯时老者少者，妍者媸者，挟手杖而提革囊者，抱儿挈女又携包裹者，肩摩踵接，鱼贯而前。驻足稍观，目为之眩。既而旅客之拥挤稍纾，则行李之车，大者小者，自人丛中络绎而来；更有黑呢制服星形标志之旅行社招待，仆仆往返，照料旅客行李。盖沪埠为商旅总汇之所。每一车至，行李山积，守候提取，虚耗光阴。加以站上车辆，须另纳照会，其数有限，见客之行李稍多，不仅加大需索，价常倍蓰而已，且往往弊窦百出。其黠者，每藉车站小照会，作过渡之用。载客出站数十武，则另雇廉价之车，请客换乘。斯时若有妇孺多人，而非老于旅行者，常致顾此失彼，遗失包裹或小皮箧者，时有所闻。是以客之熟知此中情况者，为免烦琐计，多将行李存站，俟觅定旅馆或回家后，饬人往取，或径将行李提单交旅行社转运行李处，掣取收据，嘱其代送至目的地。于是既无行李之累，便可步往铁栅外雇车，或乘电车。时间金钱，两俱经济。所以每次火车抵站，常见旅行社招待，东西奔驰，感应接之不暇也。

斯时距下次赴京之特别快车，尚有二小时许。懊丧之余，默计返家固不成问题，访友亦非其时。此二小时之光阴，将若何消遣。既念执业沪滨以来，道经北站者，已不知若干次。顾皆匆匆一过，无暇详窥其内容。今趁此余暇，一为浏览，计亦良得。差幸车票早向四川路中国旅行社购就，行李亦于隔夕交其代运。此际脱然一身，无所挂累，遂徘徊站上，信步所之。

车站大厅门楣之上，有大时辰钟一架，时计不爽分秒，不仅本路各车站之钟，悉以此为准则，即全沪之时计，在昔江海关未置大钟时，亦莫不视此为标准。故北站大钟，妇孺皆知，几可与邑庙之九曲桥、浦滩之风讯塔并驾齐名。

　　大厅之北为站长室，更北为电报房，即前述通告火车迟到时刻之所。电报房之北为头、二等男客候车室。至于女客候车室，仍在大厅之东南隅。惟沪站火车，于开行前一小时，即已停在月台旁。旅客至站，辄即登车。此两室者虽设而常空，徒资点缀而已。自此西北至铁栅旁，有一木屋，即中国旅行社之行李转运处。昔本在大钟前铁栅旁，当出入要冲，自票房移建，遂徙于此。凡旅客之以行李托其转运者，皆往此间接洽。

　　考京沪铁路，原称沪宁铁路，由中英银公司贷款承筑，兴工于光绪三十年，全路通车于光绪三十四年。而北站大厦，即建于此际。计自宣统元年举行落成典礼以来，迄今已二十一年。崇楼四层，前有广大之玻璃天幔，迤逦至于月台，在当时或为中国最闳壮之车站。今虽建筑之规模，逊于北平、沈阳，而自首都南迁，车辆往返之多，旅客出入之众，实可推为全国第一大站。站前马路，亦为路局所有，与公共租界之界路，以铁栅分疆。故在站接客之营业车辆，须向站另纳捐照。而客之出入车站，亦以巨厦东首为入口，天幔西首为出口。接客之车，皆停候于站西焉。

　　大厦之东北，有小屋一所，为淞沪铁路之车站。此路实启中国铁路之嚆矢。最初为沪上外侨所敷设，兴筑于光绪元年，自吴淞江畔，达于江湾。嗣以碾毙行人，国人大哗，通车未满十有六月，即由上海道购回拆毁，弃其材料于台湾。嗣至光绪二十四年，始由政府重筑，直抵淞口，即今日之路线。及京沪路兴工，遂由中英公司以一百万两承购，作为支路。今轨道虽通，而车站则异，站长亦另行委派。每日行车二十次，约历一小时半，淞沪各开行一次。语其性质，实一行驶郊外之短程火车也。

　　余因谓施君曰，沪站客车之出发与到达既若是之多，为站长者，事务之繁，责任之重，可想见矣。君曰，固然。惟他站站长大都萃客运、货运于一身，而沪站则分别职掌。即就客运言，京沪与淞杭三路，又各置一站长，加以司扬旗与路轨者，又另有扬旗间站长。每一站长，以三人轮流值班，共计不下十余人。至于职务与责任，实以扬旗间站长最为重大而艰苦。

试就沪站而言，扬旗间站长于车开之前，必先以电钟机询问麦根路站，确知途中无车开来，然后彼方摇机。此方始能取出路签。沪站路签既出，麦根路站即登记于簿，非俟此车到站，交下路签后，无论何车，不准驶入此线，即遇十万火急之军事专车，亦不得行。反之，来车亦必由麦根路站以电钟机通知沪站登记，然后以同一手续，发出路签。同时沪扬旗间站长，即决定此车走何轨道，停靠何号月台。如该路线中，适停有其他车辆，应立即设法调开，俟全线车辆调清，乃始击钟为号，令扳路夫扳正路轨，同时放下扬旗。于是此线轨道，即行封闭，无论何车，不准驶入。设来车已至，而扬旗未放，即路轨尚未出清，此车必停于扬旗之外，不得驶入。故行车之有扬旗路签，一若昔日行军之有令箭。苟扬旗不下，路签不发，虽临以帝王之命，而车不得行，大有细柳营中，只闻将军之令，不奉天子之诏气概。所以车务中人，常戏呼扬旗间站长为车辆总司令，以一切车辆之进止与所走路线，惟此总司令之命是遵。全车数千人之生命，亦握于此总司令之手。其所操生杀之权，固无以异于三军之总司令也，其责任之重大为何如。

余既闻施君言，一时好奇心动，因请导观此车辆总司令部。余以为总司令既负斯重责，任斯繁剧，必僚属济济，办公室之宏广可知。讵施君导经第三号月台，行数百码，至于旱桥之下，指面积不满三方丈之一小楼曰，此即君所欲观之总司令部也。嘻，此乃余向日乘车过旱桥时所常见者，上有英文

North Station二字，恒视作车抵上海之标记。初意殆一站上无足轻重之小屋，故僻处荒野间，不图竟为握千万人生命、操车辆行止全权之总司令大本营也，不觉称奇不止。时适有赴杭车驶出，此总司令者，方执旗立于司令台上，授路签于车。视其司令台，亦不过高四尺许，仅容一人回旋之小木台，上无幕，下无帷，不蔽风雨，离大本营数十码。而每值车过，不论夏日冬雪，总司令必亲自登台授签，例不得假手他人。

归途偶语施君曰，总司令劳苦功高若此，其薪俸当亦为全站冠矣。君曰，殊非殊非，不如上海站长远甚，所以路员恒视为畏途，辄以受处分者谪居是间。呜呼，劳苦而任重者，往往不获厚薪，而得厚薪者，又多清闲而优游，天下事大抵如是，又岂特一扬旗间站长然哉。因相与慨叹不止，及抵月台，则沪站站长已执旗而至。机车中喷气如云，行将出发。遂与施君握手珍重而别。既而车行过旱桥之下，探首窗外，犹见此车辆总司令，持路签袋，挥绿旗，鹄立于北风中也。

十八年十二月草于京沪道中

原载民国十九年（1930）《旅行杂志》第4卷第1号，有改动

从上海到哈尔滨

屠哲隐[*]

　　"出门一里，不如屋里"，此中国俗谚，喻居家之乐，出门之苦也。在交通阻塞之古代，确有行路难之感。自轮舟火车通行以来，越重洋，跨大原，竟成易事。欧美人好远行异地，华人喜株守故乡，民性民智之区别，于是乎见矣。挽近华人之爱旅行者，日益增多，凡舟车所及之地，旅行反为乐事焉。隐曾漫游北京、天津、烟台、大连、旅顺、奉天、安东、韩京、平壤、庐山等地，江浙二省，尤所常游。现复应哈尔滨中国青年会之聘为干事，乃得真正北上。仅抵北京，实尚属中国之中部耳。兹草斯篇，以充旅行杂志之末。所刊照相，为隐所亲摄者。

　　夫游哈尔滨，须在冬季，可赏雪景。此隐所以乘机于一月廿七号向上海中国旅行社购三等联票，于廿八号晨乘旅行社汽车，连带行李，赴黄浦码头，登大连丸。舍妹哲梅，舍弟嘉竞随同送行。隐以孑身漫行，顺道摄影，故耗钱于购照相材料，乃乘三等舱。宽敞不挤，所略难受者，即轮船中所不可免之气味而已。幸隐有头等舱旅客蒯寿枢及杨福臣二君，吃常往谈，

---

[*] 屠哲隐，民国时期人物，生卒年不详，曾被聘为上海商会商业补习夜校工商管理班讲师。

甚不寂寞也。

午膳后倦卧。风浪不大，船中甚暖。隐以前曾乘过新丰及榊丸，熟知海景，只摄影数张。次日午后三时抵青岛。风大气寒，西妇仍穿丝袜，苦力倒服棉衣厚鞋。隐以免受检查意外之累，不赴市闲游，仅在码头散步而已。船于五时即启行。船中旅客，更形稀少。隐在船中健饭如常，菜尚清洁可口，每次更换。晕船最甚者，只一二妇人。

卅号午，船抵大连。地上积雪盈尺，一似白糖。气候干燥无风，故不觉寒。隐领取行李后，乃雇马车赴车站，关员略验隐提箱，未验铁箱，谅以吾非似商人也。大连颇若上海，为满洲最大海口商埠。吾以前曾游过数日，亦不重游。在车站购风景片不少，书赠亲友，并在车站发电至哈尔滨青年会。

隐乘下午五时半慢车北上。南满铁路之三等车，较沪宁车二等为优。座褥阔软，车辆多接，旅客不挤。人各一座，夜来可卧。车中热水管甚暖。吾竟购饮冷汽水一瓶及水果若干以解热，且常出外纳凉，呼吸新气。闲坐时，静看窗外一片白雪，疏林依稀。车窗玻璃二层，车内电灯光明，厕所及洗手处，清洁整齐。车役常以水洗地板，扫除车中杂屑。吾置身其间，至觉舒适。

卅一号晨三时许，过奉天，下客不少，车中更空畅。七时吾洗漱毕，复远眺窗外景物，仍是一片银世界。天际有鸟，高飞南还。东方旭日初升，灿烂作金色，红霞掩映，可称奇观。十一时半车抵长春，乃越轨道而至对面之中东铁路车站。乡人颇多，赴北务农。吾复购寄风景片若干，袁头一枚，换哈票一元三角半。

中东铁路现由中俄合办，车式与南满者不同，座位较逊，构造奇特，每座上再架二座，可卧。车中亦生柴火，装热气管，尚暖。旅客初不挤，每站增添不少。俄员验票频繁，词色粗暴，闻性质直爽云。沿路风景特殊，亦摄影不少。车于夜十一时抵哈尔滨。青年会总干事童星门君及董事部代表竺规身牧师来接，即乘汽车至咖啡馆取暖，畅叙种种。后宿道里中华教会洋屋楼上，与竺牧师同寓。

哈埠积雪成冰，惟街道洁净，气候干寒，甚堪健身。南方人来此，易于住惯，因家家户户，皆日夜生火炉，坚厚之壁，双料之窗，室内温度，多在华氏表七十度左右。户外则在零下十余度以至卅度也。

哈埠情形如上海。松花江风景甚好，冬可滑冰，夏可泅水，为华北最大之中俄商埠，主权已由华政府收回。俄民势衰，操苦力者以至穷极奢华者皆有，以不属本题范围，恕不赘述。

原载民国十七年（1928）《旅行杂志》第2卷春季号，有改动

沪杭公路驰车记

蒋学桢[*]

沪杭公路之筑成，于兹一年有余矣。余每以事务羁身，久未作郊外之游。本年六月八日，以久闻公路建设之善，又以适逢例假，乃作乍浦之游。既至乍浦，又以兴豪意浓，更沿八堡、海宁而抵西湖，计为程凡一百余公里。余等每至一处，辄停车浏览，故九时自上海出发，至下午五时许始抵湖滨。余每以为世人只知西湖之丽，而不知公路所经，更饶清兴，故特撰此文，用资宣扬。

八日之晨，自上海愚园路出发。同行者十人，分乘汽车二辆。汽车先一日已驶至车行检理，后轮易以新胎，更携备胎二具及修理应用器具。盖以行程颇长，以防不测于中途也。车中置小篮，盛热咖啡、水果、汽水、三明治等。余等拟于午时抵乍浦，即在彼处作郊宴也。车经徐家汇，窗外景色，已渐呈村落风光。微风拂面，清气醒人，前时在沪所吸之浊气，为之一吐。心胸之爽，有非笔墨所能描绘者。

迨至沪杭公路之起点，迎面有大木坊一架。柱端注明由沪至杭之正确路程。惜车行颇速，未遑细辨。彼面则大书"欢迎到上海市"六字。想市杭人士，于工余之暇，作沪上游者，行

---

[*] 蒋学桢，民国时期人物，生卒年不详。

经此坊，睹此白地青书之大字，念东方最繁荣之都市，近在咫尺，意兴之得，为何如耶。

上海近郊，尚数见工厂巨屋。更行数里，则两旁尽系乡村风景：竹篱茅舍，掩映于青树红花之丛；犬吠牛鸣，隐约于阡陌曲径之间。平原千里，野绿照眼。惟工作于田畴中者，多妇人幼童，白巾缠头，裙带当风，年壮力强者，则未之一见。余以乡间男人，素称勤劳，何以今者匿迹不见。继乃悟今日中国之现状，实一畸形之发展。都会城市之进展，美埒欧美，而乡村生活，一仍其千百年之旧。故乡中非无壮丁，惟或以农事艰苦，孜孜终年，所得尚不敷饱暖，又以都市工厂之利诱，于是群弃锄犁稼穑之具，谋生于上海，洒汗机轮之侧，涂血烈焰之中。昔日良田，不得已乃嘱之妇人童子噫。即此一端，已足窥吾国农村破产之衰兆矣。

十时许抵闵行。先余者已有汽车十余辆。余等出发颇早，迟迟至此时始抵此处，盖沿途时作勾留，摄影于路旁，或则至农家少息，聆其谈春耘秋收。余等多御西服。农人恒目之为洋人，继则悟其非，则又笑谈如初。余等在闵行轮渡处购票二券，十余辆汽车乃鱼贯驶登汽艇。艇颇宽广，约可容车二十辆。笛声鸣后，乃渐渐驶向彼岸。此段水面颇广，船只之来往者亦颇多。艇首设小楼。余登楼远瞩，数十里之风物，尽在眼底。汽艇鼓轮前进，约五分钟即抵对岸。尝忆公路未成之前，马迪君曾邀各报记者数人，作试车之壮举。惟彼时轮渡尚未竣工，故于闵行一段，颇多困难。今则汽车直驶登轮，乘客可坐于车中，到达彼岸时，即复上道。困易之别，不啻天壤矣。

自闵行始，路较前者为狭，且地铺煤屑。十余辆汽车，行驶其上，尘灰乃大作。诸车皆欲争先以为乐。前闻他人言，沪杭公路上，狗尸独多，皆车行过速，不及避而被辗死者，实则狗命犹贱，人命斯可贵耳。二车竞赛，每以道狭多曲折，沦于覆亡之祸者，伙矣。以余所闻知，亦已数起。夫郊游本属娱乐，若徒藉一时之虚荣，以竞车为乐者，则肇祸之因，固已寓种于斯矣。

自此以往，景物渐入佳境。车经柘林金山卫后，亦略见小山四五。有一山颇低小，类丘，惟面积则甚广。山上别无他物，惟有累累石洞，状如蜂窠。山石多作深红，磷砺攒耸，为状颇怪。询之乡人，始知此山名独山，累累者，皆坟墓也。余闭目遐思，想严寒肃杀之夜，天风撼木，暴雨飘忽，怨鬼泣血，孤魄吟风，魂啸于山端，灵匿于石后，凄惨之景，中人宁勿心裂耶？然张目四瞩，则日光方寓于山次，鹧鸪黄莺之属，回旋乱石之间，细声沥沥，为状则又颇和畅煦乐也。

独山与乍浦之间，别有支路通黄山。余等以呕欲先至乍浦，故未游览。失胜景于交臂，为可惜耳。闻中国旅行社将设旅馆于彼山，则他日之游，当可便利多多矣。

未至乍浦，已觉海风迎人。盖不数里者，杭州湾将在望矣。乍浦有灌汽油之处，余等在彼等少息。街道附近，亦有菜馆之属，惟颇简陋污浊。考乍浦地滨杭州湾，先总理曾拟于在南建筑东方大港。良以其扼上海之咽喉，得海运之便宜，且港口近旁，并无挟泥之水，以之为海港，实远胜上海也。其计划书言东方大港，当位于乍浦岬与澉浦岬之间，两点距离，约十五英里，以海堤互通。而于乍浦一端，离山数百尺之处，开一缺口，以为港之正门。在杭州湾中，此港正门，实为最深之部分。由此正门，出至公海，平均低潮水深三十六尺至四十二尺，故最大航洋之船，亦可随时进出。依先总理之计划，此港将成中国中部第一海港。惟乍浦现状，市面颇萧条，且筑堤开港，所费甚巨，以今日之中国言之，而欲海港之成，为势亦非易也。

余等既抵乍浦，以无相当地供郊宴之用，闻距海滨仅十六公里，故又复上道。海滨设有泰山海浴场。地民幽雅，且有凉台颇宽广，可为进膳之地。时先余者已有二法兰西人及一妇人，皆衣浴衣，方饮冰于廊下。余等既入，即以桌椅相让，颇彬彬有君子之风。略事交谈，则知此三人先一日已来此处，夜间即宿于是。此来专为作日光浴于海次，以舒筋骨。余等以车中汽油殆尽，商之于彼，继则知彼等汽油亦无多，惟颇愿效奔走之劳，载余等二三人返乍浦，再市汽油回海滨。方犹豫间，合众汽车公司之修理车适经此地。余等急以手止之。彼车中贮油多，似专用以供游客之需者。余等售油八加仑。时汽油之问题既解，饥肠忽辘辘大鸣。盖自早及此，除途中略进汽水外，固未食他物也。且沿路随处浏览，亦觉困乏，于是即在车中取出携来之食物，大嚼于廊次，乐乃无艺。栏外黄沙照眼，远处群山环水若半屏，青峰掩云，苍然若有仙气。鸥鸟四五，掠翅于绿波之上，白羽临光，点点乃作银色。目光所及，方数十里中，别无他物，而四周静寂，又若置身寺院。杨衒之洛阳伽蓝记所言："路断飞尘，不由奔云之润。清风送凉，岂藉合观之发。"此之谓欤！

餐毕后，驶至山麓海滨。西人之浴于彼处者颇众。且多有作日光浴者，仰卧沙上，别以小巾掩目。察其肤色，则已灿然作棕黑色，体格之壮健，洵可佩也。此行所见，西人特多。吾国人每逢例假，辄喜涉足歌场影院，喷烟为雾，吐气成云；非然，则一枕高卧，日以继夜；又非然者，则逍遥红楼，纵乐青馆，败身之烈，莫此为甚。吾人恒羡西人男女之体格，以为特受之于天。实则西人无时不作身体之训练。其羁于事务者，则每逢例假，亦必郊外踏青，以舒胸襟。然则壮健之由，固非无因也。

余等在海滨勾留凡三小时。同行等以意兴颇浓，欲更穷公路之彼端，以抵杭州，且汽油已足，无虞途中不测。于是又登车南向，以西子湖为目标矣。

自海盐至海宁，公路皆沿水而行。堤上绿树成行，绿树外，耀然如白鳞者，杭州湾之银波也。车经澉浦，沿水盐田千亩，一望无垠，类阳春之白雪。其小规模者，则以木方盘盛江水，曝于日光下，晶然亦作霜层。余等询之农人，则言如天气晴朗，一日即可成盐，且絮絮道制作之过程。彼处农家颇清洁有序，农民亦忠厚可亲。

自澉浦向西南，则抵八堡。八堡在海宁之上，秋季水涨时，白浪翻雪，潮景实较海宁为胜。昔日曾自西湖乘车赴八堡观潮。潮来时，远望如白练。水声汹涌，随风送至耳边，乃如春雷隐作。八堡堤岸凡二叠，潮盛时可涌至上堤。惜余上次所观者，高不过数丈，尚未能睹壮伟之胜也。

海宁距八堡非遥，余等转瞬间即至。考浙江长不过千里，而随地易名。江之以浙名者，以其多曲折故也。浙江之近杭垣者曰钱塘江；富阳附近曰富春江；桐庐附近曰桐江；螺蛳滩附近曰七里泷；更上则为兰溪。钱塘江之水，以雄伟称；绿波万顷，一望无际。龙门王勃所谓"落霞孤鹜，秋水长天"之景，实不难于此处见之。富春江、桐江一段，则清秀妍丽，恍然如画，而山半水次之媚气，益复荡人心曲。至七里泷，则江面益狭多曲折，湍急滩浅，景物乃益胜。江水道万山中，山不峭而堑，有时舟行其间，前若有阻，旋复得路，想瞿塘巫峡之险，当亦不过于此也。

海宁堤上有镇之海犀牛、观潮亭及中山纪念亭。堤岸之建筑颇雄伟。立于其上，披襟当风，飘然兴出世之想。时中天初无片云，惟江水负日，翁然乃有雾气。雾断处，渔舟三四，方操棹北驶，白帆御风，履波若履平镜。余以若能滨水筑一小庐，逢醉染霜林之季，扫石安棋，分泉递酒，兰叶露光，候秋月于水上；芦花风起，闻夜潮于枕边，幽闲之乐，当亦不让于严光之清风也。

自海宁至西湖湖滨，为时甚速。以车中劳顿，颇思及早赶至西湖休息也。杭垣之外，沿路皆植竹，微风穿叶，幽然作细声。余等五时许抵湖滨，辟二室于西湖饭店。略事休息后，即雇舟泛湖。

次日之晨，乘车沿湖滨回旋。次复抵灵隐。时因香期已过，游人甚稀。忆上次来杭，寓于韬光径别庄。适逢春游之会，佛殿僧堂，青烟幻雾，山门石径，冠盖如云。而曾几何时，门罕观光之彦，野绝动轮之客。水旁亭边，伧夫捕蛇。摊棚茶铺，俗贩昼寝。而钟声梵唱，回翔于青树之表，益兴寂寞之绪。今昔沧桑，又能不动于中乎。

九时十分自灵隐出发，即复上沪杭公路之大道。中途曾在乍浦少停，下午一时三十五抵上海。

原载民国二十三年（1934）《旅行杂志》第8卷第10号，有改动

归国杂感

胡　适[*]

　　我在美国动身的时候，有许多朋友对我道："密斯忒胡，你和中国别了七个足年了，这七年之中，中国已经革了三次的命，朝代也换了几个了。真个是一日千里的进步，你回去时，恐怕要不认得那七年前的老大帝国了。"我笑着对他们说道："列位不用替我担忧。我们中国正恐怕进步太快，我们留学生回去要不认得他了，所以他走上几步，又退回几步。他正在那里回头等我们回去认旧相识呢。"

　　这话并不是戏言，乃是真话。我每每劝人回国时莫存大希望：希望越大，失望越大。所以我自己回国时，并不曾怀什么大希望。果然船到了横滨，便听得张勋复辟的消息。如今在中国已住了四个月了，所见所闻，果然不出我所料。七年没见面的中国还是七年前的老相识！到上海的时候，有一天，有一位朋友拉我到大舞台去看戏。我走进去坐了两点钟，出来的时候，对我的朋友说道："这个大舞台真正是中国的一个绝妙的缩本模型。你看这大舞台三个字岂不很新？外面的房屋岂不是洋房？里面的座位和戏台上的布景装潢又岂不是西洋新式？但

---

[*]　胡适（1891—1962），思想家、文学家、哲学家，以倡导"白话文"、领导新文化运动闻名于世。

是做戏的人都不过是赵如泉、沈韵秋、万盏灯、何家声、何金寿这些人。没有一个不是二十年前的旧古董！我十三岁到上海的时候，他们已成了老角色了。如今又隔了十三年了，却还是他们在台上撑场面。这十三年造出来的新角色都到哪里去了呢？你再看那台上做的《举鼎观画》。那祖先堂上的布景，岂不很完备？只是那小薛蛟拿了那老头儿的书信，就此跨马加鞭，却忘记了台上布的景是一座祖先堂！又看那出《四进士》。台上布景，明明有了门了，那宋士杰却还要做手势去关那没有的门！上公堂时，还要跨那没有的门槛！你看这二十年前的旧古董，在二十世纪的大舞台上做戏；装上了二十世纪的新布景，却偏要做那二十年前的旧手脚！这不是一幅绝妙的中国现势图吗？"

我在上海住了十二天，在内地住了一个月，在北京住了两个月，在路上走了二十天，看了两件大进步的事：第一件是"三炮台"的纸烟，居然行到我们徽州去了；第二件是"扑克"牌居然比麻雀牌还要时髦了。"三炮台"纸烟还不算希奇，只有那"扑克"牌何以会这样风行呢？有许多老先生向来学A、B、C、D，是很不行的，如今打起"扑克"来，也会说"恩德""累死""接客倭彭"了！这些怪不好记的名词，何以会这样容易上口呢？他们学这些名词这样容易，何以学正经的A、B、C、D，又那样蠢呢？我想这里面很有可以研究的道理。新思想行不到徽州，恐怕是因为新思想没有"三炮台"那样中吃罢？A、B、C、D，不容易教，恐怕是因为教的人不得其法吧？

我第一次走过四马路，就看见了三部教"扑克"的书。我心想"扑克"的书已有这许多了，那别种有用的书，自然更不少了，所以我就花了一天的工夫，专去调查上海的出版界。

我是学哲学的，自然先寻哲学的书。不料这几年来，中国竟可以算得没有出过一部哲学书。找来找去，找到一部《中国哲学史》，内中王阳明占了四大页，《洪范》倒占了八页！还说了些"孔子既受天之命""与天地合德"的话。又看见一部《韩非子精华》，删去了《五蠹》和《显学》两篇，竟成了一部"韩非子糟粕"了。文学书内，只有一部王国维的《宋元戏曲史》是很好的，又看见一家书目上有翻译的莎士比亚剧本，找来一看，原来把会话体的戏剧，都改作了《聊斋志异》体的叙事古文！又看见一部《妇女文学史》，内中苏蕙的回文诗足足占了六十页！又看见《饮冰室丛著》内有《墨学微》一书，我是喜欢看看墨家的书的人，自然心中很高兴。不料抽出来一看，原来是任公先生十四年前的旧作，不曾改了一个字！此外只有一部《中国外交史》，可算是一部好书，如今居然到了三版了。这件事还可以使人乐观。此外那些新出版的小说，看来看去，实在找不出一部可看的小说。有人对我说，如今最风行的是一部《新华春梦记》，这也可想见中国小说界的程度了。

总而言之，上海的出版界——中国的出版界——这七年来简直没有两三部以上可看的书！不但高等学问的书一部都没有，就是要找一部轮船上、火车上消遣的书，也找不出！（后来我寻来寻去，只寻得一部吴稚晖先生的《上下古今谈》，带到芜湖路上去看）我看了这个怪现状，真可以放声大哭。如今的中国人，肚子饿了，还有些施粥的厂把粥给他们吃。只是那些脑子叫饿的人可真没有东西吃了。难道可以把些《九尾龟》《十尾龟》来充饥吗？

中文书籍既是如此，我又去调查现在市上最通行的英文书籍。看来看去，都是些什么莎士比亚的《威尼斯商人》《麦克自传》，阿狄生的《文报选录》，戈司密的《威克斐牧师》，欧文的《见闻杂记》……大概都是些十七世纪十八世纪的书。内中有几部十九世纪的书，也不过是欧文、狄更斯、司各脱、麦考来几个人的书，都是和现在欧美的新思潮毫无关系的。怪不得我后来问起一位有名的英文教习，竟连Bernard Shaw的名字也不曾听见过，不要说Tchekoff和Andreyev了。我想这都是现在一班教会学堂出身的英文教习的罪过。这些英文教习，只会用他们先生教过的课本。他们的先生又只会用他们先生的先生教过的课本。所以现在中国学堂所用的英文书籍，大概都是教会先生的太老师或太太老师们教过的课本！怪不得和现在的思想潮流绝无关系了。

有人说，思想是一件事，文学又是一件事，学英文的人何必要读与现代新思潮有关系的书呢？这话似乎有理，其实不然。我们中国人学英文，和英国、美国的小孩子学英文，是两样的。我们学西洋文字，不单是要认得几个洋字，会说几句洋话，我们的目的在于输入西洋的学术思想。所以我以为中国学校教授西洋文字，应该用一种"一箭射双雕"的方法，把"思想"和"文字"同时并教。例如教散文，与其用欧文的《见闻杂记》，或阿狄生的《文报选录》，不如用赫胥黎的《进化杂论》。又如教戏曲，与其教莎士比亚的《威尼斯商人》，不如用Bernard Shaw的Androcles and the Lion，或是GaIsworthy的Strife或Justice。又如教长篇的文字，与其教麦考来的《约翰生行述》，不如教密尔的《群己权界论》。……我写到这里，忽然想起日本东京丸善书店的英文书目。那书目上，凡是英美两国一年前出版的新书，大概都有。我把这书目和商务书馆与伊文思书馆的书目一比较，我几乎要羞死了。

我回中国所见的怪现状，最普通的是"时间不值钱"。中国人吃了饭没有事做，不是打麻雀，便是打"扑克"。有的人走上茶馆，泡了一碗茶，便是一天了。有的人拿一只鸟儿到处逛逛，也是一天了。更可笑的是朋友去看朋友，一坐下便生了根了，再也不肯走。有事商议，或是有话谈论，倒也罢了。其实并没有可议的事，可说的话。我有一天在一位朋友处有事，忽然来了两位客，是××馆的人员。我的朋友走出去会客，我因为事没有完，便在他房里等他。我以为这两位客一定是来商议这××馆中什么要事的。不料我听得他们开口道："××先生，今回是打津浦火车来的，还是坐轮船来的？"我的朋友说是坐轮船来的。这两位客接着便说轮船怎样不便，怎样迟缓。又从轮船上谈到铁路上，从铁路上又谈到现在中交两银行的钞洋跌价。因此又谈到梁任公的财政本领，又谈到梁士诒的行踪去迹……谈了一点多钟，没有谈上一句要紧的话。后来我等的没法了，只好叫听差去请我的朋友。那两位客还不知趣，不肯就走。我不得已，只好跑了，让我的朋友去领教他们的"二梁优劣论"吧！

美国有一位大贤名富兰克林（Benjamin Franklin）的，曾说道："时间乃是造成生命的东西。"时间不值钱，生命自然也不值钱了。上海那些拣茶叶的女工，一天拣到黑，至多不过得二百个钱，少的不过得五六十钱！茶叶店的伙计，一天做十六七点钟的工，一个月平均只拿得两三块钱！还有那些工厂的工人，更不用说了。还有那些更下等，更苦痛的工作，更不用说了。人力那样不值钱，所以卫生也不讲究，医药也不讲究。我在北京上海看那些小店铺里和穷人家里的种种不卫生，真是一种黑暗世界。至于道路的不洁净，瘟疫的流行，更不消说了。最可怪的是无论阿猫阿狗都可挂牌医病，医死了人，也没有人怨恨，也没有人干涉。人命的不值钱，真可算得到了极端了。

　　现今的人都说教育可以救种种的弊病。但是依我看来，中国的教育，不但不能救亡，简直可以亡国。我有十几年没到内地去了，这回回去，自然去看看那些学堂。学堂的课程表，看来何尝不完备？体操也有，图画也有，英文也有，那些国文、修身之类，更不用说了。但是学堂的弊病，却正在这课程完备上。例如我们家乡的小学堂，经费自然不充足了，却也要每年花六十块钱去请一个中学堂学生兼教英文唱歌。又花二十块钱买一架风琴。我心想，这六十块一年的英文教习，能教什么英文？教的英文，在我们山里的小地方，又有什么用处？至于那音乐一科，更无道理了。请问那种学堂的音乐，还是可以增进"美感"呢？还是可以增进音乐知识呢？若果然要教音乐，为什么不去村乡里找一个会吹笛子的唱昆腔的人来教？为什么一定要用那实在不中听的二十块钱的风琴呢？那些穷人的子弟学了音乐回家，能买得起一架风琴来练习他所学的音乐知识吗？我真是莫名其妙了；所以我在内地常说："列位办学堂，尽不必问教育部规程是什么，需先问这块地方上最需要的是什么。譬如我们这里最需要的是农家常识，蚕桑常识，商业常识，卫生常识，列位却把修身教科书去教他们做圣贤！又把二十块钱的风琴去教他们学音乐！又请一位六十块钱一年的教习教他们的英文！列位且自己想想看，这样的教育，造得出怎么样的人才？所以我奉劝列位办学堂，切莫注重课程的完备，需要注意课程的实用。尽不必去巴结视学员，且去巴结那些小百姓。视学员说这个学堂好，是没有用的，需要小百姓都肯把他们的子弟送来上学，那才是教育有成效了。"

　　以上说的是小学堂。至于那些中学校的成绩，更可怕了。我遇见一位省立法政学堂的本科学生，谈了一会，他忽然问道："听说东文是和英文差不多的，这话可真吗？"我已经大诧异了。后来他听我说日本人总有些岛国的习气，忽然问道："原来日本也在海岛上吗？"……这个固然是一个极端的例。但是如今中学堂毕业的人才，高又高不得，低又低不得，竟成了一种无能的游民。这都由于学校里所教的功课，和社会上的需要毫无关涉。所以学校只管多，教育只管兴，社会上的工人、伙计、账房、警察、兵士、农夫……还只是用没有受过教育的人。社会所需要的是做事的人才，学堂所造成的是不会做事又不肯做事的人才，这种教育不是亡国的教育吗？

我说我的《归国杂感》，提起笔来，便写了三四千字。说的都是些很可以悲观的话。但是我却并不是悲观的人。我以为这二十年来中国并不是完全没有进步，不过惰性太大，向前三步又退回两步，所以到如今还是这个样子。我这回回家寻出了一部叶德辉的《翼教丛编》，读了一遍，才知道这二十年的中国实在已经有了许多大进步。不到二十年前，那些老先生们，如叶德辉、王益吾之流，出了死力去驳康有为，所以这书叫做《翼教丛编》。我们今日也痛骂康有为。但二十年前的中国，骂康有为太新；二十年后的中国，却骂康有为太旧。如今康有为没有皇帝可保了，很可以做一部《翼教续编》来骂陈独秀了。这两部"翼教"的书的不同之处，便是中国二十年来的进步了。

上海文艺之一瞥

——八月十二日在社会科学研究会讲

鲁 迅[*]

上海过去的文艺，开始的是《申报》。要讲《申报》，是必须追溯到六十年以前的，但这些事我不知道。我所能记得的，是三十年以前，那时的《申报》，还是用中国竹纸的，单面印，而在那里做文章的，则多是从别处跑来的"才子"。

那时的读书人，大概可以分他为两种，就是君子和才子。君子是只读四书五经，做八股，非常规矩的。而才子却此外还要看小说，例如《红楼梦》，还要做考试上用不着的古今体诗之类。这是说，才子是公开地看《红楼梦》的，但君子是否在背地里也看《红楼梦》，则我无从知道。有了上海的租界，——那时叫作"洋场"，也叫"夷场"，后来有怕犯讳的，便往往写作"彝场"——有些才子们便跑到上海来，因为才子是旷达的，哪里都去；君子则对于外国人的东西总有点厌恶，而且正在想求正路的功名，所以决不轻易地乱跑。孔子曰，"道不行，乘桴浮于海"，从才子们看来，就是有点才子气的，所以君子们的行径，在才子就谓之"迂"。

---

[*] 鲁迅（1881—1936），著名文学家、思想家，五四新文化运动的重要参与者，中国现代文学的奠基人。

才子原是多愁多病，要闻鸡生气，见月伤心的。一到上海，又遇见了婊子。去嫖的时候，可以叫十个二十个的年青姑娘聚集在一处，样子很有些像《红楼梦》，于是他就觉得自己好像贾宝玉；自己是才子，那么婊子当然是佳人，于是才子佳人的书就产生了。内容多半是，惟才子能怜这些风尘沦落的佳人，惟佳人能识坎坷不遇的才子，受尽千辛万苦之后，终于成了佳偶，或者是都成了神仙。

他们又帮申报馆印行些明清的小品书出售，自己也立文社，出灯谜，有入选的，就用这些书做赠品，所以那流通很广远。也有大部书，如《儒林外史》《三宝太监西洋记》《快心编》等。现在我们在旧书摊上，有时还看见第一页印有"上海申报馆仿聚珍板印"字样的小本子，那就都是的。

佳人才子的书盛行的好几年，后一辈的才子的心思就渐渐改变了。他们发见了佳人并非因为"爱才若渴"而做婊子的，佳人只为的是钱。然而佳人要才子的钱，是不应该的，才子于是想了种种制伏婊子的妙法，不但不上当，还占了她们的便宜，叙述这各种手段的小说就出现了，社会上也很风行，因为可以做嫖学教科书去读。这些书里面的主人公，不再是才子＋（加）呆子，而是在婊子那里得了胜利的英雄豪杰，是才子＋流氓。

在这之前，早已出现了一种画报，名目就叫《点石斋画报》，是吴友如主笔的，神仙人物，内外新闻，无所不画，但对于外国事情，他很不明白，例如画战舰吧，是一只商船，而舱面上摆着野战炮；画决斗则两个穿礼服的军人在客厅里拔长刀相击，至于将花瓶也打落跌碎。然而他画"老鸨虐妓""流氓拆梢"之类，却实在画得很好的，我想，这是因为他看得太多了的缘故；就是在现在，我们在上海也常常看到和他所画一般的脸孔。这画报的势力，当时是很大的，流行各省，算是要知道"时务"——这名称在那时就如现在之所谓"新学"——的人们的耳目。前几年又翻印了，叫作《吴友如墨宝》，而影响到后来也实在利害，小说上的绣像不必说了，就是在教科书的插画上，也常常看见所画的孩子大抵是歪戴帽，斜视眼，满脸横肉，一副流氓气。在现在，新的流氓画家又出了叶灵凤先生，叶先生的画是从英国的毕亚兹莱（Aubrey Beardsley）剥来的，毕亚兹莱是"为艺术的艺术"派，他的画极受日本的"浮世绘"（Ukiyoe）的影响。浮世绘虽是民间艺术，但所画的多是妓女和戏子，胖胖的身体，斜视的眼睛——Erotic（色情的）眼睛。不过毕亚兹莱画的人物却瘦瘦的，那是因为他是颓废派（Decadence）的缘故。颓废派的人们多是瘦削的，颓丧的，对于壮健的女人他有点惭愧，所以不喜欢。我们的叶先生的新斜眼画，正和吴友如的老斜眼画合流，那自然应该流行好几年。但他也并不只画流氓的，有一个时期也画过普罗列塔利亚，不过所画的工人也还是斜视眼，伸着特别大的拳头。但我以为画普罗列塔利亚应该是写实的，照工人原来的面貌，并不须画得拳头比脑袋还要大。

现在的中国电影，还在很受着这"才子＋流氓"式的影响，里面的英雄，作为"好人"的英雄，也都是油头滑脑的，和一些住惯了上海，晓得怎样"拆梢""揩油""吊膀子"的滑头少年一样。看了之后，令人觉得现在倘要做英雄，做好人，也必须是流氓。

才子＋流氓的小说，但也渐渐地衰退了。那原因，我想，一则因为总是这一套老调子——妓女要钱，嫖客用手段，原不会写不完的；二则因为所用的是苏白，如什么倪＝我，耐＝你，阿是＝是否之类，除了老上海和江浙的人们之外，谁也看不懂。

　　然而才子＋佳人的书，却又出了一本当时震动一时的小说，那就是从英文翻译过来的《迦茵小传》（H.R.Haggard：Joan Haste）。但只有上半本，据译者说，原本从旧书摊上得来，非常之好，可惜觅不到下册，无可奈何了。果然，这很打动了才子佳人们的芳心，流行得很广很广。后来还至于打动了林琴南先生，将全部译出，仍旧名为《迦茵小传》。而同时受了先译者的大骂，说他不该全译，使迦茵的价值降低，给读者以不快的。于是才知道先前之所以只有半部，实非原本残缺，乃是因为记着迦茵生了一个私生子，译者故意不译的。其实这样的一部并不很长的书，外国也不至于分印成两本。但是，即此一端，也很可以看出当时中国对于婚姻的见解了。

　　这时新的才子＋佳人小说便又流行起来，但佳人已是良家女子了，和才子相悦相恋，分拆不开，柳阴花下，像一对胡蝶，一双鸳鸯一样，但有时因为严亲，或者因为薄命，也竟至于偶见悲剧的结局，不再都成神仙了，——这实在不能不说是一个大进步。到了近来是在制造兼可擦脸的牙粉了的天虚我生先生所编的月刊杂志《眉语》出现的时候，是这鸳鸯蝴蝶式文学的极盛时期。后来《眉语》虽遭禁止，势力却并不消退，直待《新青年》盛行起来，这才受了打击。这时有伊孛生的剧本的绍介和胡适之先生的《终身大事》的别一形式的出现，虽然并不是故意的，然而鸳鸯蝴蝶派作为命根的那婚姻问题，却也因此而诺拉（Nora）似的跑掉了。

　　这后来，就有新才子派的创造社的出现。创造社是尊贵天才的，为艺术而艺术的，专重自我的，崇创作，恶翻译，尤其憎恶重译的，与同时上海的文学研究会相对立。那出马的第一个广告上，说有人"垄断"着文坛，就是指着文学研究会。文学研究会却也正相反，是主张为人生的艺术的，是一面创作，一面也看重翻译的，是注意于绍介被压迫民族文学的，这些都是小国度，没有人懂得他们的文字，因此也几乎全都是重译的。并且因为曾经声援过《新青年》，新仇夹旧仇，所以文学研究会这时就受了三方面的攻击。一方面就是创造社，既然是天才的艺术，那么看那为人生的艺术的文学研究会自然就是多管闲事，不免有些"俗"气，而且还以为无能，所以倘被发现一处误译，有时竟至于特做一篇长长的专论。一方面是留学过美国的绅士派，他们以为文艺是专给老爷太太们看的，所以主角除老爷太太之外，只配有文人、学士、艺术家、教授、小姐等等，要会说Yes，No，这才是绅士的庄严，那时吴苾先生就曾经发表过文章，说是真不懂为什么有些人竟喜欢描写下流社会。第三方面，则就是以前说过的鸳鸯蝴蝶派，我不知道他们用的是什么方法，到底使书店老板将编辑《小说月报》的一个文学研究会会员撤换，还出了《小说世界》，来流布他们的文章。这一种刊物，是到了去年才停刊的。

创造社的这一战，从表面看来，是胜利的。许多作品，既和当时的自命才子们的心情相合，加以出版者的帮助，势力雄厚起来了。势力一雄厚，就看见大商店如商务印书馆，也有创造社员的译著的出版，——这是说，郭沫若和张资平两位先生的稿件。这以来，据我所记得，是创造社也不再审查商务印书馆出版物的误译之处，来作专论了。这些地方，我想，是也有些才子＋流氓式的。然而，"新上海"是究竟敌不过"老上海"的，创造社员在凯歌声中，终于觉到了自己就在做自己们的出版者的商品，种种努力，在老板看来，就等于眼镜铺大玻璃窗里纸人的眼，不过是"以广招徕"。待到希图独立出版的时候，老板就给吃了一场官司，虽然也终于独立，说是一切书籍，大加改订，另行印刷，从新开张了，然而旧老板却还是永远用了旧版子，只是印、卖，而且年年是什么纪念的大廉价。

商品固然是做不下去的，独立也活不下去。创造社的人们的去路，自然是在较有希望的"革命策源地"的广东。在广东，于是也有"革命文学"这名词的出现，然而并无什么作品，在上海，则并且还没有这名词。

到了前年，"革命文学"这名目这才旺盛起来了，主张的是从"革命策源地"回来的几个创造社元老和若干新份子。革命文学之所以旺盛起来，自然是因为由于社会的背景，一般群众、青年有了这样的要求。当从广东开始北伐的时候，一般积极的青年都跑到实际工作去了，那时还没有什么显著的革命文学运动，到了政治环境突然改变，革命遭了挫折，阶级的分化非常显明，国民党以"清党"之名，大戮共产党及革命群众，而死剩的青年们再入于被迫压的境遇，于是革命文学在上海这才有了强烈的活动。所以这革命文学的旺盛起来，在表面上和别国不同，并非由于革命的高扬，而是因为革命的挫折。虽然其中也有些是旧文人解下指挥刀来重理笔墨的旧业，有些是几个青年被从实际工作排出，只好借此谋生，但因为实在具有社会的基础，所以在新份子里，是很有极坚实正确的人存在的。但那时的革命文学运动，据我的意见，是未经好好的计划，很有些错误之处的。例如，第一，他们对于中国社会，未曾加以细密的分析，便将在苏维埃政权之下才能运用的方法，来机械地运用了。再则他们，尤其是成仿吾先生，将革命使一般人理解为非常可怕的事，摆着一种极"左"倾的凶恶的面貌，好似革命一到，一切非革命者就都得死，令人对革命只抱着恐怖。其实革命是并非教人死而是教人活的。这种令人"知道点革命的厉害"，只图自己说得畅快的态度，也还是中了才子＋流氓的毒。

激烈得快的，也平和得快，甚至于也颓废得快。倘在文人，他总有一番辩护自己的变化的理由，引经据典。譬如说，要人帮忙时候用克鲁巴金的互助论，要和人争闹的时候就用达尔文的生存竞争说。无论古今，凡是没有一定的理论，或主张的变化并无线索可寻，而随时拿了各种各派的理论来作武器的人，都可以称之为流氓。例如上海的流氓，看见一男一女的乡下人在走路，他就说，"喂，你们这样子，有伤风化，你们犯了法了！"他用的是中国法。倘看见一个乡下人在路旁小便呢，他就说，"喂，这是不准的，你犯了法，该捉到捕房去！"这时所用的又是外国法。但结果是无所谓法不法，只要被他敲去了几个钱就都完事。

在中国，去年的革命文学者和前年很有点不同了。这固然由于境遇的改变，但有些"革命文学者"的本身里，还藏着容易犯到的病根。"革命"和"文学"，若断若续，好像两只靠近的船，一只是"革命"，一只是"文学"，而作者的每一只脚就站在每一只船上面。当环境较好的时候，作者就在革命这一只船上踏得重一点，分明是革命者，待到革命一被压迫，则在文学的船上踏得重一点，他变了不过是文学家了。所以前年的主张十分激烈，以为凡非革命文学，统得扫荡的人，去年却记得了列宁爱看冈却罗夫（I.A.Gontcharov）的作品的故事，觉得非革命文学，意义倒也十分深长；还有最彻底的革命文学家叶灵凤先生，他描写革命家，彻底到每次上茅厕时候都用我的《呐喊》去揩屁股，现在却竟会莫名其妙地跟在所谓民族主义文学家屁股后面了。

类似的例，还可以举出向培良先生来，在革命渐渐高扬的时候，他是很革命的；他在先前，还曾经说，青年人不但嗥叫，还要露出狼牙来。这自然也不坏，但也应该小心，因为狼是狗的祖宗，一到被人驯服的时候，是就要变而为狗的，向培良先生现在在提倡人类的艺术了，他反对有阶级的艺术的存在，而在人类中分出好人和坏人来，这艺术是"好坏斗争"的武器。狗也是将人分为两种的，豢养它的主人之类是好人，别的穷人和乞丐在它的眼里就是坏人，不是叫，便是咬。然而这也还不算坏，因为究竟还有一点野性，如果再一变而为吧儿狗，好像不管闲事，而其实在给主子尽职，那就正如现在的自称不问俗事的为艺术而艺术的名人们一样，只好去点缀大学教室了。

这样的翻着筋斗的小资产阶级，即使是在做革命文学家，写着革命文学的时候，也最容易将革命写歪；写歪了，反于革命有害，所以他们的转变，是毫不足惜的，当革命文学的运动勃兴时，许多小资产阶级的文学家忽然变过来了，那时用来解释这现象的，是突变之说。但我们知道，所谓突变者，是说A要变B，几个条件已经完备，而独缺其一的时候，这一个条件一出现，于是就变成了B。譬如水的结冰，温度须到零点，同时又须有空气的振动，倘没有这，则即便到了零点，也还是不结冰，这时空气一振动，这才突变而为冰了。所以外面虽然好像突变，其实是并非突然的事。倘没有应具的条件的，那就是即使自说已变，实际上却并没有变，所以有些忽然一天晚上自称突变过来的小资产阶级革命文学家，不久就又突变回去了。

去年左翼作家联盟在上海的成立，是一件重要的事实。因为这时已经输入了蒲力汗诺夫、卢那卡尔斯基等的理论，给大家能够互相切磋，更加坚实而有力，但也正因为更加坚实而有力了，就受到世界上古今所少有的压迫和摧残，因为有了这样的压迫和摧残，就使那时以为左翼文学将大出风头，作家就要吃劳动者供献上来的黄油面包了的所谓革命文学家立刻现出原形，有的写悔过书，有的是反转来攻击左联，以显出他今年的见识又进了一步。这虽然并非左联直接的自动，然而也是一种扫荡，这些作者，是无论变与不变，总写不出好的作品来的。

但现存的左翼作家，能写出好的无产阶级文学来么？我想，也很难。这是因为现在的左翼作家还都是读书人——智识阶级，他们要写出革命的实际来，是很不容易的缘故。日本的厨川白村（H.Kuriyakawa）曾经提出过一个问题，说：作家之所以描写，必得是自己经验过的么？他自答道，不必，因为他能够体察。所以要写偷，他不必亲自去做贼，要写通奸，他不必亲自去私通。但我以为这是因为作家生长在旧社会里，熟悉了旧社会的情形，看惯了旧社会的人物的缘故，所以他能够体察；对于和他向来没有关系的无产阶级的情形和人物，他就会无能，或者弄成错误的描写了。所以革命文学家，至少是必须和革命共同着生命，或深切地感受着革命的脉搏的。（最近左联提出了"作家的无产阶级化"的口号，就是对于这一点的很正确的理解）

在现在中国这样的社会中，最容易希望出现的，是反叛的小资产阶级的反抗的，或暴露的作品。因为他生长在这正在灭亡着的阶级中，所以他有甚深的了解，甚大的憎恶，而向这刺下去的刀也最为致命与有力。固然，有些貌似革命的作品，也并非要将本阶级或资产阶级推翻，倒在憎恨或失望于他们的不能改良，不能较长久地保持地位，所以从无产阶级的见地看来，不过是"兄弟阋于墙"，两方一样是敌对。但是，那结果，却也能在革命的潮流中，成为一粒泡沫的。对于这些的作品，我以为实在无须称之为无产阶级文学，作者也无须为了将来的名誉起见，自称为无产阶级的作家的。

但是，虽是仅仅攻击旧社会的作品，倘若知不清缺点，看不透病根，也就于革命有害，但可惜的是现在的作家，连革命的作家和批评家，也往往不能，或不敢正视现社会，知道它的底细，尤其是认为敌人的底细。随手举一个例罢，先前的《列宁青年》上，有一篇评论中国文学界的文章，将这分为三派，首先是创造社，作为无产阶级文学派，讲得很长，其次是语丝社，作为小资产阶级文学派，可就说得短了，第三是新月社，作为资产阶级文学派，却说得更短，到不了一页。这就在表明：这位青年批评家对于愈认为敌人的，就愈是无话可说，也就是愈没有细看。自然，我们看书，倘看反对的东西，总不如看同派的东西的舒服、爽快、有益，但倘是一个战斗者，我以为，在了解革命和敌人上，倒是必须更多地去解剖当面的敌人的。要写文学作品也一样，不但应该知道革命的实际，也必须深知敌人的情形，现在的各方面的状况，再去断定革命的前途。惟有明白旧的，看到新的，了解过去，推断将来，我们的文学的发展才有希望。我想，这是在现在环境下的作家，只要努力，还可以做得到的。

在现在，如先前所说，文艺是在受着少有的压迫与摧残，广泛地现出了饥馑状态。文艺不但是革命的，连那略带些不平色彩的，不但是指摘现状的，连那些攻击旧来积弊的，也往往就受迫害。这情形，即在说明至今为止的统治阶级的革命，不过是争夺一把旧椅子。去推的时候，好像这椅子很可恨，一夺到手，就又觉得是宝贝了，而同时也自觉得自己正和这"旧的"一气。二十多年前，都说朱元璋（明太祖）是民族的革命者，其实是并不然的，他做了皇帝以后，称蒙古朝为"大元"，杀汉人比蒙古人还利害。奴才做了主人，是决不肯废去"老爷"的称呼的，他的摆架子，恐怕比他的主人还十足，还可笑。这正如上海的工人赚了几文钱，开起小小的工厂来，对付工人反而凶到绝顶一样。

在一部旧的笔记小说——我忘了它的书名了——上，曾经载有一个故事，说明朝有一个武官叫说书人讲故事，他便对他讲檀道济——晋朝的一个将军，讲完之后，那武官就吩咐打说书人一顿，人问他什么缘故，他说道："他既然对我讲檀道济，那么，对檀道济是一定去讲我的了。"现在的统治者也神经衰弱到像这武官一样，什么他都怕，因而在出版界上也布置了比先前更进步的流氓，令人看不出流氓的形式而却用着更厉害的流氓手段：用广告，用诬陷，用恐吓；甚至于有几个文学者还拜了流氓做老子，以图得到安稳和利益。因此革命的文学者，就不但应该留心迎面的敌人，还必须防备自己一面的三翻四复的暗探了，较之简单地用着文艺的斗争，就非常费力，而因此也就影响到文艺上面来。

现在上海虽然还出版着一大堆的所谓文艺杂志，其实却等于空虚。以营业为目的的书店所出的东西，因为怕遭殃，就竭力选些不关痛痒的文章，如说"命固不可以不革，而亦不可以太革"之类，那特色是在令人从头看到末尾，终于等于不看。至于官办的，或对官场去凑趣的杂志呢，作者又都是乌合之众，共同的目的只在捞几文稿费，什么"英国维多利亚朝的文学"呀，"论刘易士得到诺贝尔奖金"呀，连自己也并不相信所发的议论，连自己也并不看重所做的文章。所以，我说，现在上海所出的文艺杂志都等于空虚，革命者的文艺固然被压迫了，而压迫者所办的文艺杂志上也没有什么文艺可见。然而，压迫者当真没有文艺么？有是有的，不过并非这些，而是通电、告示、新闻、民族主义的"文学"、法官的判词等。例如前几天，《申报》上就记着一个女人控诉她的丈夫强迫鸡奸并殴打得皮肤上成了青伤的事，而法官的判词却道，法律上并无禁止丈夫鸡奸妻子的明文，而皮肤打得发青，也并不算毁损了生理的机能，所以那控诉就不能成立。现在是那男人反在控诉他的女人的"诬告"了。法律我不知道，至于生理学，却学过一点，皮肤被打得发青，肺、肝或肠胃的生理的机能固然不至于毁损，然而发青之处的皮肤的生理的机能却是毁损了的。这在中国的现在，虽然常常遇见，不算什么稀奇事，但我以为这就已经能够很明白地知道社会上的一部分现象，胜于一篇平凡的小说或长诗了。

除以上所说之外，那所谓民族主义文学，和闹得已经很久了的武侠小说之类，是也还应该详细解剖的。但现在时间已经不够，只得待将来有机会再讲了。今天就这样为止罢。

原载1931年7月27日、8月3日《文艺新闻》；后编入《二心集》，1932年上海合众书店出版，有改动

上海的少女

鲁　迅

在上海生活，穿时髦衣服的比土气的便宜。如果一身旧衣服，公共电车的车掌会不照你的话停车，公园看守会格外认真地检查入门券，大宅子或大客寓的门丁会不许你走正门。所以，有些人宁可居斗室，喂臭虫，一条洋服裤子却每晚必须压在枕头下，使两面裤腿上的折痕天天有棱角。

然而更便宜的是时髦的女人。这在商店里最看得出：挑选不完，决断不下，店员也还是很能忍耐的。不过时间太长，就须有一种必要的条件，是带着一点风骚，能受几句调笑。否则，也会终于引出普通的白眼来。

惯在上海生活了的女性，早已分明地自觉着这种自己所具的光荣，同时也明白着这种光荣中所含的危险。所以凡有时髦女子所表现的神气，是在招摇，也在固守，在罗致，也在抵御，像一切异性的亲人，也像一切异性的敌人，她在喜欢，也正在恼怒。这神气也传染了未成年的少女，我们有时会看见她们在店铺里购买东西，侧着头，佯嗔薄怒，如临大敌。自然，店员们是能像对于成年的女性一样，加以调笑的，而她也早明白着这调笑的意义。总之：她们大抵早熟了。

然而我们在日报上，确也常常看见诱拐女孩，甚而至于凌辱少女的新闻。

不但是《西游记》里的魔王，吃人的时候必须童男和童女而已，在人类中的富户豪家，也一向以童女为侍奉，纵欲，鸣高，寻仙，采补的材料，恰如食品的餍足了普通的肥甘，就想乳猪芽茶一样。现在这现象并且已经见于商人和工人里面了，但这乃是人们的生活不能顺遂的结果，应该以饥民的掘食草根树皮为比例，和富户豪家的纵恣的变态是不可同日而语的。

但是，要而言之，中国是连少女也进了险境了。

这险境，更使她们早熟起来，精神已是成人，肢体却还是孩子。俄国的作家梭罗古勃曾经写过这一种类型的少女，说是还是小孩子，而眼睛却已经长大了。然而我们中国的作家是另有一种称赞的写法的：所谓"娇小玲珑"者就是。

八月十二日

选自鲁迅《南腔北调集》，有改动

上海的儿童

鲁　迅

上海越界筑路的北四川路一带，因为打仗，去年冷落了大半年，今年依然热闹了，店铺从法租界搬回，电影院早经开始，公园左近也常见携手同行的爱侣，这是去年夏天所没有的。

倘若走进住家的弄堂里去，就看见便溺器，吃食担，苍蝇成群地在飞，孩子成队地在闹，有剧烈的捣乱，有发达的骂詈，真是一个乱烘烘的小世界。但一到大路上，映进眼帘来的却只是轩昂活泼地玩着走着的外国孩子，中国的儿童几乎看不见了。但也并非没有，只因为衣裤郎当，精神萎靡，被别人压得像影子一样，不能醒目了。

中国中流的家庭，教孩子大抵只有两种法。其一，是任其跋扈，一点也不管，骂人固可，打人亦无不可，在门内或门前是暴主，是霸王，但到外面，便如失了网的蜘蛛一般，立刻毫无能力。其二，是终日给以冷遇或呵斥，甚而至于打扑，使他畏葸退缩，仿佛一个奴才，一个傀儡，然而父母却美其名曰"听话"，自以为是教育的成功，待到放他到外面来，则如暂出樊笼的小禽，他决不会飞鸣，也不会跳跃。

现在总算中国也有印给儿童看的画本了，其中的主角自然是儿童，然而画中人物，大抵倘不是带着横暴冥顽的气味，甚而至于流氓模样的，过度的恶作剧的顽童，就是钩头耸背，低眉顺眼，一副死板板的脸相的所谓"好孩子"。这虽然由于画家本领的欠缺，但也是取儿童为范本的，而从此又以作供给儿童仿效的范本。我们试一看别国的儿童画吧，英国沉着，德国粗豪，俄国雄厚，法国漂亮，日本聪明，都没有一点中国似的衰惫的气象。观民风是不但可以由诗文，也可以由图画，而且可以由不为人们所重的儿童画的。

顽劣，钝滞，都足以使人没落，灭亡。童年的情形，便是将来的命运。我们的新人物，讲恋爱，讲小家庭，讲自立，讲享乐了，但很少有人为儿女提出家庭教育的问题，学校教育的问题，社会改革的问题。先前的人，只知道"为儿孙作马牛"，固然是错误的，但只顾现在，不想将来，"任儿孙作马牛"，却不能不说是一个更大的错误。

八月十二日

选自鲁迅《南腔北调集》，有改动

"京派"与"海派"

鲁 迅

　　自从北平某先生在某报上有扬"京派"而抑"海派"之言，颇引起了一番议论。最先是上海某先生在某杂志上的不平，且引别一某先生的陈言，以为作者的籍贯，与作品并无关系，要给北平某先生一个打击。

　　其实，这是不足以服北平某先生之心的。所谓"京派"与"海派"，本不指作者的本籍而言，所指的乃是一群人所聚的地域，故"京派"非皆北平人，"海派"亦非皆上海人。梅兰芳博士，戏中之真正京派也，而其本贯，则为吴下。但是，籍贯之都鄙，固不能定本人之功罪，居处的文陋，却也影响于作家的神情，孟子曰："居移气，养移体"，此之谓也。北京是明清的帝都，上海乃各国之租界，帝都多官，租界多商，所以文人之在京者近官，没海者近商，近官者在使官得名，近商者在使商获利，而自己也赖以糊口。要而言之，不过"京派"是官的帮闲，"海派"则是商的帮忙而已。但从官得食者其情状隐，对外尚能傲然，从商得食者其情状显，到处难于掩饰，于是忘其所以者，遂据以有清浊之分。而官之鄙商，固亦中国旧习，就更使"海派"在"京派"的眼中跌落了。

　　而北京学界，前此固亦有其光荣，这就是五四运动的策动。现在虽然还有历史上的光辉，但当时的战士，却"功成，名遂，身退"者有之，"身稳"者有之，"身升"者更有之，好好的一场恶斗，几乎令人有"若要官，杀人放火受招安"之感。"昔人已乘黄鹤去，此地空余黄鹤楼"，前年大难临头，北平的学者们所想援以掩护自己的是古文化，而惟一大事，则是古物的南迁，这不是自己彻底地说明了北平所有的是什么了吗？

但北平究竟还有古物，且有古书，且有古都的人民。在北平的学者文人们，又大抵有着讲师或教授的本业，论理，研究或创作的环境，实在是比"海派"来得优越的，我希望着能够看见学术上，或文艺上的大著作。

一月三十日

选自《花边文学》，有改动

"京派"和"海派"

鲁 迅

去年春天，京派大师曾经大大地奚落了一顿海派小丑，海派小丑也曾经小小地回敬了几手，但不多久，就完了。文滩上的风波，总是容易起，容易完，倘使不容易完，也真的不便当。我也曾经略略地赶了一下热闹，在许多唇枪舌剑中，以为那时我发表的所说，倒也不算怎么分析错了的。其中有这样的一段——

> ……北京是明清的帝都，上海乃各国之租界，帝都多官，租界多商，所以文人之在京者近官，没海者近商，近官者在使官得名，近商者在使商获利，而自己亦赖以糊口。要而言之：不过"京派"是官的帮闲，"海派"则是商的帮忙而已。……而官之鄙商，固亦中国旧习，就更使"海派"在"京派"眼中跌落了。……

但到得今年春末，不过一整年带点零，就使我省悟了先前所说的并不圆满。目前的事实，是证明着京派已经自己贬损，或是把海派在自己眼睛里抬高，不但现身说法，演述了派别并不专与地域相关，而且实践了"因为爱他，所以恨他"的妙语。当初的京海之争，看作"龙虎斗"固然是错误，就是认为有一条官商之界也不免欠明白。因为现在已经清清楚楚，到底搬出一碗不过黄鳝田鸡，炒在一起的苏式菜——"京海杂烩"来了。

实例，自然是琐屑的，而且自然也不会有重大的例子。举一点罢。一、是选印明人小品的大权，分给海派来了；以前上海固然也有选印明人小品的人，但也可以说是冒牌的，这回却有了真正老京派的题签，所以的确是正统的衣钵。二、是有些新出的刊物，真正老京派打头，真正小海派煞尾了；以前固然也有京派开路的期刊，但那是半京半海派所主持的东西，和纯粹海派自说是自掏腰包来办的出产品颇有区别的。要而言之：今儿和前儿已不一样，京海两派中的一路，做成一碗了。

到这里要附带一点声明：我是故意不举出那新出刊物的名目来的。先前，曾经有人用过"某"字，什么缘故我不知道。但后来该刊的一个作者在该刊上说，他有一位"熟悉商情"的朋友，以为这是因为不替它来作广告。这真是聪明的好朋友，不愧为"熟悉商情"。由此启发，子细一想，他的话实在千真万确：被称赞固然可以代广告，被骂也可以代广告，张扬了荣是广告，张扬了辱又何尝非广告。例如吧，甲乙决斗，甲赢，乙死了，人们固然要看杀人的凶手，但也一样地要看那不中用的死尸，如果用芦席围起来，两个铜板看一下，准可以发一点小财的。我这回的不说出这刊物的名目来，主意却正在不替它作广告，我有时很不讲阴德，简直要妨碍别人的借死尸敛钱。然而，请老实的看官不要立刻责备我刻薄。他们那里肯放过这机会，他们自己会敲了锣来承认的。

声明太长了一点了。言归正传。我要说的是直到现在，由事实证明，我才明白了去年京派的奚落海派，原来根柢上并不是奚落，倒是路远迢迢地送来的秋波。

文豪，究竟是有真实本领的，法郎士做过一本《泰绮思》，中国已有两种译本了，其中就透露着这样的消息。他说有一个高僧在沙漠中修行，忽然想到亚历山大府的名妓泰绮思，是一个贻害世道人心的人物，他要感化她出家，救她本身，救被惑的青年们，也给自己积无量功德。事情还算顺手，泰绮思竟出家了，他恨恨地毁坏了她在俗时候的衣饰。但是，奇怪得很，这位高僧回到自己的独房里继续修行时，却再也静不下来了，见妖怪，见裸体的女人。他急遁，远行，然而仍然没有效。他自己是知道因为其实爱上了泰绮思，所以神魂颠倒了的，但一群愚民，却还是硬要当他圣僧，到处跟着他祈求，礼拜，拜得他"哑子吃黄连"——有苦说不出。他终于决计自白，跑回泰绮思那里去，叫道"我爱你！"然而泰绮思这时已经离死期不远，自说看见了天国，不久就断气了。

不过京海之争的目前的结局，却和这一本书的不同，上海的泰绮思并没有死，她也张开两条臂膊，叫道"来！"于是——团圆了。

《泰绮思》的构想，很多是应用弗洛伊德的精神分析学说的，倘有严正的批评家，以为算不得"究竟是有真实本领"，我也不想来争辩。但我觉得自己却真如那本书里所写的愚民一样，在没有听到"我爱你"和"来"之前，总以为奚落单是奚落，鄙薄单是鄙薄，连现在已经出了气的弗洛伊德学说也想不到。

到这里又要附带一点声明：我举出《泰绮思》来，不过取其事迹，并非处心积虑，要用妓女来比海派的文人。这种小说中的人物，是不妨随意改换的，即改作隐士、侠客、高人、公主、大少、小老板之类，都无不可。况且泰绮思其实也何可厚非。她在俗时是泼剌地活，出家后就刻苦地修，比起我们的有些所谓"文人"，刚到中年，就自叹道"我是心灰意懒了"的死样活气来，实在更其像人样。我也可以自白一句：我宁可向泼剌的妓女立正，却不愿意和死样活气的文人打棚。

至于为什么去年北京送秋波，今年上海叫"来"了呢？说起来，可又是事前的推测，对不对很难定了。我想：也许是因为帮闲帮忙，近来都有些"不景气"，所以只好两界合办，把断砖、旧袜、皮袍、洋服、巧克力、梅什儿……之类，凑在一处重行开张，算是新公司，想借此来新一下主顾们的耳目吧。

四月十四日

选自鲁迅《且介亭杂文二集》，有改动

上海所感

鲁 迅

一有所感，倘不立刻写出，就忘却，因为会习惯。幼小时候，洋纸一到手，便觉得羊臊气扑鼻，现在却什么特别的感觉也没有了。初看见血，心里是不舒服的，不过久住在杀人的名胜之区，则即使见了挂着的头颅，也不怎么诧异。这就是因为能够习惯的缘故。由此看来，人们——至少，是我一般的人们，要从自由人变成奴隶，怕也未必怎么烦难吧。无论什么，都会惯起来的。

中国是变化繁多的地方，但令人并不觉得怎样变化。变化太多，反而很快地忘却了。倘要记得这么多的变化，实在也非有超人的记忆力就办不到。

但是，关于一年中的所感，虽然淡漠，却还能够记得一些的。不知怎的，好像无论什么，都成了潜行活动，秘密活动了。

至今为止，所听到的是革命者因为受着压迫，所以用着潜行，或者秘密的活动，但到一九三三年，却觉得统治者也在这么办的了。譬如吧，阔佬甲到阔佬乙所在的地方来，一般的人们，总以为是来商量政治的，然而报纸上却道并不为此，只因为要游名胜，或是到温泉里洗澡；外国的外交官来到了，它告诉读者的是也并非有什么外交问题，不过来看看某大名人的贵恙。但是，到底又总好像并不然。

用笔的人更能感到的，是所谓文坛上的事。有钱的人，给绑匪架去了，作为抵押品，上海原是常有的，但近来却连作家也往往不知所往。有些人说，那是给政府那面捉去了，然而好像政府那面的人们，却道并不是。然而又好像实在也还是在属于政府的什么机关里的样子。犯禁的书籍杂志的目录，是没有的，然而邮寄之后，也往往不知所往。假如是列宁的著作吧，那自然不足为奇，但《国木田独步集》有时也不行，还有，是亚米契斯的《爱的教育》。不过，卖着也许犯忌的东西的书店，却还是有的，虽然还有，而有时又会从不知什么地方飞来一柄铁锤，将窗上的大玻璃打破，损失是二百元以上。打破两块的书店也有，这回是合计五百元正了。有时也撒些传单，署名总不外乎什么什么团之类。

平安的刊物上，是登着莫索里尼或希特拉的传记，恭维着，还说是要救中国，必须这样的英雄，然而一到中国的莫索里尼或希特拉是谁呢这一个紧要结论，却总是客气着不明说。这是秘密，要读者自己悟出，各人自负责任的吧。对于论敌，当和苏俄绝交时，就说他得着卢布，抗日的时候，则说是在将中国的秘密向日本卖钱。但是，用了笔墨来告发这卖国事件的人物，却又用的是化名，好像万一发生效力，敌人因此被杀了，他也不很高兴负这责任似的。

革命者因为受压迫，所以钻到地里去，现在是压迫者和他的爪牙，也躲进暗地里去了。这是因为虽在军刀的保护之下，胡说八道，其实却毫无自信的缘故；而且连对于军刀的力量，也在怀着疑。一面胡说八道，一面想着将来的变化，就越加缩进暗地里去，准备着情势一变，就另换一副面孔，另拿一张旗子，从新来一回。而拿着军刀的伟人存在外国银行里的钱，也使他们的自信力更加动摇的。这是为不远的将来计。为了辽远的将来，则在愿意在历史上留下一个芳名。中国和印度不同，是看重历史的。但是，并不怎么相信，总以为只要用一种什么好手段，就可以使人写得体体面面。然而对于自己以外的读者，那自然要他们相信的。

我们从幼小以来，就受着对于意外的事情，变化非常的事情，绝不惊奇的教育。那教科书是《西游记》，全部充满着妖怪的变化。例如牛魔王呀，孙悟空呀……就是。据作者所指示，是也有邪正之分的，但总而言之，两面都是妖怪，所以在我们人类，大可以不必怎样关心。然而，假使这不是书本上的事，而自己也身历其境，这可颇有点为难了。以为是洗澡的美人吧，却是蜘蛛精；以为是寺庙的大门吧，却是猴子的嘴，这教人怎么过。早就受了《西游记》教育，吓得气绝是大约不至于的，但总之，无论对于什么，就都不免要怀疑了。

外交家是多疑的，我却觉得中国人大抵都多疑。如果跑到乡下去，向农民问路径，问他的姓名，问收成，他总不大肯说老实话。将对手当蜘蛛精看是未必的，但好像他总在以为会给他什么祸祟。这种情形，很使正人君子们愤慨，就给了他们一个徽号，叫作"愚民"。但在事实上，带给他们祸祟的时候却也并非全没有。因了一整年的经验，我也就比农民更加多疑起来，看见显着正人君子模样的人物，竟会觉得他也许正是蜘蛛精了。然而，这也就会习惯的吧。

愚民的发生，是愚民政策的结果，秦始皇已经死了二千多年，看看历史，是没有再用这种政策的了，然而，那效果的遗留，却久远得多么骇人呵！

十二月五日

推

鲁 迅

两三月前，报上好像登过一条新闻，说有一个卖报的孩子，踏上电车的踏脚去取报钱，误端住了一个下来的客人的衣角，那人大怒，用力一推，孩子跌入车下，电车又刚刚走动，一时停不住，把孩子碾死了。

推倒孩子的人，却早已不知所往。但衣角会被端住，可见穿的是长衫，即使不是"高等华人"，总该是属于上等的。

我们在上海路上走，时常会遇见两种横冲直撞，对于对面或前面的行人，决不稍让的人物。一种是不用两手，却只将直直的长脚，如入无人之境似的踏过来，倘不让开，他就会踏在你的肚子或肩膀上。这是洋大人，都是"高等"的，没有华人那样上下的区别。一种就是弯上他两条臂膊，手掌向外，像蝎子的两个钳一样，一路推过去，不管被推的人是跌在泥塘或火坑里。这就是我们的同胞，然而"上等"的，他坐电车，要坐二等所改的三等车，他看报，要看专登黑幕的小报，他坐着看得咽唾沫，但一走动，又是推。

上车，进门，买票，寄信，他推；出门，下车，避祸，逃难，他又推。推得女人孩子都跟跟跄跄，跌倒了，他就从活人上踏过，跌死了，他就从死尸上踏过，走出外面，用舌头舐舐自己的厚嘴唇，什么也不觉得。旧历端午，在一家戏场里，因为一句失火的谣言，就又是推，把十多个力量未足的少年踏死了。死尸摆在空地上，据说去看的又有万余人，人山人海，又是推。

推了的结果，是嘻开嘴巴，说道："阿唷，好白相来希呀！"

住在上海，想不遇到推与踏，是不能的，而且这推与踏也还要廓大开去。要推倒一切下等华人中的幼弱者，要踏倒一切下等华人。这时就只剩了高等华人颂祝着——

"阿唷，真好白相来希呀。为保全文化起见，是虽然牺牲任何物质，也不应该顾惜的——这些物质有什么重要性呢！"

六月八日

选自1933年6月11日《申报·自由谈》

"吃白相饭"

鲁 迅

要将上海的所谓"白相"，改作普通话，只好是"玩耍"；至于"吃白相饭"，那恐怕还是用文言译作"不务正业，游荡为生"，对于外乡人可以比较的明白些。

游荡可以为生，是很奇怪的。然而在上海问一个男人，或向一个女人问她的丈夫的职业的时候，有时会遇到极直截的回答道："吃白相饭的。"

听的也并不觉得奇怪，如同听到了说"教书""做工"一样。倘说是"没有什么职业"，他倒会有些不放心了。

"吃白相饭"在上海是这么一种光明正大的职业。

我们在上海的报章上所看见的，几乎常是这些人物的功绩；没有他们，本埠新闻是决不会热闹的。但功绩虽多，归纳起来也不过是三段，只因为未必全用在一件事情上，所以看起来好像五花八门了。

第一段是欺骗。见贪人就用利诱，见孤愤的就装同情，见倒霉的则装慷慨，但见慷慨的却又会装悲苦，结果是席卷了对手的东西。

第二段是威压。如果欺骗无效，或者被人看穿了，就脸孔一翻，化为威吓，或者说人无礼，或者诬人不端，或者赖人欠钱，或者并不说什么缘故，而这也谓之"讲道理"，结果还是席卷了对手的东西。

第三段是溜走。用了上面的一段或兼用了两段而成功了，就一溜烟走掉，再也寻不出踪迹来。失败了，也是一溜烟走掉，再也寻不出踪迹来。事情闹得大一点，则离开本埠，避过了风头再出现。

有这样的职业，明明白白，然而人们是不以为奇的。

"白相"可以吃饭，劳动的自然就要饿肚，明明白白，然而人们也不以为奇。

但"吃白相饭"朋友倒自有其可敬的地方，因为他还直直落落地告诉人们说，"吃白相饭的！"

六月二十六日

"揩油"

鲁 迅

"揩油"，是说明着奴才的品行全部的。

这不是"取回扣"或"取佣钱"，因为这是一种秘密；但也不是偷窃，因为在原则上，所取的实在是微乎其微。因此也不能说是"分肥"；至多，或者可以谓之"舞弊"吧。然而这又是光明正大的"舞弊"，因为所取的是豪家、富翁、阔人、洋商的东西，而且所取又不过一点点，恰如从油水汪汪的处所，揩了一下，于人无损，于揩者却有益的，并且也不失为损富济贫的正道。设法向妇女调笑几句，或乘机摸一下，也谓之"揩油"，这虽然不及对于金钱的名正言顺，但无大损于被揩者则一也。

表现得最分明的是电车上的卖票人。纯熟之后，他一面留心着可揩的客人，一面留心着突来的查票，眼光都练得像老鼠和老鹰的混合物一样。付钱而不给票，客人本该索取的，然而很难索取，也很少见有人索取，因为他所揩的是洋商的油，同是中国人，当然有帮忙的义务，一索取，就变成帮助洋商了。这时候，不但卖票人要报你憎恶的眼光，连同车的客人也往往不免显出以为你不识时务的脸色。

然而彼一时，此一时，如果三等客中有时偶缺一个铜元，你却只好在目的地以前下车，这时他就不肯通融，变成洋商的忠仆了。

在上海，如果同巡捕、门丁、西崽之类闲谈起来，他们大抵是憎恶洋鬼子的，他们多是爱国主义者。然而他们也像洋鬼子一样，看不起中国人，棍棒和拳头和轻蔑的眼光，专注在中国人的身上。

"揩油"的生活有福了。这手段将更加展开，这品格将变成高尚，这行为将认为正当，这将算是国民的本领，和对于帝国主义的复仇。打开天窗说亮话，其实，所谓"高等华人"也者，也何尝逃得出这模子。

但是，也如"吃白相饭"朋友那样，卖票人是还有他的道德的。倘被查票人查出他收钱而不给票来了，他就默然认罚，决不说没有收过钱，将罪案推到客人身上去。

八月十四日

上海的戏剧

周作人[*]

偶然拿起一张三月四日的上海的旧报，看见第五板戏目上，用大字表出下列各种好戏：

二本狸猫换太子

三本包公出世狸猫换太子

六本狸猫换太子

吕纯阳法度七真

全本张欣生

宣统皇帝招亲

我看了这篇戏目，不禁微笑，觉得他真刻毒地把中国民众的心理内容都排列出来了，这便是包龙图、吕纯阳、张欣生、宣统皇帝。戏园老板的揣摩工夫可以不必多说，那编戏的伙计的本领却也值得佩服。张欣生的戏还不算希罕，因为以前曾经有过那风行一时的被人谋害的妓女的戏剧的前例了，但是"宣统皇帝招亲"却不知怎的被他想到，又亏他排成戏剧，便是我们不曾看过这戏的人也不能不发一声赞叹。北京商民平常被称为多含王党性质的，在那"招亲"的一日也并不热狂地去

---

[*] 周作人（1885—1967），中国现代著名散文家、文学理论家、评论家、诗人、翻译家、思想家，中国民俗学开拓人，新文化运动的杰出代表。

瞻仰，岂知上海却如此关切，使张少轩君听了必要欣然笑曰，"吾道南矣！"（倘若这戏是嘲弄的滑稽的，那也只足以表明国民性的卑劣，别无意思。我想如作戏剧，那种身居宫中，神往域外的心情，尽有描写的价值，可惜没有人能做罢了）

现在中国正正经经讲戏剧的人逐渐多起来了，但是对于这样的观众，他们怎样办呢？不去理他吧，那么任凭你怎样地出力，总不会有人来看，他还是去看他的《狸猫换太子》。要理他呢，他就来要求你做《宣统皇帝招亲》了。这真是所谓"进退维谷"。

现在很流行所谓为民众的文学，迎合社会心理几乎是文学的必要条件。然则我所列举的几种戏目，颇足为大家的参考，未始无用。在书本上，《礼拜六》与《小说世界》之流当然也是《狸猫换太子》的正宗，是大多数人所需要的，先前京沪各报上攻击他们，正不免是"贵族"气，至少也总是"拂人之性"罢？

十二年三月

上海气

周作人

我终于是一个中庸主义的人：我很喜欢闲话，但是不喜欢上海气的闲话，因为那多是过了度的，也就是俗恶的了。上海滩本来是一片洋人的殖民地；那里的（姑且说）文化是买办流氓与妓女的文化，压根儿没有一点理性与风致。这个上海精神便成为一种上海气，流布到各处去，造出许多可厌的上海气的东西，文章也是其一。

上海气之可厌，在关于性的问题上最明了地可以看出。他的毛病不在猥亵而在其严正。我们可以相信性的关系实占据人生活动与思想的最大部分，讲些猥亵话，不但是可以容许，而且觉得也有意思，只要讲得好。这有几个条件：一有艺术的趣味，二有科学的了解，三有道德的节制。同是说一件性的事物，这人如有了根本的性知识，又会用了艺术的选择手段，把所要说的东西安排起来，那就是很有文学趣味，不，还可以说有道德价值的文字。否则只是令人生厌的下作话。上海文化以财色为中心，而一般社会上又充满着饱满颓废的空气，看不出什么饥渴似的热烈的追求。结果自然是一个满足了欲望的犬儒之玩世的态度。所以由上海气的人们看来，女人是娱乐的器具，而女根是丑恶不祥的东西，而性交又是男子的享乐的权利，而在女人则又成为污辱的供献。关于性的迷信及其所谓道德都是传统的，所以一切新的性知识道德以至新的女性无不是他们嘲笑之的，说到女学生更是什么都错，因为她们不肯力遵"古训"如某甲所说。上海气的精神是"崇信圣道，维持礼教"的，无论笔下口头说的是什么话。他们实在是反穿皮马褂的道学家，圣道会中人。

自新文学发生以来，有人提倡"幽默"，世间遂误解以为这也是上海气之流亚，其实是不然的。幽默在现代文章上只是一种分子，其他主要的成分还是在上边所说的三项条件。我想，这大概就从艺术的趣味与道德的节制出来的，因为幽默是不肯说得过度，也是Sophrosune——我想就译为"中庸"的表现。上海气的闲话却无不说得过火，这是根本上不相像的了。

上海气是一种风气，或者是中国古已有之的，未必一定是有了上海滩以后方才发生的也未可知，因为这上海气的基调即是中国固有的"恶化"，但是这总以在上海为最浓重，与上海的空气也最调和，所以就这样地叫他，虽然未免少少对不起上海的朋友们。这也是复古精神之一，与老虎狮子等牌的思想是殊途同归的，在此刻反动时代，他们的发达正是应该的吧。

十五年二月二十七日，于北京。

知堂回想录·从上海到北京

周作人

范啸风在《越谚》卷上，占验之谚第六载，"长江无六月"，注云：

"越人皆有四方之志，不敢偷安家居，无六月者，言其通气风凉，虽暑天亦可长征也。"其实各处的人都不敢偷安家居，如冯梦龙在《笑府》里讲"余姚先生"的故事，说道：

"余姚师多馆吴下，春初即到，腊尽方归，本土风景反认不真，便见柳丝可爱，向主人乞一枝寄归种之。主人曰，此贱种是处都有，贵处宁独无耶？师曰，敝地是无叶的。"——话虽如此，长江这条路我的确有点儿怕。它要经过全国顶有名的都市，即是上海，从前是诸恶毕备，平常的人偶尔通过，便说不定要吃什么亏的。我往来南京学堂，过去曾经走过十几回，总算幸而没有碰到什么，这回从宁波到上海，却不意着了他们一回道儿。我坐了"新宁绍"客船到上海，到埠之后却没有客栈接客的上去，便只好叫茶房帮忙，雇了一辆黄包车，到山西路周昌记客栈里去。那拉车的江北人，似乎开头便打主意，拉了一段路说要换车，我也不加警惕，就下了车，拉车的就向我身边紧挤，这一挤便把我放在衩袋里的一个名片钞票夹子掏了去了。换坐的车子也不好好地走，似乎老在拐湾，又脱下夹衣，放在我脚下的皮包上头，费了好些工夫，这才引起我的怀疑，叫他站住，他不听命令还想前去，我就一手提了皮包，一手按住车沿，蹦了下来，这时拉车的就一溜烟地奔向一边去了。我跳下来的地方，适值前面有巡警站岗，他听我的陈述以后，说道：

"可惜他逃到那边界线外去了，没法再去找他。"似乎这是中国地方和租界分界之处，我因为不明白情形，所以也弄不清楚。从那里又坐车到山西路，这回总算平安无事的到了。查衣袋里的失去的名片夹子，其中有几张名片，两块现洋和几个角洋，损失还不大，但是危险的乃是那个皮包，它只是帆布所做的，上边带有锁钥，也是值逢其会，我在从轮船上下来的时候，碰巧把它锁上了，那车夫假装脱衣服，便动手想把它打开，却是没有能够，这里边却是有好些现款，其未被掏摸去，真是侥幸万分了。这一回我算是请教了"扒儿手"一次，大概他们的技艺并不是很高明的一种，而自己也实在是够迟钝的了，所以受到这一个小损失。北京竹枝词有云：

"短袍长褂着镶鞋，摇摆逢人便问街，扇络不知何处去，昂头犹自看招牌。"这虽然是说北京的考相公的事，但在码头上受骗的人总归是寿头码子，其迂阔是一样的。我也曾听老辈的教训，说"出门"的时候应该警惕的事，便是要到处提防，遇见人要当他骗贼看，要尽量地说诳话，对于自己的姓名和行踪，也可能要加隐讳，不过听了不能照办，也是枉然。大约这事须得要居心刻薄，把别人都当小偷看待，才能防备得来，不是平常听几句指示的话，所能学得这种本领的。

从上海到北京，虽然已是通着火车，却并不是接连着，还要分作三段乘坐。第一段是在上海北站乘车，到南京的下关，称作沪宁铁路，随后渡过长江，从浦口直到天津，是为第二段的津浦铁路，这时还要改乘第三段的京奉铁路，乃能到达北京。到得坐上了浦口列车，这趟旅行才算是大半成功，可以放了心，其实如误了点，在天津换不了车，也仍是有问题，不过那并不算是什么，因为京津近在咫尺，所以觉得已经到了家门口了。从下关一渡过了长江，似乎一切的风物都变了相，顿然现出北方的相貌，这里主观的情绪也确实占大部分势力，叫人增加作客之感。那列车也似比江南的要差些，但是设备虽然稍差，坐在上面的感觉却并不坏，原因是坐的是二等车，这车上大抵是走津浦远道的才坐二等，近路的便都不坐，所以列车很是宽畅，我们一人不但可以占用两个坐位，而且连对面也都占用了，夜间车上的茶房给垫上一片什么板，成为急就的卧铺。大概在乘客和茶房中间，成立一种心照不宣的约束，这边在相当时期特别给予相当丰富的酒钱，那边也就随时供给设备，足以供一宵的安睡了。我知道这个情形，所以虽然初次乘车，却是无事的到了北京，于四月一日下午八时下车，径自雇洋车到了绍兴县馆里来了。

一瞥中的上海

石评梅[*]

六月十号的早晨，我们坐了船到"三潭印月"照一个全体像，作为此次旅行团的纪念，借此又和西湖把晤了一小时。返旅馆后收拾东西，用午餐已十一时；餐后乘车到车站。武高的同学，恰巧也是同天到上海，我们遂挂了一辆车。在车里很愉快地谈天，惠和给我口述《红泪影》的始末，永叔听着津津有味，遂同金环借了去看。当时车里静寂了许久。我闲着无聊得很，遂蜷伏在车上睡去，想想西湖的影片，验验我的脑海里印了许多？这样很模糊地睡去，到了下午四时，芎蘅才喊我起来，同到车外的扶栏上看风景。这样遂把时间慢慢地挨延过去。下午七时到上海，寄宿在女青年会。已有家事工组的同学王郑两君接我们去。女青年会很方便，并且招待得也好，有一个小姑娘服侍我们，我们的生活也就稍为因地方变更了一点。

上海的天气热极，十一号的上午，商务印书馆的招待黄警顽先生已来领导我们去参观上海的学校。我们因为上海的体育学校比较多，所以我们参观的学校，居多是体育学校。第一个就是中国女子体育学校，距离昆山路很远，在西门林荫路精武体育会内，是个私立学校，在光绪三十四年秋季开办，统计

---

[*] 石评梅（1902—1928），中国近现代女作家、革命活动家。

先后共毕业十三次。凡高小毕业就可投考，是个中等程度的性质。所授科目分学、术两部分，就是理论和技术两部分，并余外注重音学，修业年限是二年毕业，经费一学期两千多（自费收入），支出约三千。教员共十三位，女教员五位，舞蹈三人，体操两人。现学生共四十名，分两班教授。我们去参观的时候正上英文，课堂在楼上，拿布屏分做两间，现在校舍正在建筑，此系暂时借住，故一切甚杂乱无章。操场、网球场都是同精武会共用，有拿竹子做下的盾阵，中心为小亭，这也是中国国技的一门。

参观完中国女子体操学校以后，我们就到体育师范参观去。因考试温课，故不能参观上课。这是个比较很有名的学校，我们耳鼓里常听见人说，所以我们特别注意。设备的器械，同女高同，尚有窗梯水平杠等没有。体育房比较女高宽而短，木板刊地较为合适。有两班学生四十余人。课程亦分理论和技术，性质是中等程度，毕业期限从前是二年，现亦改为三年。外国学校，比较特别清洁，而校舍四围的风景特别美丽。校园中网球场，碧草平铺，如绒毡然。树木荫森，风景甚佳，有小水池，金鱼数头，游泳其中。

沪江女子体育专门学校，在上海西门唐家湾小菜场南首，地址甚小，大概可以够住。性质系高等专门，以中学毕业者为合格，期限是二年毕业，一年分两学期，现分一年级二年级，每级共四十名，每年春秋二季，各招生一次。科目亦分理论同技术。开办尚未及半年，今年正月才开课，现仅有学生二十四人，经费每月两千元。章程上的预定，皆按学期实行；教员选择亦甚严格，均富有学识及经验者。据主事孙和宾云，办体育学校在上海很困难，同行的阻力和妒忌很厉害，所以他日日都是在奋斗之中勉力！学生上课无论技术、理论都一律着操衣，雄赳赳地很有点气概。参观国文上古诗。壁上遍挂矫正姿势的基本体操图。参观器械室，仅几种简单的轻器械，饭厅同栉沐室在一块，尚属清洁。操场在学校对面，拿竹席把上面左右四围都遮起来，非常清凉，系租借民地用的。孙和宾先生令他们的学生，表演二十分钟的舞蹈给我们看：二年级是"雁舞""黄莺舞"；一年级表演"蝴蝶舞"同"形意舞"，成绩很好。苟此校能抱着他那最完善的宗旨继续下去，即体育人才将来产出，必较他处为佳。

中华武术会附设体育师范同公共运动场，此外尚有妇孺运动会，无可述者。遂至务本女学参观，学生共五百余，中学四班，高小四班，小学四班；职教员，中学十七人，女十二人，小学九人，女教员十五人。经费，中学七七三，小学五六三七。地址很大，系女校长。参观体育教授，教员姿态太软，宜于教舞蹈，不宜教体操。教师姿势太快，不能正确，故学生之姿势大半无一个正确的，下肢运动太多，胸腹两部分无运动，故学生多为狭胸弓背，腹部挺出。中学学生，看去像高等小学的学生，成绩既佳，且甚活泼。画画尤以桐乡严蔚然女士为最佳！校园亦很别致巧小，在此用午餐后，遂到第二师范去参观。

第二师范学校，我们先到的是卫生模型展览会，中有花柳病的全体模型，脑充血之各种模型，设备很完全。学生共三百二十，中有女生十人。学级编制一部五班，中有预科一班，二部一班。常年经费连小学四万余。课堂同实验室相连。本二上国语，系北高毕业生教授，端坐在椅上，拿北京话谈故事，听起来和他的神气很像游艺园说大鼓书的。体育馆刚竣工，尚未布置好，共分楼上下两层。学生精神活泼，对于体育甚有兴味研究，所以能产出王庚君之富于研究体、音者，而在体育界将来必大有贡献！其所著小学体育教授法规现正在付印中。

美术专门学校，为武进刘海粟先生创办，民国元年起至今已二十年，校址共分三院：第一院西门白云观，二院西门林荫路口，三院上海林荫路底。分西洋画科、高等师范科、中国画科、雕塑科、工艺图案科。西洋画科修业期四年，初级师范为二年，其余都是三年。学生二百八十六人，十年度经费为五万二千元。学生课外研究有各种集会，如书学研究会、乐学研究会、工艺美术研究会、文学研究会、画学研究会、舞蹈研究会，讲演会等。我们参观裸体写生，是从外边雇的女子，每月二十元的酬金。补习教育有函授学校，系美术附设。

在上海除参观学校外，蒙黄警顽先生导领参观商务印书馆，他的组织是股份有限公司，现已二十余年，资本金五百万元。分印刷所、编辑所、发行所三大机关，每所又设有所长，总理一切事务。我们到印刷所，在招待室略稍息用茶后，遂参观各处，规模很大，占地七十余亩，布置极为完备，有印刷工场四、铁工厂、铸工场，各种制造工厂十余处，均系极大之厂屋。各种制造工场十余处，水塔一座，可常储二万加仑之清水。女工哺乳室专为女工有小儿哺乳之用，此外尚有花园同聚院，亦清洁而幽雅。自制机器陈列室，陈列机器各种，皆该所自制品。印刷所工友计男子二千五百余人，女子五百余人，此外零件杂工复不下千余人；尚另联有高等技师，及专门学者。并附设有尚公学校，及养真幼稚园，商业补习学校，毕业后可在本公司服务。因时间关系，仅参观大概而已。

上海地方繁华嚣乱，简直一片闹声的沙漠罢了！所以我除了参观了几个学校和买一点东西外，我就在女青年会伏着看书。我半分的留恋都莫有，对于这闹声的沙漠。

我好容易盼到是今天下午上船去——六月十五号。我觉着异常的高兴，宛如我去西湖一样。下午乘着小船渡到黄浦江，因为颖州船在浦东停着。这船是明天清晨才开往青岛去，所以今天晚上还是住在船上。我们包了一个舱，比较的还减轻点痛苦。热气腾沸，煤炭铺满了甲板，令人感着种说不出的感觉来。我和芝蘅住了一间房舱，把行李收拾后，遂把那圆形的窗打开，让换换这清鲜空气。我们遂锁了门，到甲板上换空气。看小船都在那风浪中挣着进行，我们看见险极了！望黄浦江岸上的灯光辉煌，像缀了一列的夜光珠。江上帆船、海船都一列地排着，红灯绿灯在波光中闪烁着，映出一道光路，照在我的眼帘内。现时暮色苍茫，包围着黑暗之神临到。我觉着很怅惘，遂回到我那六尺长四尺宽的官舱内寻那飘泊的梦去。

今日（十六日）我从迷惘的梦中醒来，从那圆窗中望去，白烟氤氲，雾气沉沉，把一片黄浦江，撑了一支白罗的幕帐，一切的船只都锁在那白雾中间。我梳洗后到甲板上去看看，只见一提提的黑煤由浦东往船上挑，黑脸黑手的苦工可怜极了！那时西北角涌来一阵阵的黑云都阴沉沉地陷在最沉闷的幕下！果然没一刻，倾盆的大雨下起来！把甲板上煤冲了个干净。待了一会儿，我回到房舱去躺着，但无聊极了，只好把《小说月报》拿出来看看。听着窗外雨声淅沥，杂着各种噪音，一阵阵都送入我耳鼓。

十二时，船慢慢地开驶了！遂到甲板上望着吴淞，乘风破浪地向目的地进行去。下午六时已入海，稍觉簸荡，尚不十分的痛苦，一埋首我又回到睡乡找生涯去。晚上一点钟的时候，我醒来睁开眼，开了房舱都静静地在觅香甜的梦哩。惨淡的电灯光印在我的脸上，耳中只听到船走的声音，我脑筋非常的清楚，清醒。夜寒了，我加了一层毡子盖上，闭着眼凝神地静养着。我忽然想到我毕业后，也一样同在这大海里的波浪危险一样。神秘的人生啊！将奈何？我负着这莫大的恐惧，去敲那社会的门呵……

十七号早晨，梳洗后我出了舱门，一望水天相接，青翠的海水，激着白色的浪花，荡着鱼鳞般的波纹，这是何等的伟大美丽啊！俄而太阳出来，映着碧波，幻出万道银光，直射入我的眼帘。波涛滚滚，破浪直进。我遂把日记本拿到甲板上写着。我同惠和又谈到北京的琇妹情形，她非常的焦忧！俄而孝颜来叫我回到房舱去吃饼干去。用午餐后睡得二小时，醒来时只见芟蘅同慧文下棋。下午起大雾，船行甚慢，我不觉地发生了无数感慨！晚十二时船停多时，因雾大，不能前进的缘故，同学都头晕呕吐，我同芟蘅倒非常舒适。

十八号，早晨，向海上一望，白雾漫漫，船仍不能开驶，同学大半皆面黄肌瘦，状态极其狼狈。海中浪花翻激，有水母游泳其中。十二时已抵青岛，风景殊佳；下船时大雨倾盆，衣单天寒，此种滋味，真第一次领略。到青岛这天，正是端午节，我们住到了东华旅社的楼上。

上海的茶楼

郁达夫[*]

茶，当然是中国的产品。《尔雅》释槚为苦茶，早采为茶，晚采为茗。《茶经》分门别类，一曰茶，二曰槚，三曰莈，四曰茗，五曰荈。《神农食经》，说茗茶宜久服，令人有功悦志。华佗《食论》，也说苦茶久食，益意思。因此中国人，差不多人人爱吃茶，天天要吃茶；柴米油盐酱醋茶，至将茶列入了开门七件事之一，为每人每日所不能缺的东西。

外国人的茶，最初当然也系由中国输入的奢侈品，所谓梯、泰（Tea，The）等音，说不定还是闽粤一带土人呼茶的字眼，日记大家Pepys头一次吃到茶的时候，还娓娓说到它的滋味性质，大书特书，记在他的那部可宝贵的日记里。外国人尚且推崇得如此，也难怪在出产地的中国，遍地都是卢仝、陆羽的信徒了。

茶店的始祖，不知是哪个人；但古时集社，想来总也少不了茶茗的供设；风传到了晋代，嗜茶者愈多，该是茶楼酒馆的极盛之期。以后一直下来，大约世界越乱，国民经济越不充裕的时候，茶馆店的生意也一定越好。何以见得？因为价廉物美，只消有几个钱，就可以在茶楼住半日，见到许多友人，发

---

[*] 郁达夫（1896—1945），中国现代作家、革命烈士。

些牢骚，谈些闲天的缘故。

上面所说的，是关于茶及茶楼的一般的话；上海的茶楼，情形却有点儿不同，这原也像人口过多，五方杂处的大都会中常有的现象，不过在上海，这一种畸形的发达更要使人觉得奇怪而已。

上海的水陆码头，交通要道，以及人口密聚的地方的茶楼，顾客大抵是帮里的人。上茶馆里去解决的事情，第一是是非的公断，即所谓吃讲茶；第二是拐带的商量，女人的跟人逃走，大半是借茶楼出发地的；第三才是一般好事的人的去消磨时间。所以上海的茶楼，若没这一批人的支持，营业是维持不过去的；而全上海的茶楼总数之中，以专营业这一种营业的茶店居五分之四；其余的一分，像城隍庙里的几家，像小菜场附近的有些，才是名副其实，供人以饮料的茶店。

譬如有某先生的一批徒弟，在某处做了一宗生意，其后更有某先生的同辈的徒弟们出来干涉了，或想分一点肥，或是牺牲者请出来的调人，或者竟系在当场因两不接头而起冲突的诸事件发生之后，大家要开谈判了，就约定时间，约定伙伴，一家上茶馆里去。这时候，参集的人，自然是愈多愈好，文讲讲不下来，改日也许再去武讲的；比他们长一辈的先生们，当然要等到最后不能解决的时候，才来上场。这些帮里的人，也有着便衣的巡捕，也有穿私服的暗探，上面没有公事下来，或牺牲者未进呈子之先，他们当然都是那一票生意经的股东。这是吃讲茶的一般情形，结果大抵由理屈者方面惠茶钞，也许更上饭馆子去吃一次饭都说不定。至于赎票、私奔，或拐带等事情的谈判，表面上的当事人人数自然还要减少；但周围上下，目光炯炯，侧耳探头，装作毫不相干的神气，或坐或立地埋伏在四面的人，为数却也决不会少，不过紧急事情不发生，他们就可以不必出来罢了。从前的日升楼，现在的一乐天、仝羽居、四海升平楼等大茶馆，家家虽则都有禁吃讲茶的牌子挂在那里，但实际上顾客要吃起讲茶来，你又哪里禁止得他们住。

除了这一批有正经任务的短帮茶客之外，日日于一定的时间来一定的地方作顾客的，才是真正的卢仝陆羽们。他们大抵是既有闲而又有钱的上海中产的住民；吃过午饭，或者早晨一早，他们的两只脚，自然走熟的地方走。看报也在那里，吃点点心也在那里，与日日见面的几个熟人谈推背图的实现，说东洋人的打仗，报告邻右一家小户人家的公鸡的生蛋也就在那里。

物以类聚，地借人传，像在跑马厅的附近，城隍庙的境内的许多茶店，多半是或系弄古玩，或系养鸟儿，或者也有专喜欢听说书的专家茶客的集会之所。像湖心亭、春风得意楼等处，虽则并无专门的副作用留存着在，可是有时候，却也会集茶客的大成，坐得济济一堂，把各色有专门嗜好的茶人尽吸在一处的。

至如有女招待的吃茶处，以及游戏场的露天茶棚之类，内容不同，顾客的性质与种类自然又各别了。

上海的茶店业，既然发达到了如此的极盛，自然，随茶店而起的副业，也要必然地滋生出来。第一，卖烧饼、油包，以及小吃品的摊贩，当然是等于眉毛之于眼睛一样，一定是家家茶店门口或近处都有的。第二，是卖假古董小玩意的商人了，你只教在热闹市场里的茶楼上坐他一两个钟头，像这一种小商人起码可以遇见到十人以上。第三，是算命、测字、看相的人。第四，这总算是最新的一种营养者，而数目却也最多，就是航空奖券的推销员。至如卖小报、拾香烟蒂头，以及糖果香烟的叫卖人等，都是这一游戏场中所共有的附属物，还算不得上海茶楼的一种特点。

　　还有茶楼的夜市，也是上海地方最著名的一种色彩。小时候在乡下，每听见去过上海的人，谈到四马路青莲阁四海升平楼的人肉市场，同在听天方夜谭一样，往往不能够相信。现在因国民经济破产，人口集中都市的结果，这一种肉阵的排列和拉撕的悲喜剧，都不必限于茶楼，也不必限于四马路一角才看得见了，所以不谈。

上海大厦十二天

周瘦鹃[*]

　　凡是到过上海的人，看过或住过几座招待宾客的高楼，对于那座十八层高的上海大厦，都有好感。一九五六年秋，我曾在上海大厦先后住过十二天，天天过着丰富多彩的文化生活，在我这一年的生命史上，记下了极度愉快的一页。这巍巍然矗立在苏州河畔的上海大厦，简直是我心灵上的一座幸福的殿堂。

　　永恒的景仰与怀念，不是时间的浪潮所能冲淡的，何况又加上了一重永恒的知己之感。十月十四日鲁迅先生灵柩的迁葬仪式，与十九日先生逝世二十周年的纪念大会，终于把我从百忙中吸引到了上海。感谢文化局的一片盛情，招待我在上海大厦第十二层楼上的十四号室中住下。俗有十八层地狱之说，而这里却是十八层的天堂。

　　跨上了几级石阶，走进了挺大的钢门，就是一个穿堂，右边安放着大小三张棕色皮面的大沙发，后面一块搁板上，供着一只大花篮，妥妥帖帖地插着好多株粉红色的菖兰花，姹媚欲笑，似乎在欢迎每一个来客。

　　右边是一个供应国际友人的商场，但是自己人也一样可以进去买东西，所有吃的、穿的、用的，形形色色，全是上品，

---

* 周瘦鹃（1895—1968），现代杰出的作家、文学翻译家。

如入山阴道上，目不暇接。我向四下里参观了一下，觉得不需要买什么，就买了两块"可口糖"吃，我的心是甜甜的，吃了糖，我的嘴也是甜甜的了。

左边是一个供应西点、鲜果、烟酒、糖食和冷饮品的所在，再进一步，是一座大厅，供住客作文娱活动，设想是十分周到的。第一层楼上，是大小三间食堂，一日三餐，按时供应，定价很为便宜，有大宴，也有小吃，任听客便。据交际处吴惠章同志对我说，这里的四川菜和淮扬菜，都是上海第一流的。

记得往年这里名称"百老汇大厦"时，我常和苏州老画师邹荆庵前辈到此来吃西餐，一眨眼已是十年以前了。如今邹老作古，我却旧地重游，非先试一试西餐，以资纪念不可；因此打了个电话招了大儿铮来，同上十七层楼去，只见灯火通明，瓶花妥帖，先就引起了舒服的感觉。我们点了几个菜，都是苏联式的烹调，很为可口；又喝了两杯葡萄酒；醉饱之后，才回到十二层楼房间里去。

这是一个挺大的房间，明窗净几，简直连一点尘埃都找不出来。凭窗一望，只见当头就是一片长空，有明月，有繁星，似乎举手可以触到。低头瞧时，见那一串串的灯，沿着弧形的浦江之滨伸展开去，直到很远很远的地方；并且也看到了浦东的万家灯火，有如星罗棋布。我没有到过天堂，而这里倒像是天堂的一角，晚风吹上身来，不由得微吟着"琼楼玉宇，高处不胜寒"了。

当晚在十一层楼上会见了神交已久的许广平先生。她比我似乎小几岁，而当年所饱受到的折磨，已迫使她的头发全都斑白了。许先生读了《文汇报》我那篇《永恒的知己之感》，谦和地说："周先生和鲁迅是在同一时代的，这文章里的话，实在说得太客气了。"我急忙回说："我一向自认为鲁迅先生的私淑弟子，觉得我这一枝拙笔，还表达不出心坎里的一片景仰之忱。"

这是第一度住在上海大厦，过了整整七天的幸福生活。第二度是十一月三日，为了被邀将盆景参加中山公园的菊展，由园林管理处招待我住在十四层楼的五号室中，真的是"前度刘郎今又来"了。这回还带了我的妻文英同来，作我布置展出的助手；并且为了今年是我们结婚十周年，也算是举行了一个西方人称为"锡婚式"纪念。

这五号室仍然面临苏州河，正中下怀，而且比上一次更高了两层，更觉得有趣。从窗口下望时，行人车辆，都好似变做了孩子们的玩具，娇小玲珑。黄浦公园万绿丛中的花坛上，齐齐整整地满种着俗称嘴唇花的一串红，好似套着一个猩红色的花环，构成了一幅美丽的图案画。大大小小的船只，像穿梭般在河面上往来，帆影波光，如在几席间，供我们尽量地欣赏。

一床分外温暖的厚被褥，铺在一张弹簧的席梦思软垫上，让我舒舒服服地高枕而卧，迷迷糊糊地溜进了睡乡，做了一夜甜甜蜜蜜的梦。老实说，我自有生以来，还是破天荒第一次宿在这么一座高高在上的楼房里，俗话说："一跤跌在青云里"，我却是"一唿睡在青云里"了。

为了要参加苏州拙政园的菊展，小住了五天，只得恋恋不舍地辞别了上海大厦，重返故乡。呀！上海大厦，我虽并不喜爱这软红十丈的上海，但我在你那里小住了十二天之后，对于你却有偏爱；因为你独占地利之胜，胜于其他一切的高楼大厦。我希望不久的将来，仍要投入你的怀抱。

杨树浦的声音

邵洵美[*]

上海是一个最复杂的地方；从二十二层的华厦，一直到栉比林立的草棚子，都在此地存在着。她的确可以代表这一个时代的中国，是一种垃圾桶式的文明：独轮的小车与重翼的飞机，各自占着相当的位置。这是一种过渡时代的现象，变好变坏，当然谁都不能预言；但是以后的中国，不再会回复到油画时代的文明，是可以决定的了。

我在上海已住了三十多年，眼见着荒地变洋房，洋房变更高的洋房；觉得这种进化，正像是季候的重易，是一种自然的行程：我从没有感到一些惊讶，也从没有想要去批评这是否是一个好现象。

但是自从去年搬到了杨树浦，我渐渐明白上海的变动的速度快得委实惊人。而因为一方面的迅速与另一方面的迟缓，于是这一个城市里，便显然有了两种不同的文明：它们是矛盾的，但是它们很安闲地合作着。

譬如说，这里的工厂在天亮四点钟便开工了，但是做工的男女有的竟住家在离此二三十里的极西区曹家渡等，于是在一两点钟便得起身，男工自己走，女工六个人或是四个人合坐一辆独

---

[*] 邵洵美（1906—1968），新月派诗人、散文家、出版家、翻译家。

轮车，辘辘地滚到杨树浦来，这中间的路程至少要两个钟头。

在天还未亮的时候，坐满了女工的独轮车滚在柏油路上的声音，便是上海文明的咏歌了。

声音的确可以代表一个地段的特点：

在静安寺路有的是橡皮汽车轮在平滑的柏油路上磨过的声音；在霞飞路有的是白俄的坏皮鞋底踏在水门汀人行道上的声音；在爱多亚路有的是三五成群的高笑狂骂的声音；在司高脱路有的是木屐和枪柄拖在地上的声音。但是杨树浦是上海最奇怪的地方，什么声音都有。

工厂和轮船上的汽笛的互相酬答声；喝醉的水兵自己踏错了脚步掉下地去又站起来的咒骂声；装着重量物件的卡车，走过你门口时，全屋宇的战抖声；向女工的调笑声，女工不愿意时的骂詈声，屈服后的约会声；一夜喊到天亮的叫卖声；偶然间单调的手枪声；这是杨树浦的交响曲。

不过这部交响曲，缺了还有一种杨树浦所特有的声音，是不能完成的。

这种声音你随时随地可以听到，那便是当小孩子放学回来，在马路上抿紧了嘴唇所做出来的那种声音：悠长，曲折，而又急迫。在山上住惯的会疑心这是狂风穿林的声音；初来杨树浦的会以为他们是模仿上工的汽笛声；但是住久了，你会知道，这声音的来源。

这个声音原来是救护车的警号！在杨树浦，救护车可以说是早晚最忙的车子。我总说，发明这种“回气管”的人，非特是一位了不得的科学家，而且是一位了不得的音乐家；这凄惨的调子，正是描摹着悲痛和求救的声音，路上人听见了，一方面畏惧而逃避，一方面又同情而肃然起敬。痛苦原是七情里面最伟大的。

我方才搬到此地来的时候，每次听到总心跳，常是暗暗地祝祷遭受伤者不久便可以脱离危险。听到它接二连三地来个不息，我更是说不出的怨恨，像一般老先生样，咒诅这科学不过是一种杀人的发明。因为这救护车里面横着的，虽然一部分是械斗的结果，但是大部分都是工厂里的工人，或是轧伤了手，或是压断了腿。我想象着一个塞满了转动机的厂房，电门一开，皮带便牵动了轮子，轮子推动了其他大大小小的机件，声音大得可以震聋耳朵；工人的肉手便闪耀在机器的铁手中间；忽然因为快慢的不合拍，转瞬间衣袖被卷进轮子里，边上的同伴便大声地喊着"停机"或是"救命"，等到关住电门，肉和血，血和骨头，都挤成酱了。受伤的人当然已失了知觉，忘了家庭，忘了亲人，忘了自己，于是救护车便应了电话的使唤而赶到了，刻不容缓地把他抬进去了，开动了，凄惨的警号又沿路听得见了。到了医院，经过手术，一两个医生商量着，决定是要切断一只手或一只腿，于是他便少了一只手或是一只腿了。过去的生活既无保障，将来的生活更无着落；重见家人，那时低着头的一声叹息，正是救护车警号的一个回声：这便是每一段故事的结束。

所以唯其是杨树浦这种生死没有把握的地方，人们对于生死的观念便更来得淡貌，同时对于名利的观念也更来得淡貌。一方面友谊便更着重了：他们对于友谊的贡献是一条命，为了朋友，死所不惜；他们对于仇敌的刑罚也是一条命，结果了他，便是结果了罪恶。住惯在中心区的，来到此地，便总会感觉到不适宜；因为在友谊上，他们会显得虚伪；在气节上，他们更是绝端地怯懦。一般普罗文学家，只知动笔骂人，假使到此地住上几天，我知道他一定会自惭他品格的卑鄙。此地是动力不动心，动手不动笔的。此地的肉体有它最大的权威，它不受灵魂或思想的迷弄。

最感动人的是他们上工进厂的几分钟，五百个人走进去，也许只有四百九十几个能走出来；他们更是每一个都明白，自己也许便是那几个不能走出来，而要用救护车装出来的人，陪着那种早晚听到的悠长的声音进医院的人。但是他们一个个都是有说有笑地走进去，他们并不像中心区的商人估算着遭冒险的代价是否公平，他们也不像一般写文章人怨叹着每千字稿费不够报酬他所花的心思：他们所注重的是生存，不是奢侈。他们明白，奢侈不过是一种多余的享乐；不像中心区人竟然看作是一种需要和愿望。

他们唯一的财产是命，他们唯一的工具是力；他们用力去保全他们的命。救护车的警号便是一种命与力的喊叫。住在杨树浦，多听了这种声音，更会明白生命的意义和力量的作用。

西洋文明是戕贼人的力量的文明，但也是更能表现人的力量的文明。我并不反对这种文明，但是我所要求的，是我们人类应当想尽方法保全人类的力量，同时还得使人类的力量发生他有意义的作用。

弄　堂

穆木天[*]

　　如果一个异乡的，而尤其是远处的异乡的旅人在他的不断的旅途中，在这东方的巴黎里停滞上几天的话，他心中会唤起来巡礼者的情绪的。乘着电车或公共汽车，在大上海的大动脉般的街道上，循环了一遭，在车舟纷忙人群杂沓之中，在摩天楼、夜街市的灯光闪耀之中，他对着种种不同国度不同地方的人们的面孔，倾听着他们嘈杂的话语，望着他们奇形异状的衣服装饰，他是会千奇百怪地纳闷着的。他怕会在心里自问："高鼻碧眼的大人们，总会有他们的安乐之巢，可是，那些依阿侬地说话的中国人，究竟是住在哪里呢？"

　　也许那个旅人，在他的家乡中，或者在他的旅途中，听见过人家说在上海有所谓"弄堂"的那个字眼。可是"弄堂"这个字眼，对于他，是神秘的，是不可解的。那是同"猪猡""台基"等等字眼同样地不可解。翻遍了各样的大字典，他恐怕都找不出来"猪猡"是什么的意义，同样，恐怕他翻遍了字典也找不出来"弄堂"是一种什么情形的东西。如您翻开法国的拉露丝大字典，您可以晓得法国建筑的构造图，可是弄堂的构造图，在中国的好些大字典中，怕是发现不到的。

---

[*]　穆木天（1900—1971），中国现代诗人、翻译家。

　　"弄堂"这个字眼，对于他是神秘的，"弄堂"的实际情形，对于他更是神秘的，如果那一个旅人不在上海居住一个长期的时间的话。可是，在摩天楼的拱抱中，在汽车、电车、人力车、手推车的交流的缠绕中，"弄堂"的存在，的确是一种神秘。现实的神秘！殖民地的神秘！

　　如果有人向您问："弄堂"是一个什么样的东西？那么，您得怎样回答呢？您可以说："弄堂"是四四方方一座城，里边是一排一排的房子，一层楼的，二层楼的，三层楼的，还有四层楼的单间或双间房子，构成了好多好多的小胡同子，可是，那座小城的围墙，同封建的城垣不一样，而是一些朝着马路开门的市房。也许，您的回答，使听者更为莫明其妙。实在说，不亲临其境的人，不实践"弄堂"生活的人，是不会晓得什么是"弄堂"的奥妙的。

　　有一些弄堂，是具有着浓厚的氛围气的。那种典型的地方色彩，在我们的异乡人的眼睛中看来，是非常古老而且鲜艳的。那里住着典型的说"啊啦"话的人家，在过着典型的地道生活。如果您走那里去的话，可以得到好些好些见所未见闻所未闻的事。那些事情，是在有"红头阿三"把门的高等华人居住的弄堂中所目睹不见的形形色色。而那种形形色色，在异乡人的目前，更呈出一种特别的印象来。

　　如果您是一个异乡的旅人，想要在上海居住一个期间的话，假定您的生活条件并不优裕，您是尽可以到那些"弄堂"里去租一间房间。但是最好是要找一个朋友作向导和翻译。若不然，不但连房子都找不到，而且还要挨女二房东的臭骂。被"老上海"或冒充"老上海"的朋友领导着，是可以很合路线地去找房子的。沿街走去，可以注意到在电线杆上和两边墙壁上有一些红纸帖。那些红纸帖是招租广告，不过写着"天皇皇地皇皇"的字样的红纸帖也不少。如果向导不指给您看弄堂门口的话，也许你不得其门而入都说不定。街口多半是有油盐店，酱园一类的商店，在弄堂门祠里，十九是可以发现到一个掌破鞋的靴匠摊子，和一个卖连环图书的旧书摊。那您可以在弄堂口上把招租纸再检阅一下。随后见，就可以到弄堂里去寻找出租的房号了。初次见弄堂里的房屋，或者会疑惑到那是一些放大的鸽子笼或缩形的庙宇，或者也会联想到那同前门外的八大胡同一类的地方有点相似。如果您要找哪一家的房子的话，可以敲他家的后门。在上海，靠做二房东生活的人家，多半是由后门出入的。当您看一看要租的房间的势局时，二房东则一定要问您做什么生意，然后，讲好房金，付好定洋，就可以随时搬进去了。那样一来，您就可开始做弄堂生活的欣赏啦。

下午您搬进的房间里，如果不是夏天的话，您倒感不到特别的异样的景象。不管您住的前楼还是亭子间还是什么名目的房间，您总会觉得这回是进了牢笼了。四处都是房子，除了仰头到四十五度的角度以上才看得见的天空，再不会瞅见其他任何的自然，大都市的激动的神经强烈的刺激，也更到不了您那里来。在人群的中间待着，您会感到比在沙漠旷野更为孤独。每日的饮食，以及大小便，简直成为一个极难解决的问题。也许您当时一时想不到解决办法，除非您的向导顺便地给您买一马桶来。总之，初次的弄堂生活的印象，只是孤独与无聊。

到第二天早晨醒过来，那您就觉得到了另一个世界了。如跑马的奔驰声音，如廊里的木鱼声动，又如在日本东京清早的木屐响声，您听见弄堂里起了不调和的合奏乐。永远是同样的乐器，接接连连地合奏着。那足足持续到一个钟头两个钟头的光景。不细细地去思索，真不晓得是一些什么器乐。您起来，您可以听见有一些山歌般的"咿唔哀哑"的调子喊叫起来了。

这时，开始了弄堂中的交响乐，您就越发要觉得神秘了。如果您出去到被称作"老虎灶"的开水铺里去打白开水的话，那就可以对于您适才听到的合奏乐，用您的联想，作一个答案！从后门口望去，家家都有一个或两个红油漆的马桶，在后门口陈列着。那种罗列成行的样子，又令人想起像是一种大阅兵式，方才的马桶合奏乐，又令人怀疑到是野战的演习了。卖青菜的挑子，在弄堂里巡游着。家家的主妇或女佣，在后门外，同卖菜者争讲着，调情的样子，吵闹着，到处水渍，腥气，那令您不得已要在嘴里含一支香烟。也许您会因之就坠入沉思，想象着上海的马桶和汽车的文化来了。

馄饨担子，骗小孩子的卖玩具的小车，卖油炸豆腐的卖酒酿的，一切的叫卖，一切的喧声，又构成弄堂的交响乐。如果是冬季或春秋的话，那些比较地道的弄堂，这一类交响乐，大都是限制于上午的。在不和谐的弄堂交响乐中，更可以看见在后门外有各种不同的滑稽小戏的表演。东家的主妇，西家的女仆，在那里制造弄堂的新闻，鼓吹弄堂的舆论。如果您能够懂他们的侬阿侬的话语的话，就可以听到好多好多的珍闻轶事。就是不懂那些话语，您也可以把那当为一幕一幕的哑剧去观赏。在那种哑剧中，可以看东家的男仆同西家的主妇是身份平等，您也看出来一切的表情上的生动真实。为的买青菜省一个铜圆，勤俭治家的主妇，有时，也舍得向卖菜人送一个飞动的秋波。这种弄堂里的活剧，若是到了夏天，更要大规模地扮演了。母夜叉孙二娘穿着黑香云纱裤子，手拿着鹅毛扇，可以在弄堂里表演她的神通。到处摆着椅凳，人们团团地聚坐着，尤其是晚上，到处可以看出人浪来。女人的黑裤，排列起来，如果您不小心，她们的突出的臀部的双曲线就会碰到您的身上。这时做看门巡捕的，又有了很好的享受时机。在习习的晚风里，产生了浪漫史和悲剧的连环图画。马桶之神所统制着的那些弄堂，又成了一个没有一根草的夜花园了。那也就是黑裤党的大沪饭店和百乐门跳舞厅啊。

弄堂房子中的那些密集的房间，是有一些美丽的名称的：后楼，阁楼，亭子间。可是，那些美的名称，正是给人以相反的印象。若是小姐住在后楼里，一定会想找一个不管什么样的丈夫好搬到前楼里头，亭子间，倒不像亭子，而像是一个水门汀的套椁，阁楼原来是棚板上的一块空间，更是徒有虚名了。然而，这样，才是同马桶文明相调和呢！

现在，这种马桶文明的弄堂，越发不景气了。马路大街中，终年看得见大减价的招牌，弄堂的门口，招租纸也是终年地张贴着。到处演着减租和欠租的悲喜剧，可是，马桶的交响曲，是不是也奏出悲音来了呢！恐怕珍闻轶事在量上是更丰富了。然而坐在马桶上谈笑自如的一家之主妇，怕要更加坚决地去保持她的传统啦。

沪上酒食肆之比较

严独鹤[*]

　　余为狼虎会员之一，当然有老饕资格，而又久居沪滨，则于本埠各酒食肆，当然时时光顾。兹者《红杂志》增设"社会调查录"一栏，方在搜求材料，余因于大嚼之余，根据舌部总司令报告，拉杂书之，以实斯栏。值此春酒宴宾之际，或可供作东道主之参考。然而口之于味，未必同嗜，余所论列，亦殊不能视为月旦之评也。

　　沪上酒馆，昔时只有苏馆（苏馆大率为宁波人所开设，亦可称宁波馆。然与状元楼等专门宁波馆，又自不同）、京馆、广东馆、镇江馆四种。自光复以后，伟人、政客、遗老，杂居斯土，饕餮之风，因而大盛。旧有之酒馆，殊不足餍若辈之食欲，于是闽馆、川馆，乃应运而兴。今者闽菜、川菜，势力日益膨胀，且夺京苏各菜之席矣。若就吾个人之食性，为概括的论调，则似以川菜为最佳，而闽菜次之，京菜又次之。苏菜镇江菜，失之平凡，不能出色。广东菜只能小吃，宵夜一客，鸭粥一碗，于深夜苦饥时偶一尝之，亦觉别有风味。至于整桌之筵席，殊不敢恭维。特在广东人食之，又未尝不大呼顶刮刮

---

[*] 严独鹤（1889—1968），曾任民营报纸《新闻报》副刊《快活林》编辑、上海新闻图书馆副馆长。

也。故菜之优劣，必以派别论，或欠平允。宜就一派之中，比较其高下，庶几有当。试再分别论之。

（甲）川菜馆　沪上川馆之开路先锋为醉沤，菜甚美而价奇昂。在民国元、二年间，宴客者非在醉沤不足称阔人。然醉沤卒以菜价过昂之故，不能吸引普通吃客。因而营业不振，遂以闭歇。继其后者，有都益处、陶乐春、美丽川菜馆、消闲别墅、大雅楼诸家。都益处发祥之地，在三马路（似在三马路广西路转角处，已不能确忆矣）。其初只楼面一间，专售小吃。烹调之美，冠绝一时，因是而生涯大盛。后又由一间楼面扩充至三间。越年余，迁入小花园，而场面始大。有院落一方，夏间售露天座，座客常满，亦各酒馆所未有也。然论其菜，则已不如在三马路时矣。陶乐春在川馆中资格亦老，颇宜于小吃。美丽之菜，有时精美绝伦，有时亦未见佳处。大约有熟人请客，可占便宜；如遇生客，则平平而已。消闲别墅，实今日川馆中之最佳者，所做菜皆别出心裁，味亦甚美，奶油冬瓜一味，尤脍炙人口。大雅楼先为镇江馆，嗣以折阅改组，乃易为川菜馆，菜尚佳。

（乙）闽菜馆　闽菜馆比较上视川菜馆为多，且颇有不出名之小馆子，为吾侪所不及知者。就其最著者言之，则为小有天、别有天、中有天、受有天、福禄馆诸家。大概"有天"二字，可谓闽菜中之特别商标。闽菜馆中，若论资格，自以小有天为最老，声誉亦最广。清道人在日，有"天天小有天"之诗句。宴集之场，于斯为盛。若论菜味，固自不恶，然亦未必能遽执闽菜馆之牛耳。别有天在小花园，地位颇佳，近虽已改租，由维扬人主其中，然其肴馔，仍是闽版。闻经理者为小有天之旧分子，借此别树一帜，则别有天之牌号，可谓名副其实矣。至于菜味，殊不亚于小有天，而价似较廉，八元一席之菜即颇丰美。中有天设于北四川路宝兴路口，而去年新开者，在闽菜馆中，可谓后进。地位亦颇偏仄，然营业甚佳，小有天颇受其影响。其原因由于侨沪日人，多嗜闽菜，小有天之座上客，几无日不有木屐儿郎。自中有天开设以后，此辈以地点关系，不必舍近就远（北四川路一带日侨最多），于是前辈先生之小有天，遂有一部分东洋主顾为中有天无形中夺去。余寓处距中有天最近，时常领教，觉菜殊不差，价亦颇廉。梅兰芳来沪，曾光顾中有天一次，见诸各小报。于是中有天之名，始渐为一般人所注意，足见梅王魔力之大也。受有天在爱而近路，门面一间，地方湫隘，只宜小酌，然菜亦尚佳。福禄馆在西门外，门面简陋，规模仄小，几如徽州面馆。但所用厨子，实善于做菜，自两元一桌之和菜，以至十余元一桌之筵席，皆甚精美。附近居人，趋之若鹜。此区区小馆，将来之发达，可预卜焉。余既谈闽菜馆，尤有一事，不能不为研究饮食者告。则以入闽菜馆，宜吃整桌，十余元者，八九元者，经酒馆中一定之配置，无论如何，大致不差。即小而至于两三元下席之便菜，亦均可吃。若零点则往往价昂而不得好菜，尝应友人之招，饮于小有天。主人略点五六味，皆非贵品，味亦不佳。而席中算账，竟在八元以上，不啻吃一整桌，论菜则不如整桌远甚。故余劝人入闽馆勿吃零点菜，实为经验之谈。凡属老吃客，当不以余言为谬也。

（丙）京馆　沪上京馆，其著名者为雅叙园、同兴楼、悦宾楼、会宾楼诸家。雅叙园开设最早，今尚得以老资格吸引一部分之老主顾。第论其营业，则其余各家，均以后来居上矣。小吃以悦宾楼为最佳。整桌酒菜，则推同兴楼为价廉物美，而生涯之盛，亦以此两家为最。华灯初上，裙屐偕来，后至者往往有向隅之憾。会宾楼为伶界之势力范围，伶人宴客，十九必在会宾楼，酒菜亦甚佳。特宴客者若非伶人而为生客，即不免减色耳。

（丁）**苏馆** 苏馆之最著名者为二马路之太和园，五马路之复兴园，法大马路之鸿运楼，平望街之福兴园。苏馆之优点，在筵席之定价较廉，而地位宽敞。故人家有喜庆事，或大举宴客至数十席者，多乐就之。若真以吃字为前提，则苏馆中之菜，可谓千篇一律，平淡无奇，殊不为吃客所喜。必欲加以比较，则复兴园似最胜，太和园平平。鸿运楼有时尚佳，有时甚劣。去年馆中同人叙餐，曾集于鸿运楼，定十元一桌，而酒菜多不满人意。甚至荤盆中之火腿，俱含臭味，大类徽馆中货色，尤为荒谬。福兴园于苏馆中为后起，菜亦未见佳处。顾余虽不甚喜食苏馆中酒菜，而亦有不能不加以赞美者，则以鱼翅一味，实以苏馆中之烹调为最合法，最入味，绝无怒发冲冠之相。此则为其余各派酒馆所不及也。（济群曰：独鹤所论，似偏于北市。以余所知，则南市尚有大码头之大醋楼，十六铺之大吉楼，所制诸菜，味尚不恶）

（戊）**镇江馆** 镇江馆之根据地，多在三马路。老半斋、新半斋，望衡对宇，可称工力悉故。其余凡称为某某居者，亦多为镇江酒馆，特规模终不如半斋之大耳。镇江馆菜宜于小吃，肴蹄千丝，别饶风味，面点尤佳。迄今各镇江馆，无不兼售早点，可谓善用其长。唯堂倌之习气，实以镇江馆为最深。十有八九，都是一副尴尬面孔，令人不耐。然座中客如能操这块拉块之方言，与之应答，则伺应亦较生客为稍优云。（济群曰：余亦颇嗜镇江馆肴肉包子之风味。顾以堂老爷面目之可憎，辄望而却步，今阅独鹤此篇，足征镇江馆堂倌之冷遇顾客，乃其能事，且肴肉等价亦甚昂。然则吾辈，花钱购食，原在果腹。何必定赴镇江馆，受若辈仆厮之傲慢耶）

（己）**广东馆** 广东馆有大小之分：小者几于无处不有，而以北四川路及虹口一带为最多，大抵皆是宵夜及五角一客之公司大菜肴，实无记载之价值。大者为杏花楼、粤商大酒楼、东亚、大东、会儿楼诸家，比较的尚以杏花楼资格为最老，菜亦最佳。其余各家，则皆鲁卫之政，无从辨其优劣。盖广东菜有一大病，即可看而不可吃。论看则色彩颇佳，论吃则无论何菜，只有一种味道，令人食之不生快感。即粤人盛称美品之信丰鸡，亦只觉其嫩而已，未见有何特别鲜味，此盖烹调之未得其法也。除以上所述诸家外，尚有广东路之竹生居，大新街之大新楼，南京路之宴庆楼等，则皆广东馆而介乎大小之间者，可列为中等。余则自郐以下，无足论矣，但北四川路崇明路转角处，有一广东馆，名味雅，规模不大，而屡闻友朋称道，谓其酒菜至佳，实在各广东馆之上。余未尝光顾，不敢以耳食之谈，据为定论，暇当前往一试也。

泰戈尔在我家

陆小曼[*]

　　谁都想不到今年泰戈尔先生的八十大庆倒由我来提笔庆祝。人事的变迁太幻妙得怕人了。若是今天有了志摩，一定是他第一个高兴。只要看十年前老头儿七十岁的那一年，他在几个月前就坐立不安思念着怎样去庆祝，怎样才能使老头满意，所以他一定要亲自到印度去，而同时环境又使他不能离开上海，直急得搔头抓耳连笔都懒得动；一直到去的问题解决了，才慢慢地安静下来，后来费了几个月的工夫，才从欧洲一直转到印度，见到老头的本人，才算了足心愿。归后他还说，这次总算称了我们的心；等他八十岁的时候，请老人家到上海来才好玩呢！谁知一个青年人倒先走在老年人的前头去了。

　　本来我同泰戈尔是很生疏的，他第一次来中国的时候，我还未曾遇见志摩；虽然后来志摩同我认识之后，第一次出国的时候，就同我说此去见着泰戈尔一定要介绍给你，还叫我送一张照片给他；可是我脑子里一点感想也没有。一直到去了见着老人之后，寄来我一张字条，是老人的亲笔；当然除了夸赞几句别无他话，而在志摩信里所说的话，却使我对这位老人发生了奇怪的感想，他说老人家见了我的相片之后，就将我的为

---

[*] 陆小曼（1903—1965），近代女画家，曾为上海中国画院专业画师。

人、脾气、性情都说了一个清清楚楚，好像已见着我的人一样。志摩对于这一点尤其使他钦佩得五体投地；恨不能立刻叫我去见他老人家。同时他还叫志摩告诉我，一二年后，他一定要亲自来我家，希望能够看见我，叫我早一点预备。自从那时起，我心里才觉得老人家真是一个奇人，文学家而同时又会看相！也许印度人都能一点幻术的吧。

我同志摩结婚后不久，他老人家忽然来了一个电话，说一个月后就要来上海，并且预备在我家下榻。好！这一下可忙坏了我们了；两个人不知道怎样办才好。房子又小；穷书生的家里当然没有富丽堂皇的家具，东看看也不合意，西看看也不称心，简单的楼上楼下也寻不出一间可以给他住的屋子。回绝他，又怕伤了他的美意；接受他，又没有地方安排。一个礼拜过去还是一样都没有预备，只是两个人相对发愁。正在这个时候，电报又来了，第二天的下午船就到上海。这一下可真抓了瞎了，一共三间半屋子，又怕他带的人多，不够住，一时搬家也来不及，结果只好硬着头皮去接了再说。

一到码头，船已经到了。我们只见码头上站满了人，五颜六色的人头，在阳光下耀得我眼睛都觉得发花！我奇怪得直叫起来，怎么今天这儿尽是印度人呀！他们来开会么？志摩说："你真糊涂，这不是来接老人家的么？"我这才明白过来，心里不由地暗中发笑，志摩怎么喜欢同印度人交朋友。我心里一向钦佩之心到这个时候竟有一点儿不舒服起来了，因为我平时最怕看见的是马路上的红头印度人，今天偏要叫我看见这么多的奇形怪状的人，绿沉沉的眼珠子，一个个对着我们两个人直看，看得我躲在志摩的身边连动也不敢动。那时除了害怕，别的一切都忘怀了，连来做什么的都有点糊涂。一直到挤进了人丛，来到船板上，我才喘过一口气来，好像大梦初醒似的，经过船主的招呼，才知道老人家的房间。

志摩是高兴得连跑带跳地一直往前走，简直连身后的我都忘了似的，一直往一间小屋子就钻，我也只好悄悄地跟在后边；一直到走进一间小房间，我才看见他正在同一个满头的白发老人握手亲近，我才知道那一定就是他一生最崇拜的老诗人。留心上下地细看，同时心里感着一阵奇特的意味，第一感觉的，就是怎么这个印度人生得一点也不可怕？满脸一点也不带有普通印度人所有的凶恶的目光，脸色也不觉得奇黑，说话的音调更带有一种不可言喻的美，低低的好似出谷的黄莺，在那儿婉转娇啼，笑眯眯地对着我直看。我那时站在那儿好像失掉了知觉，连志摩在旁边给我介绍的话都不听见，也不上前，也不退后，只是直着眼对他看；连志摩在家中教好我的话都忘记说，还是老头儿看出我反常的情形，慢慢地握着我的手细声低气地向我说话。

在船里我们就谈了半天，老头儿对我格外地亲近，他一点也没有骄人的气态，我告诉他我家里实在小得不能见人，他反说他愈小愈喜欢，不然他们同胞有的是高厅大厦请他去住，他反要到我家里去吗？这一下倒使我不能再存丝毫客气的心，只能遵命陪他回到我们的破家。他一看很满意，我们特别为他预备的一间小印度房间他反不要，倒要我们让他睡我们两人睡的破床。他看上了我们那顶有红帐子的床，他说他爱它的异乡风味。他们的起居也同我们一样，并没欧美人特别好洁的样子，什么都很随便。只是早晨起得特别早，五时一定起身了，害得我也不得安睡。他一住一个星期，倒叫我见识不少，每次印度同胞请吃饭，他一定要带我们同去，从未吃过的印度饭，也算吃过几次了，印度的阔人家里也去过了，真有许多不同的地方。同时还要在老头儿休息的时候，陪了他带来的书记去玩；

那时情况真是说不出的愉快，志摩是更乐得忘其所以，一天到夜跟着老头子转。虽然住的时间并不长，可是我们三人的感情因此而更加亲热了。

这个时候志摩才答应他到八十岁的那年一定亲去祝寿，谁知道志摩就在去的第二年遭难。老头子这时候听到这种霹雳似的恶信，一定不知怎样痛惜的吧。本来也难怪志摩对他老人家特别地敬爱，他对志摩的亲挚也是异乎寻常，不用说别的，一年到头的信是不断的。只可惜那许多难以得着的信，都叫我在志摩故后全部遗失了，现在想起来也还痛惜！因为自得噩耗后，我是一直在迷雾中过日子，一切身外之物连问都不问，不然今天我倒可以拿出不少的纪念品来，现在所存的，就是附印在这里泰戈尔为我们两人所作的一首小诗和那幅名贵的自画像而已。

上海之公园问题（节选）

郑振铎[*]

我们的上海则如何？现在试屈指一数我们的公园：

一、在中部，黄浦江边，我们有白渡桥小公园一所。

二、在西部，极斯菲路之顶端，我们有极斯菲路公园。

三、在北部，昆山路上，我们有儿童公园。

四、在西南部，龙华路上，我们有法国花园。

五、在北部，北四川路底，我们有虹口公园。

六、在极南部，将到高昌庙处，我们有半淞园。

没有了！我们上海的公园尽于此了！而最后所举的一个，还是私园，不能列入公园的表内。实际上，上海只有五个公园，而白渡桥的公园很小，昆山路的儿童公园方圆不到数亩，更不成其为公园了！办理上海市政者是如何地忽视了上海这个大都市的呼吸问题呢？

更不幸的，更不幸的，还不止此！我们的上海，公园虽只有寥寥的五个，而这五个却都不是我们所能够进去的。我们只能在墙外望望园里的春色，我们只能在墙外听听园里的谈笑声。进公园的是另外的一部分人。那就是上海最少数最少数的

---

[*] 郑振铎（1898—1958），现代杰出的爱国主义者和社会活动家、作家、诗人、学者、文学评论家，也是著名的收藏家、训诂家。

客民，即英、美、法、日本诸国人，只除了我们主人翁在外。

我们是被放逐于乐园之外了！主人翁是被放逐出自己的公园之外了！我们真未免有些太优待客人了，把自己除外，而尽请他们客民进到乐园里去！

我们的呼吸权是被剥夺尽了！

"这公园是专供外人之用的"的牌子，差不多每个公园之外都张挂着，虽然我没有看见如大家所传的"狗与华人不得进内"之告白。如果有几个不明白的人冲了进去，那看门人便要呵斥地逐了他们出园来。这件事我不止见到一次了，我也曾自身经历过。有一次，我和几个朋友，落华生、敦谷、路易都在内，到黄浦江边去散步，恰巧是什么外国的纪念会在浦江兵船上举行，探灯照得各处雪亮。我们正鱼贯地走着，一个巡捕忽然地大喝了一声，把落华生拦住了，独不许他通过，因为他那天穿的是中国衣服。我们当时把肝都气炸了！我们的地方，我们不能走，那真是太可笑的笑谈了！印度人还能自由进去他们都市的公园里呢！把这些记载刊在历史上，千百年后，也许没有人会相信，只当是过分的传言呢。然而我们却争不过这个巡捕，只好全体向后退；我们紧紧地握住了双拳，我们将何为？这种情形，想碰到的不止几个人吧。除了默默地忍受之外，我们将何为？我们将何为？

现在，我们可明白上海为什么公园如此的稀少的原因了！享用公园的只不过二三万个客民；我们上海的居民，最大多数的居民，乃是被放逐于公园之外的。以五个公园而容纳二三万个客民，当然不会嫌不足的。怪不得上海的公园是如此稀少！

上海中国旅行社的由来（节选）

袁乃宽[*]

1923年秋，上海商业储蓄银行总行成立旅行部，是为国人创办旅行事业的嚆矢，在当时银行界中别开生面。

银行怎么开起旅行社来的呢？据说，该行总经理陈光甫有一次从香港去云南，在洋人经营的某旅行服务单位购票，受到歧视，愤然而返，遂有经营旅行社的意愿。那时，第一次教育会议决定在上海举行，陈氏乃于昆明旅次致电上海银行总行，嘱与黄炎培先生接洽，教育部和各省代表到沪后的一切舟车食宿事宜，悉由银行派员陪同料理。这是上海银行为旅客服务的第一笔生意经。

银行旅行部开办之初，服务范围不大，仅代售沪宁与沪杭甬两路车票。因当时风气未开，上门购买车票的旅客，寥寥无几。为了招徕生意，旅行部也煞费苦心，一面特制了一批蓝色布面烫金字的车票票夹，购票一张，不论路程远近，概赠票夹一只；一面训练招待人员，穿上银行自己设计的制服，专在车站上迎送旅客，照料一切。几经努力，始有少数旅客前来问津。后来，在陆路旅行服务项目上，增加京绥、京汉、津浦各路车票的代售业务；在水路旅行服务项目上，同长江、南北洋

---

[*] 贾乃宽（1868—1946），袁世凯的亲信、管家。

和外国轮船公司订立代办客票合同；在银行的外埠分行中增设旅行分部。随着业务渠道的越发通畅，营业也日臻发达。

20年代后期，国内战事连绵不绝，各铁路局以收入锐减、开支不敷，向上海银行商量贷款，以上海银行旅行部所代售之客票作抵押。银行初以代售其车票关系，不便径行拒绝，勉予应承。不料一个路局如此做了，其他路局相率仿效，大有国内战争一日不已，路局借款一日不了之势。如此下去，麻烦事情就多了。银行董事会当机立断，决定把旅行部从银行划出，作为银行的一项附属事业，拨资数万元，独立经营，于1927年6月1日挂出"中国旅行社"的招牌，开始正式营业。

中国旅行社在上海商业储蓄银行扶植下，从代售国内外各轮船、铁路、飞机客票，经理各国银行发售的旅行支票，设办各地招待所，举办游览事业，提倡团体旅行，承办货物运输，代办学生、华侨出国、回国手续，一直发展到出版《旅行杂志》，为我国旅行事业作过一定贡献。从1932年起，中国旅行社专设游览部，凡属国内游览的地点，北起长城，南至百粤，东尽海隅，西达黔滇，至若西湖、太湖、黄山、雁荡、雪窦、普陀、金华、兰溪、采石、宜兴、崂山、五岳等地，则自春徂秋，当日丽风和、岚光晴翠之际，均有该社游览团之屐痕，甚得社会人士欢迎。中国旅行社出版过游记、导游20多种。1933年又请美籍记者斯诺撰写五本介绍我国风景名胜的英文小册子，分送海内外。当时中外名人致函该社，对此举多所称道。

黄包车礼赞

夏丏尊[*]

自从到上海做教书匠以来，日常生活中与我最有密切关系的要算黄包车了。我所跑的学校，一在江湾，一在真茹，原都有火车可通的。可是，到江湾的火车往往时刻不准，到真茹的火车班次既少，车辆又缺，十次有九次觅不到座位，开车又不准时，有时竟要挤在人群中直立到半小时以上才开车。在北站买车票又不容易，要会拼命地去挤才可买得到手。种种情形，使我对于火车断了念，专去交易黄包车。

每日清晨在洗马子声里掩了鼻子走出宝山里，就上黄包车到真茹。去的日子，先坐到北站，再由铁栅旁换雇车子到真茹。因为只有北站铁栅外的黄包车夫知道真茹的地名的。江湾的地名很普通，凡是车夫都知道，所以到江湾去较方便，只要在里门口跳上车子，就一直会被送到，不必再换车了。

从宝山里的寓所到真茹需一小时以上，到江湾需一小时光景，有时遇着已在别个乘客上出尽了力的车夫，跑不快速，时间还要多花些。总计，我每日在黄包车上的时间，至少要二小时光景，车费至少要小洋七八角。时间与经济，都占着我全生活上的不小部分。

---

[*] 夏丏尊（1886—1946），文学家、语文学家、出版家和翻译家。

听说吴稚晖先生是不坐黄包车的。我虽非吴稚晖先生，也向不喜欢坐黄包车，当专门坐黄包车的开始几天，颇感困难，每次要论价，遇天气不好，还要被敲竹杠，特别是闸北华界，路既不平，车子竟无一辆完整的，车夫也不及租界的壮健能跑，往往有老叟及孩子充当车夫的。无论在将坐时、正坐时、下车时，都觉得心情不好。不是因为他走得慢而动气，就是因为他走得吃力而悯怜，有时还因为他敲竹杠而不平。至于因此而引起的对于社会制度的愤懑，又是次之。

可是过了一两个月以后，我对于一向所不喜欢的黄包车，已坐惯了，不但坐惯，还觉到有时特别的亲切之味了。横竖理想世界不知何日实现，汽车又是不梦想坐的，火车虽时开时不开，于我也好像无关，我只能坐黄包车。现世要没有黄包车，是不可能的梦谈。没有黄包车，我就不能妓女出局似的去上课，就不能养家小，我的生活，完全要依赖黄包车，黄包车才是我的恩人。

因为所跑的地方有一定，日日反复来回，坐车的地点也有一定，好多车夫都认识了我，虽然我不认识他们。每日清晨一到所定的地点，就有许多老交易的车夫来"先生先生"地欢迎，用不着讲价，也用不着告诉目的地，只要随便跳上车子，就会把我送到我所要到的地方，或是真茹，或是江湾。到了"照老规矩"给钱，毫无论价的麻烦，多加几个铜子，还得到"谢谢"的快活回答。

上海的行业都有帮的，如银钱业多宁绍帮；浴堂的当差的、理发匠，多镇江帮；黄包车夫却是江北帮，他们都讲江北话，有许多还留着辫子。为什么江北产生黄包车夫？不待说这是个很有深远背景的问题，可惜我从他们口头得来的材料还不多，不能为正确的研究。

近来我又发现了在车上时间的利用法，不像最初未惯时的只盼快到江湾，把长长的一小时在焦切中无谓耗去了。到江湾，到真茹所经过的都是旷野，只要车子一出市梢，就可纵览风景，特别是课毕回来，一天的劳作已完，悠然地把身体交付了黄包车，在红也似的夕阳里看那沿途的风物，好比玩赏走卷，真是一种享乐，有时还嫌车子走得太快。

在黄包车上阅书也好，我有好几本书都是在黄包车上看完的。一本四五百页的书，不到一星期，就可翻毕了。大家都知道，上海的学校，是只许教员跑，不许教员住的。不但住室没有，连休息室也或许没有，偶有空暇的一二小时，也只好糊涂地闲谈空过，不能看书。在自己的寓所里呢，又是客人来咧，邻居的小孩哭咧，大人又麻将咧，非到深夜实在不便于看书。这缺陷现在竟在黄包车上寻到了弥补的方法。我相信，我以后如还想用功的话，只有在黄包车上了。

我近来又在黄包车上构文章的腹案，古人关于作文有"三上"的话，所谓三上者，记得是枕上、马上、厕上。在现在，我以为应该增加一"黄包车上"，凑成"四上"的名词。在黄包车上暝了目就一项问题，或一种题材加以思索，因了车夫有韵律的步骤，身体受着韵律的颤动，心情觉得特别宁静，注意也很能集中于一处，很适宜作文。有一个作家，因为他的作品都是在亭子楼中伏居了做的，自怜其作品为"亭子间文学"，我此后如果不懒惰，写得文章出来，我将自夸为"黄包车文学"了。

这样在黄包车上观风景、看书、作文，也许含有享乐的意味，在态度上对于苦力的黄包车夫，是不人道的。我常有此感觉。但一想到他们也常飞奔似的拉了人家去嫖赌，也就自安了。并且，我坐在车上观风景与否，看书与否，作文与否，于他们的劳苦，毫无关系。这种情形正如邮差一样，邮差不知递送了多少的情书，做过多少痴男怨女的实际的媒介，而他们对于自己的功绩，却毫没主张矜夸，也毫不吐说不平的。

说虽如此，但我总觉得黄包车是与我有恩的，我要有出息，才不负他们日日地拉我，虽然他们很大度，一视同仁地拉好人也拉坏蛋。

日日做我的伴侣，供给我观风景读书作文的机会的黄包车啊！我礼赞你！我感谢你！我愿努力自己，把我自己弄成一个除了给钱以外，还有别的资格值得你拉我的。

一种默契

夏丏尊

走到街上去，差不多每一条马路上都可以见到"关店在即拍卖底货"的商店。这些商店之中，有的果然不久就关门了，有的老是不关门，隔几个月去看，玻璃窗上还是贴着"关店在即拍卖底货"的红纸，无线电收音机在嘈杂地响。

商店号召顾客的策略，向来是用"开幕""几周年纪念""春季""秋季"或"冬至"等的美名来做廉价的借口的，现在居然用"关店"的恶名来做幌子了。有的竟异想天开，并不关店，也假冒着关店的恶名。最近在报上看见一家皮货铺的"关店大贱卖"的大幅广告，后面还附登着某律师代表该皮货铺清算的启事。这大概因为恐怕别人不信他们的关店是真正的关店，所以再附一个律师代表清算的广告，表明他们真是要关店了，并不假冒。

在上海，关店的话寻常叫做"打烊"。如果你对某商店的人问："你们晚上几点钟关店门？"那店里的人就会怪你不识相，说不定会给你吃一记耳光。凡是老上海都懂得这规矩，不说"你们晚上几点钟关店门"，改说"你们晚上几点钟打烊"。因为"关店"是不吉利的话。这一向讨人厌恶的"关店"，现在居然时髦起来了，关店的坦白地自己声明"关店"，不关店的也要借了"关店"来号召，甚至还有怕别人不肯相信，在"关店"广告上叫律师来代表清算，证明关店的实。商业上一向怕提的"关店"一语，到今日差不多已和废历除夕所贴的"关门大吉"一样，是吉祥的用语了。这一个月来，我们日日可以在报上看到关店的广告，有银行，有钱庄，有公司，有各式各样的店。他们所说的话，千篇一律地是"本店受市面不景气影响，以致周转不灵……"的一套。说的人态度很坦然，毫不难为情，我们看的人也认为很寻常，觉得并无什么不该。似乎彼此之间，已自然而然地发生了一种默契了。

这默契如果伸说起来，范围实在可以扩充得很广。大学生毕业了没事做，社会上认为当然，本人也不觉得有什么可怪。工人、商人突然失业了，亲友爱莫能助，本人也觉得无可如何，只好挨了饿来忍耐。房租好几个月付不出，住户及邻居都认为常事，房东虽不快，近来也只能迁就，到了公堂上，法官因市面不好，也竟无法作严厉的判断。穷困，走投无路，已成为现世的实况，彼此因了境况相似和事实明显，成就了一种默契。从来的道德、习惯等等，在这默契之下，恐将不能再维持它的本来面目了。

再过几时，也许"穷""苦"等可憎的话会转成时髦漂亮的称谓呢。

幽默的叫卖声

夏丏尊

　　住在都市里，从早到晚，从晚到早，不知要听到多少种类多少次数的叫卖声。深巷的卖花声是曾经入过诗的，当然富于诗趣，可惜我们现在实际上已不大听到。寒夜的"茶叶蛋""细砂粽子""莲心粥"等等，声音发沙，十之七八似乎是"老枪"的喉咙，困在床上听去，颇有些凄清。每种叫卖声，差不多都有着特殊的情调。

　　我在这许多叫卖者中发现了两种幽默家。

　　一种是卖臭豆腐干的。每日下午五六点钟，弄堂口常有臭豆腐干担歇着或是走着叫卖，担子的一头是油锅，油锅里现炸着臭豆腐干，气味臭得难闻，卖的人大叫："臭豆腐干！""臭豆腐干！"态度自若。

　　我以为这很有意思。"说真方，卖假药"，"挂羊头，卖狗肉"，是世间一般的毛病，以香相号召的东西，实际往往是臭的。卖臭豆腐干的居然不欺骗大众，自叫"臭豆腐干"，把"臭"作为口号标语，实际的货色真是臭的。如此言行一致，名副其实，不欺骗别人的事情，恐怕白世间再也找不出了吧，我想。

　　"臭豆腐干！"这呼声在欺诈横行的现世，俨然是一种愤世嫉俗的激越的讽刺！

　　还有一种是五云日升楼卖报者的叫卖声。那里的卖报的和别处不同，没有十多岁的孩子，都是些三四十岁的老枪瘪三，身子瘦得像腊鸭，深深的乱头发，青屑屑的烟脸，看去活像是个鬼。早晨是看不见他们的，他们卖的总是夜报。傍晚坐电车打那儿经过，就会听到一片的发沙的卖报声。

　　他们所卖的似乎都是两个铜板的东西（如《新夜报》《时报》《号外》之类），叫卖的方法很特别，他们不叫"刚刚出版××报"，却把价目和重要新闻标题联在一起，叫起来的时候，老是用"两个铜板"打头，下面接着"要看到"三个字，再下去是当日的重要的国家大事的题目，再下去是一个"哪"字。"两个铜板要看到十九路军反抗中央哪！"在福建事变起来的时候，他们就这样叫。"两个铜板要看到剿匪胜利哪！"在剿匪消息胜利的时候，他们就这样叫。"两个铜板要看到日本副领事在南京失踪哪！""藏本事件"开始的时候，他们就这样叫。

　　在他们的叫声里任何国家大事都只要花两个铜板就可以看到，似乎任何国家大事都只值两个铜板的样子。我每次听到，总深深地感到冷酷的滑稽情味。

　　"臭豆腐干！""两个铜板要看到×××哪"这两种叫卖者颇有幽默家的风格。前者似乎富于热情，像个矫世的君子，后者似乎鄙夷一切，像个玩世的隐士。

活招牌

汪仲贤[*]

十多年前，静安寺路华安大厦旧址是一片空地，某烟公司在龙飞马车行的屋顶上搭了大铁架，架上用电灯搭成一个抽香烟的人，那人是活动的，一口口的烟喷上去，最后现出"好不好"三个大字。现在爱多亚路的电灯大钟，大概就是从前的旧架改造的。这是活动广告，但是刚发现的时候，大家也称它为"活招牌"。

商店门口橱窗里，安放着活动人物，吸引路人驻足而观，在三四十年前只有棋盘街兴昌祥洋货铺有这种新奇东西，此外却并不多见。现在利用了电力使假人活动，比从前开发条的机器人益发做得巧妙。

招几个苦力，穿着奇形怪状的衣服，前后背两块大方牌，牌上是宣传文字图画，人夹在方块当中只露出一头四肢，活像《水漫金山》里的龟将军，在热闹街市上游行，也有掮着衔牌似的灯，一连串在路上走的，这才是真正的"活招牌"。

---

[*] 汪仲贤（1888—1937），作家。

拆白党

汪仲贤

清光绪末叶，上海租界河滨尚未填没，南北泥城桥之间，有一湾流水，几架木桥，岸边栽着几枝杨柳，风景美丽，地方幽僻，那时有一部分马路英雄啸聚其间，人称珊家园弟兄，他们虽不敢打家劫舍，却也打架拆梢，争风吃醋，称雄一时，别人不敢撄其锋。

这班小弟兄全靠"拆梢"度日，拆者朋分也，梢者，梢板也。上海流氓称银钱曰"梢板"，拆梢也者，朋分钱财之谓也。与近日流行的"劈巴"意义相同。但在当时并不照字面解释，一般社会皆以"拆梢"代表敲诈钱财，已失却古义了。

当初小弟兄向人索诈，名为"拆梢"，其实并不向人索取金钱的酬报，因为小弟兄中很有几位有小开资格的人，他们与人"斗狠劲""讲斤头"，无非想冒"出道"而已。性质颇似未下海的票友，目的只有"扎面子"，金钱还在其次。

他们占了胜利以后，便要求战败的对方摆几桌酒席，请小弟兄们吃喝一顿，以示惩罚，他们的术语叫做"拉台子"，台子拉得越多，面子扎得越足，他们"拆梢"的结果，就是吃一顿"白食"。"拆白"二字乃是"拆梢"与"白食"的简语。

他们的事务日益发达，而肚子的容量有限，每天有五六顿以上的白食，大家就不胜其吃，于是就想了一个干折的办法，用钱折算酒席费，直到现在，还留传着这种风气。流氓拆梢，并不向人索钱，美其名曰"拉台子"。

拆白成党以后，拆白二字又有一种别解，因为拆白党多半是翩翩少年，吊膀子也是他们的重要党务，那时舶来品的雪花粉流行未久，党员人人乐用，皮肤擦得雪白，外人不擦，以为他们都是傅粉何郎，拆白云者，系指"擦白"而言，故拆白党亦称"雪花粉党"。拆白党的党纲是奉行"三白主义"，那三白就是吃白食，看白戏，睡白觉；所谓睡觉，并非寻常的睡眠，乃专指与女人性交。他们嫖妓宿娼，亦不名一钱，略诱良家妇女，更不必说了。

拆白党啸聚之所，最初是茶馆，三马路文明雅集曾一度做过他们的茶会，以后逐渐迁高地位，由茶馆而至菜馆，拉台子多在得和馆，由小栈房而至大旅馆。年来开公司房间的风气大盛，这个制度也是拆白党发明的。

后来拆白党的声势大盛，连外埠都知道这个名称了，凡属吊膀子和骗人财物的案件，全国皆称为拆白行为。拆白党已成为一个专门名词，而上海的一班拆白元老早已烟消云散，不知所终了。

烧路头

汪仲贤

今天是路头日？路头在上海，就是财神的通俗名称。财神，因为手里拿着金元宝，座前陈列着聚宝盆，左右招财利市两个当差，也是满身珠光宝气，还有一个看财童子，虽没有钱买短衫裤，手里的元宝也是金光灿烂，有这许多黄金在手里诱惑世人，哪怕世人不对他大拍马屁。

上海人称财神为"路头菩萨"。财神分五路，路头路脑，都有财神长期站岗守。以免财饷外溢。当上海滩尚未开辟马路以前，桥头巷尾，在小便处与垃圾堆的贴邻，都有一个小小的神龛依附在墙壁上，这就是名副其实的路头菩萨。逢到中秋节，就是他们最出风头的日子，每个路头堂前都有清音打唱，并有合里捐助的大香斗。自黄包车通行后，以其有碍交通，始实行取缔，现在上海硕果仅存的路头，只有洋行街上的撒尿老爷了。

从前的上海路头神，能沿街摆摊头拉客，情景与野鸡一样可怜。现在虽将路头神革职，但是上海一切神佛的营业，终敌不过路头的生意兴隆，旧历正月初四夜里，为上海人争夺财神的日期，爆竹声通宵不息，扰得人不能安眠，这就知道路头神的声势煊赫，上海人对他的热烈拥戴了。能挽回国运的胡展堂先生到上海，大概不会有如此热闹欢迎吧！

　　路头神照例是只接不送的。上海人家的房子很小，每年招待五个路头进来，外加招财利市等随从，还要牵一只黑老虎来。我就很担心事，积十年财神在家，不要将小房子涨破吗？

　　上至大钱庄，下至咸肉庄，中堂都供着一个路头神龛，可见路头是人人欢迎的神道，尤其是做妓院里的路头，待遇更优。人家路头每年仅接一次，妓院路头则每逢三节都有吃肉机会，妓女视为大典，排场多至三五日，其名谓之"烧路头"。